54, 55, 56
Main idea?

6? ~5 (typ)

GW00457153

CE QUE PARLER VEUT DIRE

Pierre Bourdieu

CE QUE PARLER VEUT DIRE

L'économie des échanges linguistiques

Fayard

Dans l'*Essai pour introduire en philosophie le concept de grandeur négative*, Kant imagine un homme de dix degrés d'avarice qui s'efforce de douze degrés vers l'amour du prochain tandis qu'un autre, avare de trois degrés, et capable d'une intention conforme de sept degrés, produit une action généreuse de quatre degrés ; pour conclure que le premier est moralement supérieur au second bien que, mesuré à l'acte — deux degrés contre quatre —, il soit indiscutablement inférieur. Peut-être devrait-on se soumettre à une semblable arithmétique des mérites pour juger les travaux scientifiques... Les sciences sociales sont, de toute évidence, du côté de l'avare de dix degrés, et l'on aurait sans doute une appréciation plus juste de leurs mérites si l'on savait prendre en compte, à la façon de Kant, les forces sociales dont elles doivent triompher. Ceci n'est jamais aussi vrai que lorsqu'il s'agit de l'objet propre de la discipline dont l'emprise s'exerce sur l'ensemble des sciences sociales, cette langue une et indivisible, fondée, chez Saussure, sur l'exclusion de toute variation sociale inhérente, ou, comme chez Chomsky, sur le privilège accordé aux propriétés formelles de la grammaire au détriment des contraintes fonctionnelles.

Ayant entrepris, un peu avant l'acmé de la mode, un travail scolaire, heureusement jamais publié, où je m'appuyais sur une « lecture » méthodique du *Cours de linguistique générale* pour tenter de fonder une « théorie générale de la culture », j'ai été peut-être plus sensible que d'autres aux effets les plus visibles de la domination exercée par la discipline souveraine, qu'il s'agisse des transcriptions littérales des écrits théoriques ou des transferts mécaniques de concepts pris à leur valeur faciale, et de tous les emprunts sauvages qui, en dissociant l'*opus operatum* du *modus operandi,* conduisent à des réinterprétations inattendues, parfois saugrenues. Mais la résistance aux engouements mondains n'a rien d'un refus destiné à autoriser l'ignorance : et l'œuvre de Saussure, puis, au moment où m'apparaissait l'insuffisance du modèle de la parole (et de la pratique) comme exécution, celle de Chomsky, qui reconnaissait une place aux dispositions génératrices, m'ont paru poser à la sociologie des questions fondamentales.

Il reste que l'on ne peut donner toute leur force à ces questions qu'à condition de sortir des limites qui sont inscrites dans l'intention même de la linguistique structurale comme théorie pure. Tout le destin de la linguistique moderne se décide en effet dans le coup de force inaugural par lequel Saussure sépare la « linguistique externe » de la « linguistique interne », et, réservant à cette dernière le titre de linguistique, en exclut toutes les recherches qui mettent la langue en rapport avec l'ethnologie, l'histoire politique de ceux qui la parlent, ou encore la géographie du domaine où elle est parlée, parce qu'elles n'apporteraient rien à la connaissance de la langue prise en elle-même. Née de l'autonomisation de la langue par rapport à ses conditions sociales de production, de reproduction et d'utilisation, la linguistique structurale ne pouvait devenir la science dominante dans les sciences sociales sans exercer un effet idéologique, en donnant les dehors de la scientificité à la naturalisation de ces produits de l'histoire que sont les objets symboliques : le transfert du modèle phonologique hors du champ de la linguistique a pour effet de généraliser à l'ensemble des produits symboliques, taxinomies de parenté, systèmes mythiques ou œuvres d'art, l'opération inaugurale qui a fait de la linguistique *la plus naturelle des sciences sociales* en séparant l'instrument linguistique de ses conditions sociales de production et d'utilisation.

Il va de soi que les différentes sciences étaient inégalement prédisposées à accueillir ce cheval de Troie. La relation particulière qui unit l'ethnologue à son objet, la neutralité de « spectateur impartial » que confère le statut d'observateur étranger, faisait de l'ethnologie la victime d'élection. Avec, bien sûr, la tradition de l'histoire de l'art ou de la littérature : dans ce cas, l'importation d'une méthode d'analyse qui suppose la neutralisation des fonctions ne faisait que consacrer le mode d'appréhension de l'œuvre d'art de tout temps exigé du connaisseur, c'est-à-dire la disposition « pure » et purement « interne », exclusive de toute référence « réductrice » à « l'externe » ; c'est ainsi qu'à la façon du moulin à prières dans un autre domaine, la sémiologie littéraire a porté le culte de l'œuvre d'art à un degré de rationalité supérieur sans en modifier les fonctions. En tout cas, la mise entre parenthèses du social, qui permet de traiter la langue, ou tout autre objet symbolique, comme finalité sans fin, n'a pas peu contribué au succès de la linguistique structuraliste, en conférant le charme d'un jeu sans conséquence aux exercices « purs » d'une analyse purement interne et formelle.

Il fallait donc tirer toutes les conséquences du fait, si puissamment refoulé par les linguistes et leurs imitateurs, que « la nature sociale de la langue est un de ses caractères internes », comme l'affirmait le *Cours de linguistique générale*, et que l'hétérogénéité sociale est inhérente à la langue. Cela, tout en sachant les risques de l'entreprise, et que le moindre n'est pas l'apparence de grossièreté qui s'attache aux plus subtiles et aux plus rigoureuses des analyses capables — et coupables — de travailler au retour du refoulé ; bref, qu'il faut choisir de payer la vérité d'un coût plus élevé pour un profit de distinction plus faible.*

* La deuxième partie de ce livre reprend sous une forme plus ou moins profondément modifiée divers textes déjà parus : pour le chapitre 1, « Le langage autorisé. Note sur les conditions sociales de l'efficacité du discours rituel », *Actes de la recherche en sciences sociales*, 5-6, novembre 1975, pp. 183-190 ; pour le chapitre 2, « Les rites d'institution », *Actes de la recherche en sciences sociales*, 43, juin 1982, pp. 58-63 (transcription d'une communication présentée au colloque sur « Les rites de passage aujourd'hui » à Neuchâtel en octobre 1981) ; pour le chapitre 4, « Décrire et prescrire », *Actes de la recherche en sciences sociales*, 38, mai 1981, pp. 69-74.

La troisième partie reprend : pour le chapitre 2, « La lecture de Marx : quelques remarques critiques à propos de " Quelques remarques critiques à propos de Lire le Capital " », *Actes de la recherche en sciences sociales*, 5-6, novembre 1975, pp. 65-79 ; pour le chapitre 3, « Le Nord et le Midi. Contribution à une analyse de l'effet Montesquieu », *Actes de la recherche en sciences sociales*, 35, novembre 1980, pp. 21-25.

I. L'ÉCONOMIE DES ÉCHANGES LINGUISTIQUES

La sociologie ne peut échapper à toutes les formes de domination que la linguistique et ses concepts exercent encore aujourd'hui sur les sciences sociales qu'à condition de porter au jour les opérations de construction d'objet par lesquelles cette science s'est fondée, et les conditions sociales de la production et de la circulation de ses concepts fondamentaux. Si le modèle linguistique s'est aussi facilement transporté sur le terrain de l'ethnologie et de la sociologie, c'est qu'on accordait à la linguistique l'essentiel, c'est-à-dire la *philosophie intellectualiste* qui fait du langage un objet d'intellection plutôt qu'un instrument d'action et de pouvoir. Accepter le modèle saussurien et ses présupposés, c'est traiter le monde social comme un univers d'échanges symboliques et réduire l'action à un acte de communication qui, comme la parole saussurienne, est destiné à être déchiffré au moyen d'un chiffre ou d'un code, langue ou culture[1].

Pour rompre avec cette philosophie sociale, il s'agit de montrer que s'il est légitime de traiter les rapports sociaux

1. J'ai essayé d'analyser ailleurs l'inconscient épistémologique du structuralisme, c'est-à-dire les présupposés que Saussure a très lucidement engagés dans la construction de l'objet propre de la linguistique, mais qui ont été oubliés ou refoulés par les utilisateurs ultérieurs du modèle saussurien (cf. P. Bourdieu, *Le sens pratique*, Paris, Éditions de Minuit, 1980, pp. 51 sq.).

— et les rapports de domination eux-mêmes — comme des interactions symboliques, c'est-à-dire comme des rapports de communication impliquant la connaissance et la reconnaissance, on doit se garder d'oublier que les rapports de communication par excellence que sont les échanges linguistiques sont aussi des rapports de pouvoir symbolique où s'actualisent les rapports de force entre les locuteurs ou leurs groupes respectifs. Bref, il faut dépasser l'alternative ordinaire entre l'économisme et le culturalisme, pour tenter d'élaborer une économie des échanges symboliques.

Tout acte de parole et, plus généralement, toute action, est une conjoncture, une rencontre de séries causales indépendantes : d'un côté les dispositions, socialement façonnées, de l'habitus linguistique, qui impliquent une certaine propension à parler et à dire des choses déterminées (intérêt expressif) et une certaine capacité de parler définie inséparablement comme capacité linguistique d'engendrement infini de discours grammaticalement conformes et comme capacité sociale permettant d'utiliser adéquatement cette compétence dans une situation déterminée ; de l'autre, les structures du marché linguistique, qui s'imposent comme un système de sanctions et de censures spécifiques.

Ce modèle simple de la production et de la circulation linguistique comme relation entre les habitus linguistiques et les marchés sur lesquels ils offrent leurs produits ne vise ni à récuser ni à remplacer l'analyse proprement linguistique du code ; mais il permet de comprendre les erreurs et les échecs auxquels se condamne la linguistique lorsque, à partir d'un seul des facteurs en jeu, la compétence proprement linguistique, définie abstraitement, en dehors de tout ce qu'elle doit à ses conditions sociales de production, elle tente de rendre raison du discours dans sa singularité conjoncturelle. En effet, aussi longtemps qu'ils ignorent la limite qui est constitutive de leur science, les linguistes n'ont d'autre choix que de chercher

désespérément dans la langue ce qui est inscrit dans les relations sociales où elle fonctionne, ou de faire de la sociologie
sans le savoir, c'est-à-dire avec le danger de découvrir dans la
grammaire même ce que la sociologie spontanée du linguiste
y a inconsciemment importé.

La grammaire ne définit que très partiellement le sens, et
c'est dans la relation avec un marché que s'opère la détermination complète de la signification du discours. Une part, et
non la moindre, des déterminations qui font la définition
pratique du sens, advient au discours automatiquement et du
dehors. Au principe du sens objectif qui s'engendre dans la
circulation linguistique, il y a d'abord la valeur distinctive qui
résulte de la mise en relation que les locuteurs opèrent,
consciemment ou inconsciemment, entre le produit linguistique offert par un locuteur socialement caractérisé et les produits simultanément proposés dans un espace social déterminé. Il y a aussi le fait que le produit linguistique ne se réalise complètement comme message que s'il est traité comme
tel, c'est-à-dire déchiffré, et que les schèmes d'interprétation
que les récepteurs mettent en œuvre dans leur appropriation
créatrice du produit proposé peuvent être plus ou moins éloignés de ceux qui ont orienté la production. A travers ces
effets, inévitables, le marché contribue à faire non seulement
la valeur symbolique, mais aussi le sens du discours.

On pourrait reprendre dans cette perspective la question
du style : cet « écart individuel par rapport à la norme linguistique », cette élaboration particulière qui tend à conférer
au discours des propriétés distinctives, est un être-perçu qui
n'existe qu'en relation avec des sujets percevants, dotés de ces
dispositions diacritiques qui permettent de faire des *distinctions* entre des *manières de dire* différentes, des arts de parler

distinctifs. Il s'ensuit que le style, qu'il s'agisse de la poésie comparée à la prose ou de la diction d'une classe (sociale, sexuelle ou générationnelle) comparée à celle d'une autre classe, n'existe qu'en relation avec des agents dotés des schèmes de perception et d'appréciation qui permettent de le constituer comme ensemble de différences systématiques, syncrétiquement appréhendées. Ce qui circule sur le marché linguistique, ce n'est pas « la langue », mais des discours stylistiquement caractérisés, à la fois du côté de la production, dans la mesure où chaque locuteur se fait un idiolecte avec la langue commune, et du côté de la réception, dans la mesure où chaque récepteur contribue à *produire* le message qu'il perçoit et apprécie en y important tout ce qui fait son expérience singulière et collective. On peut étendre à tout discours ce que l'on a dit du seul discours poétique, parce qu'il porte à son intensité maximum, lorsqu'il réussit, l'effet qui consiste à réveiller des expériences variables selon les individus : si, à la différence de la dénotation, qui représente « la part stable et commune à tous les locuteurs[2] », la connotation renvoie à la singularité des expériences individuelles, c'est qu'elle se constitue dans une relation socialement caractérisée où les récepteurs engagent la diversité de leurs instruments d'appropriation symbolique. Le paradoxe de la communication est qu'elle suppose un médium commun mais qui ne réussit — on le voit bien dans le cas limite où il s'agit de transmettre, comme souvent la poésie, des émotions — qu'en suscitant et en ressuscitant des expériences singulières, c'est-à-dire socialement marquées. Produit de la neutralisation des rapports pratiques dans lesquels il fonctionne, le mot à toutes fins du dictionnaire n'a aucune existence sociale : dans la pratique, il n'existe qu'immergé dans des situations, au point

---

2. Cf. G. Mounin, *La communication poétique, précédé de Avez-vous lu Char ?*, Paris, Gallimard, 1969, pp. 21-26.

16

que le noyau de sens qui se maintient relativement invariant à travers la diversité des marchés peut passer inaperçu[3]. Comme l'observait Vendryès, si les mots recevaient toujours tous leurs sens à la fois, le discours serait un jeu de mots continué ; mais si, comme dans le cas de louer — *locare* — et de louer — *laudare* —, tous les sens qu'ils peuvent revêtir étaient parfaitement indépendants, tous les jeux de mots (idéologiques en particulier) deviendraient impossibles[4]. Les différents sens d'un mot se définissent dans la relation entre le noyau invariant et la logique spécifique des différents marchés, eux-mêmes objectivement situés par rapport au marché où se définit le sens le plus commun. Ils n'existent simultanément que pour la conscience savante qui les fait surgir en brisant la solidarité organique entre la compétence et le marché.

La religion et la politique tirent leurs meilleurs effets idéologiques des possibilités qu'enferme la polysémie inhérente à l'ubiquité sociale de la langue légitime. Dans une société dif-

---

3. L'aptitude à saisir simultanément les différents sens d'un même mot (que mesurent souvent les tests dits d'intelligence) et, *a fortiori*, l'aptitude à les manipuler pratiquement (par exemple, en réactivant la signification originaire des mots ordinaires, comme aiment à faire les philosophes) sont une bonne mesure de l'aptitude typiquement savante à s'arracher à la situation et à briser la relation pratique qui unit un mot à un contexte pratique, l'enfermant ainsi dans un de ses sens, pour considérer le mot en lui-même et pour lui-même, c'est-à-dire comme le lieu géométrique de toutes les relations possibles à des situations ainsi traitées comme autant de « cas particuliers du possible ». Si cette aptitude à jouer des différentes variétés linguistiques, successivement et surtout simultanément, est sans doute parmi les plus inégalement réparties, c'est que la maîtrise des différentes variétés linguistiques et surtout le rapport au langage qu'elle suppose ne peuvent être acquis que dans certaines conditions d'existence capables d'autoriser un rapport détaché et gratuit au langage (cf. dans P. Bourdieu et J.-C. Passeron, *Rapport pédagogique et communication*, l'analyse des variations selon l'origine sociale de l'*amplitude du registre linguistique*, c'est-à-dire du degré auquel sont maîtrisées les différentes variétés linguistiques).

4. J. Vendryès, *Le langage. Introduction linguistique à l'Histoire*. Paris, Albin Michel, 1950, p. 208.

férenciée, les noms que l'on dit communs, travail, famille, mère, amour, reçoivent en réalité des significations différentes, voire antagonistes, du fait que les membres de la même « communauté linguistique » utilisent, tant bien que mal, la même langue et non plusieurs langues différentes — l'unification du marché linguistique faisant qu'il y a sans doute de plus en plus de significations pour les mêmes signes[5]. Bakhtine rappelle que, dans les situations révolutionnaires, les mots communs prennent des sens opposés. En fait, il n'y a pas de mots neutres : l'enquête montre par exemple que les adjectifs les plus ordinairement utilisés pour exprimer les goûts reçoivent souvent des sens différents, parfois opposés, selon les classes ; le mot « soigné », choisi par les petits-bourgeois, est rejeté par les intellectuels pour qui, précisément, il *fait* petit-bourgeois, étriqué, mesquin. La polysémie du langage religieux et l'effet idéologique d'*unification des opposés* ou de dénégation des divisions qu'il produit tiennent au fait qu'au prix des *réinterprétations* qu'impliquent la production et la réception du langage commun par des locuteurs occupant des positions différentes dans l'espace social, donc dotés d'intentions et d'intérêts différents, il parvient à parler à tous les groupes et que tous les groupes peuvent le parler, à l'inverse du langage mathématique qui ne peut assurer l'univocité du mot groupe qu'en contrôlant strictement l'homogénéité du groupe des mathématiciens. Les religions que l'on dit *universelles* ne le sont pas au même sens et aux mêmes conditions que la science.

Le recours à un langage neutralisé s'impose toutes les fois qu'il s'agit d'établir un consensus pratique entre des agents ou des groupes d'agents dotés d'intérêts partiellement ou totale-

5. Les impératifs de la production, et même de la domination, imposent un minimum de communication entre les classes, donc l'accès des plus démunis (par exemple les immigrés) à une sorte de minimum vital linguistique.

ment différents : c'est-à-dire, évidemment, en tout premier lieu dans le champ de la lutte politique légitime, mais aussi dans les transactions et les interactions de la vie quotidienne. La communication entre classes (ou, dans les sociétés coloniales ou semi-coloniales, entre ethnies) représente toujours une situation critique pour la langue utilisée, quelle qu'elle soit. Elle tend en effet à provoquer un retour au sens le plus ouvertement chargé de connotations sociales : « Quand on prononce le mot *paysan* devant quelqu'un qui vient de quitter la campagne, on ne sait jamais comment il va le prendre. » Dès lors il n'y a plus de mots innocents. Cet effet objectif de dévoilement brise l'unité apparente du langage ordinaire. Chaque mot, chaque locution, menace de prendre deux sens antagonistes selon la manière que l'émetteur et le récepteur auront de le prendre. La logique des automatismes verbaux qui ramènent sournoisement à l'usage ordinaire, avec toutes les valeurs et les préjugés qui en sont solidaires, enferme le danger permanent de la « gaffe », capable de volatiliser en un instant un consensus savamment entretenu au prix de stratégies de ménagement réciproque.

Mais on ne comprendrait pas complètement l'efficacité symbolique des langages politiques ou religieux si on la réduisait à l'effet des malentendus qui portent des individus en tout opposés à se reconnaître dans le même message. Les discours savants peuvent tenir leur efficacité de la correspondance cachée entre la structure de l'espace social dans lequel ils sont produits, champ politique, champ religieux, champ artistique ou champ philosophique, et la structure du champ des classes sociales dans laquelle les récepteurs sont situés et par rapport à laquelle ils interprètent le message. L'homologie entre les oppositions constitutives des champs spécialisés et le champ des classes sociales est au principe d'une amphibologie essentielle qui se voit particulièrement lorsque, en se diffusant hors du champ restreint, les discours ésotériques subissent une sorte d'universalisation automatique, cessant d'être seulement des propos de dominants ou de dominés au sein d'un champ spécifique pour devenir des propos valables pour tous les dominants ou tous les dominés.

Il reste que la science sociale doit prendre acte de l'autonomie de la langue, de sa logique spécifique, de ses règles propres de fonctionnement. On ne peut en particulier comprendre les effets symboliques du langage sans prendre en compte le fait, mille fois attesté, que le langage est le premier mécanisme formel dont les capacités génératives sont sans limites. Il n'est rien qui ne puisse se dire et l'on peut dire le rien. On peut tout énoncer dans la langue, c'est-à-dire dans les limites de la grammaticalité. On sait depuis Frege que les mots peuvent avoir un sens sans référer à rien. C'est dire que la rigueur formelle peut masquer le *décollage sémantique*. Toutes les théologies religieuses et toutes les théodicées politiques ont tiré parti du fait que les capacités génératives de la langue peuvent excéder les limites de l'intuition ou de la vérification empirique pour produire des discours *formellement* corrects mais sémantiquement vides. Les rituels représentent la limite de toutes les situations d'*imposition* où, à travers l'exercice d'une compétence technique qui peut être très imparfaite, s'exerce une compétence sociale, celle du locuteur légitime, autorisé à parler et à parler avec autorité : Benveniste remarquait que les mots qui, dans les langues indo-européennes, servent à dire le droit se rattachent à la racine dire. Le dire droit, formellement conforme, prétend par là même, et avec des chances non négligeables de succès, à dire le droit, c'est-à-dire le devoir être. Ceux qui, comme Max Weber, ont opposé au droit magique ou charismatique du serment collectif ou de l'ordalie, un droit rationnel fondé sur la calculabilité et la prévisibilité, oublient que le droit le plus rigoureusement rationalisé n'est jamais qu'un acte de magie sociale qui réussit.

Le discours juridique est une parole créatrice, qui fait exister ce qu'elle énonce. Elle est la limite vers laquelle prétendent tous les énoncés performatifs, bénédictions, malédictions, ordres, souhaits ou insultes : c'est-à-dire la parole divine, de droit divin, qui, comme l'*intuitus originarius* que Kant prêtait à Dieu, fait surgir à l'existence ce qu'elle énonce, à l'opposé de tous les énoncés dérivés, constatifs, simples enregistrements d'un donné préexistant. On ne devrait jamais oublier que la langue, en raison de l'infinie capacité générative, mais aussi, *originaire,* au sens de Kant, que lui confère son pouvoir de produire à l'existence en produisant la représentation collectivement reconnue, et ainsi réalisée, de l'existence, est sans doute le support par excellence du rêve de pouvoir absolu.

Chapitre 1

La production et la reproduction de la langue légitime

> « Vous l'avez dit, cavalier ! Il devrait y avoir des lois pour protéger les connaissances acquises.
>
> « Prenez un de nos bons élèves par exemple, modeste, diligent, qui dès ses classes de grammaire a commencé à tenir son petit cahier d'expressions.
>
> « Qui pendant vingt années suspendu aux lèvres de ses professeurs a fini par se composer une espèce de petit pécule intellectuel : est-ce qu'il ne lui appartient pas comme si c'était une maison ou de l'argent ?
>
> P. CLAUDEL, *Le Soulier de satin.*

« Envers *des richesses qui comportent une possession simultanée sans subir aucune altération,* le langage institue naturellement une pleine communauté où tous, en puisant librement au *trésor universel,* concourent spontanément à sa conservation[1]. » En décrivant l'appropriation symbolique comme une sorte de participation mystique universellement

1. A. Comte, *Système de politique positive,* T. II, Statique sociale, 5ᵉ éd., Paris, Siège de la société positiviste, 1929, p. 254 (souligné par moi).

et uniformément accessible, donc exclusive de toute dépossession, Auguste Comte offre une expression exemplaire de l'illusion du communisme linguistique qui hante toute la théorie linguistique. Ainsi, Saussure résout la question des conditions économiques et sociales de l'appropriation de la langue sans jamais avoir besoin de la poser, en recourant, comme Auguste Comte, à la métaphore du trésor, qu'il applique indifféremment à la « communauté » ou à l'individu : il parle de « trésor intérieur », de « trésor déposé par la pratique de la parole dans les sujets appartenant à la même communauté », de « somme des trésors de langue individuels », ou encore de « somme d'empreintes déposées dans chaque cerveau ». Chomsky a le mérite de prêter explicitement au sujet parlant dans son universalité la compétence parfaite que la tradition saussurienne lui accordait tacitement : « La théorie linguistique a affaire fondamentalement à un *locuteur-auditeur idéal, inséré dans une communauté linguistique complètement homogène, connaissant sa langue parfaitement* et à l'abri des effets *grammaticalement non pertinents* tels que limitations de la mémoire, distractions, glissements d'attention ou d'intérêt ou erreurs dans l'application de sa connaissance de la langue dans la performance. Telle fut, il me semble, la position des fondateurs de la linguistique générale moderne, et aucune raison convaincante de la modifier ne s'est imposée[2]. » Bref, de ce point de vue, la compétence chomskyenne n'est qu'un autre nom de la langue saussurienne[3]. A la langue comme « trésor universel », pos-

2. N. Chomsky, *Aspects of the Theory of Syntax*, Cambridge, M.I.T. Press, 1965, p. 3 ; ou encore, N. Chomsky et M. Halle, *Principes de phonologie générative*, trad. P. Encrevé, Paris, Le Seuil, 1973. p. 25 (souligné par moi).

3. Chomsky a opéré lui-même explicitement cette identification, au moins en tant que la compétence est « connaissance de la grammaire » (N. Chomsky et M. Halle, *loc. cit.*) ou « grammaire générative intériorisée » (N. Chomsky, *Current Issues in Linguistic Theory*, London, The Hague, Mouton, 1964, p. 10).

sédé en propriété indivise par tout le groupe, correspond la compétence linguistique comme « dépôt » en chaque individu de ce « trésor » ou comme participation de chaque membre de la « communauté linguistique » à ce bien public. Le changement de langage cache la *fictio juris* par laquelle Chomsky, convertissant les lois immanentes du discours légitime en normes universelles de la pratique linguistique conforme, escamote la question des conditions économiques et sociales de l'acquisition de la compétence légitime et de la constitution du marché où s'établit et s'impose cette définition du légitime et de l'illégitime[4].

Langue officielle et unité politique

Pour faire voir que les linguistes ne font qu'incorporer à la théorie un objet pré-construit dont ils oublient *les lois sociales de construction* et dont ils masquent en tout cas la genèse sociale, il n'est pas de meilleur exemple que les paragraphes du *Cours de linguistique générale* où Saussure discute les rap-

---

4. Ce n'est pas parce qu'il couronne sa théorie pure de la « compétence communicative », *analyse d'essence* de la situation de communication, par une déclaration d'intentions concernant les degrés de répression et le degré de développement des forces productives, que Habermas échappe à l'effet idéologique d'absolutisation du relatif qui est inscrit dans les silences de la théorie chomskyenne de la compétence (J. Habermas, « Toward a Theory of Communicative Competence », in H.P. Dreitzel, *Recent Sociology*, 2, 1970, pp. 114-150). Serait-elle décisoire et provisoire, et destinée seulement à « rendre possible » l'étude des « déformations de la pure intersubjectivité », l'*idéalisation* (parfaitement visible dans le recours à des notions telles que « maîtrise des universaux constitutifs du dialogue » ou « situation de parole, déterminée par la subjectivité pure ») a pour effet d'évacuer pratiquement des rapports de communication les rapports de force qui s'y accomplissent sous une forme transfigurée : à preuve, l'emprunt non critiqué de concepts comme celui d'*illocutionary force* qui tend à placer dans les mots — et non dans les conditions institutionnelles de leur utilisation — la force des mots.

ports entre la langue et l'espace[5]. Entendant prouver que ce n'est pas l'espace qui définit la langue, mais la langue qui définit son espace, Saussure observe que ni les dialectes ni les langues ne connaissent de limites naturelles, telle innovation phonétique, la substitution du *s* au *c* latin par exemple, déterminant elle-même son aire de diffusion par la force intrinsèque de sa logique autonome, au travers de l'ensemble des sujets parlants qui acceptent de s'en faire les porteurs. Cette philosophie de l'histoire, qui fait de la dynamique interne de la langue le seul principe des limites de sa diffusion, occulte le processus proprement politique d'unification au terme duquel un ensemble déterminé de « sujets parlants » se trouve pratiquement amené à accepter la langue officielle.

La langue saussurienne, ce code à la fois législatif et communicatif qui existe et subsiste en dehors de ses utilisateurs (« sujets parlants ») et de ses utilisations (« parole »), a en fait toutes les propriétés communément reconnues à la langue officielle. Par opposition au dialecte, elle a bénéficié des conditions institutionnelles nécessaires à sa codification et à son imposition généralisées. Ainsi reconnue et connue (plus ou moins complètement) sur tout le ressort d'une certaine autorité politique, elle contribue en retour à renforcer l'autorité qui fonde sa domination : elle assure en effet entre tous les membres de la « communauté linguistique », traditionnellement définie, depuis Bloomfield, comme un « groupe de gens qui utilisent le même système de signes linguistiques [6] »,

5. F. de Saussure, *Cours de linguistique générale*, Paris et Lausanne, Payot, 1916, 5ᵉ éd. 1960, pp. 275-280.
6. L. Bloomfield, *Language*, London, George Allen, 1958, p. 29. Comme la théorie saussurienne de la langue oublie que la langue ne s'impose pas par sa seule force propre et qu'elle doit ses limites géographiques à un acte politique d'institution, acte arbitraire et méconnu comme tel (et par la science de la langue elle-même), de même, la théorie bloomfieldienne de la « communauté linguistique » ignore les conditions politiques et institutionnelles de l'« intercompréhension ».

minimum de communication qui est la condition de la production économique et même de la domination symbolique.

Parler de *la* langue, sans autre précision, comme font les linguistes, c'est accepter tacitement la définition *officielle* de la langue *officielle* d'une unité politique : cette langue est celle qui, dans les limites territoriales de cette unité, s'impose à tous les ressortissants comme la seule légitime, et cela d'autant plus impérativement que la circonstance est plus officielle (mot qui traduit très précisément le *formal* des linguistes de langue anglaise)[7]. Produite par des auteurs ayant autorité pour écrire, fixée et codifiée par les grammairiens et les professeurs, chargés aussi d'en inculquer la maîtrise, la langue est un *code*, au sens de chiffre permettant d'établir des équivalences entre des sons et des sens, mais aussi au sens de système de normes réglant les pratiques linguistiques.

La langue officielle a partie liée avec l'État. Et cela tant dans sa genèse que dans ses usages sociaux. C'est dans le processus de constitution de l'État que se créent les conditions de la constitution d'un marché linguistique unifié et dominé par la langue officielle : obligatoire dans les occasions officielles et dans les espaces officiels (École, administrations publiques, institutions politiques, etc.), cette langue d'État devient la norme théorique à laquelle toutes les pratiques linguistiques sont objectivement mesurées. Nul n'est censé ignorer la loi linguistique qui a son corps de juristes, les grammairiens, et ses agents d'imposition et de contrôle, les maîtres de l'enseignement, investis du pouvoir de soumettre *universellement* à l'examen et à la sanction juridique du titre scolaire la performance linguistique des sujets parlants.

---

7. L'adjectif *formal* qui se dit d'un langage surveillé, soigné, tendu, par opposition à familier, relâché, ou d'une personne compassée, guindée et formaliste, reçoit aussi le sens de l'adjectif français officiel (*a formal dinner*), c'est-à-dire accompli dans les formes, en bonne et due forme, dans les règles (*formal agreement*).

Pour qu'un mode d'expression parmi d'autres (une langue dans le cas du bilinguisme, un usage de la langue dans le cas d'une société divisée en classes) s'impose comme seul légitime, il faut que le marché linguistique soit unifié et que les différents dialectes (de classe, de région ou d'ethnie) soient pratiquement mesurés à la langue ou à l'usage légitime. L'intégration dans une même « communauté linguistique », qui est un produit de la domination politique sans cesse reproduit par des institutions capables d'imposer la reconnaissance universelle de la langue dominante, est la condition de l'instauration de rapports de domination linguistique.

La langue *standard* : un produit « normalisé »

A la façon des différentes branches de l'artisanat qui, avant l'avènement de la grande industrie, constituaient, selon le mot de Marx, « autant d'enclos » séparés, les variantes locales de la langue d'oïl jusqu'au XVIIIᵉ siècle, et jusqu'à ce jour les dialectes régionaux, diffèrent de paroisse à paroisse et, comme le montrent les cartes des dialectologues, les traits phonologiques, morphologiques et lexicologiques se distribuent selon des aires qui ne sont jamais parfaitement superposables et qui ne s'ajustent que très accidentellement aux limites des circonscriptions administratives ou religieuses[8]. En effet, en l'absence de l'*objectivation* dans l'écriture et surtout

8. Seul un transfert de la représentation de la langue nationale porte à penser qu'il existerait des dialectes régionaux, eux-mêmes divisés en sous-dialectes, eux-mêmes subdivisés, idée formellement démentie par la dialectologie (cf. F. Brunot, *Histoire de la langue française des origines à nos jours*, Paris, A. Colin, 1968, pp. 77-78). Et ce n'est pas par hasard que les nationalismes succombent presque toujours à cette illusion puisqu'ils sont condamnés à reproduire, une fois triomphants, le processus d'unification dont ils dénonçaient les effets.

de la *codification* quasi juridique qui est corrélative de la constitution d'une langue officielle, les « langues » n'existent qu'à l'état pratique, c'est-à-dire sous la forme d'habitus linguistiques au moins partiellement orchestrés et de productions orales de ces habitus[9] : aussi longtemps qu'on ne demande à la langue que d'assurer un minimum d'intercompréhension dans les rencontres (d'ailleurs fort rares) entre villages voisins ou entre régions, il n'est pas question d'ériger tel parler en norme de l'autre (cela bien que l'on ne manque pas de trouver dans les différences perçues le prétexte d'affirmations de supériorité).

Jusqu'à la Révolution française, le processus d'unification linguistique se confond avec le processus de construction de l'État monarchique. Les « dialectes », qui sont parfois dotés de certaines des propriétés que l'on attribue aux « langues » (la plupart d'entre eux font l'objet d'un usage écrit, actes notariés, délibérations communales, etc.) et les langues littéraires (comme la langue poétique des pays d'oc), sortes de « langues factices » distinctes de chacun des dialectes utilisés sur l'ensemble du territoire où elles ont cours, cèdent progressivement la place, dès le XIVᵉ siècle, au moins dans les provinces centrales du pays d'oïl, à la langue commune qui s'élabore à Paris dans les milieux cultivés et qui, promue au statut de langue officielle, est utilisée dans la forme que lui ont conférée les usages savants, c'est-à-dire écrits. Corrélativement, les usages populaires et purement oraux de tous les dialectes régionaux ainsi supplantés tombent à l'état de « patois », du fait de la parcellisation (liée à l'abandon de la forme écrite) et de la désagrégation interne (par emprunt lexical ou syntaxique) qui sont le produit de la déva-

9. Cela se voit bien à travers les difficultés que suscite, pendant la Révolution, la traduction des décrets : la langue pratique étant dépourvue de vocabulaire politique et morcelée en dialectes, on doit forger une langue moyenne (comme font aujourd'hui les défenseurs des langues d'oc qui produisent, en particulier par la fixation et la standardisation de l'orthographe, une langue difficilement accessible aux locuteurs ordinaires).

luation sociale dont ils font l'objet : abandonnés aux paysans, ils sont définis en effet négativement et péjorativement par opposition aux usages distingués ou lettrés (comme l'atteste, parmi d'autres indices, le changement du sens assigné au mot patois qui, de « langage incompréhensible », en vient à qualifier un « langage corrompu et grossier, tel que celui du menu peuple ». Dictionnaire de Furetière, 1690).

La situation linguistique est très différente en pays de langue d'oc : il faut attendre le XVIe siècle et la constitution progressive d'une organisation administrative liée au pouvoir royal (avec, notamment, l'apparition d'une multitude d'agents administratifs de rang inférieur, lieutenants, viguiers, juges, etc.) pour voir le dialecte parisien se substituer, dans les actes publics, aux différents dialectes de langue d'oc. L'imposition du français comme langue officielle n'a pas pour effet d'abolir totalement l'usage écrit des dialectes, ni comme langue administrative ou politique ni même comme langue littéraire (avec la perpétuation sous l'ancien régime d'une littérature) ; quant à leurs usages oraux, ils restent prédominants. Une situation de bilinguisme tend à s'instaurer : tandis que les membres des classes populaires, et particulièrement les paysans, sont réduits au parler local, les membres de l'aristocratie, de la bourgeoisie du commerce et des affaires et surtout de la petite bourgeoisie lettrée (ceux-là mêmes qui répondront à l'enquête de l'abbé Grégoire et qui ont, à des degrés divers, fréquenté ces institutions d'unification linguistique que sont les collèges jésuites) ont beaucoup plus souvent accès à l'usage de la langue officielle, écrite ou parlée, tout en possédant le dialecte (encore utilisé dans la plupart des situations privées ou même publiques), ce qui les désigne pour remplir une fonction d'*intermédiaires*.

Les membres de ces bourgeoisies locales de curés, médecins ou professeurs, qui doivent leur position à leur maîtrise des instruments d'expression, ont tout à gagner à la politique d'unification linguistique de la Révolution : la promotion de la langue officielle au statut de langue nationale leur donne le monopole de fait de la politique et, plus généralement, de la communication avec le pouvoir central et ses représentants qui définira, sous toutes les républiques, les notables locaux.

L'imposition de la langue légitime contre les idiomes et les patois fait partie des stratégies politiques destinées à assurer l'éternisation des acquis de la Révolution par la production et la reproduction de l'homme nouveau. La théorie condillacienne qui fait de la langue une *méthode* permet d'identifier la langue révolutionnaire à la pensée révolutionnaire : réformer la langue, la purger des usages liés à l'ancienne société et l'imposer ainsi purifiée, c'est imposer une pensée elle-même épurée et purifiée. Il serait naïf d'imputer la politique d'unification linguistique aux seuls besoins techniques de la communication entre les différentes parties du territoire et, notamment, entre Paris et la province, ou d'y voir le produit direct d'un centralisme étatique décidé à écraser les « particularismes locaux ». Le conflit entre le français de l'intelligentsia révolutionnaire et les idiomes ou les patois est un conflit pour le pouvoir symbolique qui a pour enjeu la *formation* et la *ré-formation* des structures mentales. Bref, il ne s'agit pas seulement de communiquer mais de faire reconnaître un nouveau discours d'autorité, avec son nouveau vocabulaire politique, ses termes d'adresse et de référence, ses métaphores, ses euphémismes et la représentation du monde social qu'il véhicule et qui, parce qu'elle est liée aux intérêts nouveaux de groupes nouveaux, est indicible dans les parlers locaux façonnés par des usages liés aux intérêts spécifiques des groupes paysans.

C'est donc seulement lorsque apparaissent les usages et les fonctions inédits qu'implique la constitution de la nation, groupe tout à fait abstrait et fondé sur le droit, que deviennent indispensables la langue *standard*, impersonnelle et anonyme comme les usages officiels qu'elle doit servir, et, du même coup, le travail de normalisation des produits des habitus linguistiques. Résultat exemplaire de ce travail de codification et de normalisation, le dictionnaire cumule par l'enregistrement savant la totalité des *ressources linguistiques* accumulées au cours du temps et en particulier toutes les utilisations possibles du même mot (ou toutes les expressions possibles du même sens), juxtaposant des usages socialement étrangers, voire exclusifs (quitte à marquer ceux qui passent les limites de l'acceptabilité d'un signe d'exclusion tel que *Vx.*, *Pop.* ou *Arg.*). Par là, il donne une image assez juste de la langue au sens de Saussure, « somme des trésors de langue individuels » qui est prédisposée à remplir les fonctions de code « universel » : la langue *normalisée* est capable de fonctionner en dehors de la contrainte et de l'assistance de la situation et propre à être émise et déchiffrée par un émetteur et un récepteur quelconques, ignorant tout l'un de l'autre, comme le veulent les exigences de la prévisibilité et de la calculabilité bureaucratiques, qui supposent des fonctionnaires et des clients universels, sans autres qualités que celles qui leur sont assignées par la définition administrative de leur état.

Dans le processus qui conduit à l'élaboration, la légitimation et l'imposition d'une langue officielle, le système scolaire remplit une fonction déterminante : « Fabriquer les similitudes d'où résulte la communauté de conscience qui est le ciment de la nation. » Et Georges Davy poursuit avec une évocation de la fonction du maître d'école, maître à parler qui est, par là même, un maître à penser : « Il (l'instituteur) agit quotidiennement de par sa fonction sur la faculté d'expression de toute idée et de toute émotion : sur le langage. En apprenant aux enfants, qui ne le connaissent que bien confusément ou qui parlent même des dialectes ou des patois divers, la même langue, une, claire et fixée, il les incline déjà tout naturellement à voir et à sentir les choses de la même façon ; et il travaille à édifier la conscience commune de la nation[10]. » La théorie whorfienne — ou, si l'on veut, humboldtienne[11] — du langage qui soutient cette vision de

10. G. Davy, *Éléments de sociologie*, Paris, Vrin, 1950, p. 233.
11. La théorie linguistique de Humboldt, qui s'est engendrée dans la célébration de « l'authenticité » linguistique du peuple basque et l'exaltation du couple langue-nation, entretient une relation intelligible avec la conception de la mission unificatrice de l'Université que Humboldt a investie dans la fondation de l'université de Berlin.

l'action scolaire comme instrument d'« intégration intellectuelle et morale », au sens de Durkheim, présente avec la philosophie durkheimienne du consensus une affinité au demeurant attestée par le glissement qui a conduit le mot *code* du droit à la linguistique : le code, au sens de chiffre, qui régit la langue écrite, identifiée à la langue correcte, par opposition à la langue parlée *(conversational language)*, implicitement tenue pour inférieure, acquiert force de loi dans et par le système d'enseignement[12].

Le système d'enseignement, dont l'action gagne en étendue et en intensité tout au long du XIXe siècle[13], contribue sans doute directement à la dévaluation des modes d'expression populaires, rejetés à l'état de « jargon » et de « charabia » (comme disent les annotations marginales des maîtres), et à l'imposition de la reconnaissance de la langue légitime. Mais c'est sans doute la relation dialectique entre l'École et le marché du travail ou, plus précisément, entre l'unification du marché scolaire (et linguistique), liée à l'institution de titres scolaires dotés d'une valeur nationale, indépendante, au moins officiellement, des propriétés sociales ou régionales de leurs porteurs, et l'unification du marché du travail (avec, entre autres choses, le développement de l'administration et du corps des fonctionnaires) qui joue le rôle le plus déterminant dans la dévaluation des dialectes et l'instauration de la

---

12. La grammaire reçoit, par l'intermédiaire du système scolaire, qui met à son service son pouvoir de certification, une véritable efficacité juridique : s'il arrive que la grammaire et l'orthographe (par exemple, en 1900, l'accord du participe passé conjugué avec le verbe *avoir*) fassent l'objet d'*arrêtés*, c'est qu'à travers les examens et les titres qu'elles permettent d'obtenir, elles commandent l'accès à des postes et à des positions sociales.
13. Ainsi, en France, le nombre des écoles, des enfants scolarisés et, corrélativement, du volume et de la dispersion dans l'espace du personnel enseignant s'accroissent de façon continue, à partir de 1816, c'est-à-dire bien avant l'officialisation de l'obligation scolaire.

nouvelle hiérarchie des usages linguistiques[14]. Pour obtenir des détenteurs de compétences linguistiques dominées qu'ils collaborent à la destruction de leurs instruments d'expression, en s'efforçant par exemple de parler « français » devant leurs enfants ou en exigeant d'eux qu'ils parlent « français » en famille, et cela dans l'intention plus ou moins explicite d'accroître leur valeur sur le marché scolaire, il fallait que l'École fût perçue comme le moyen d'accès principal, voire unique, à des postes administratifs d'autant plus recherchés que l'industrialisation était plus faible ; conjonction qui se trouvait réalisée dans les pays à « dialecte » et à « idiome » (les régions de l'Est exceptées) plutôt que dans les pays à « patois » de la moitié nord de la France.

L'unification du marché et la domination symbolique

En fait, s'il faut se garder d'oublier la contribution que l'intention politique d'unification (visible aussi en d'autres domaines, comme celui du droit) apporte à la *fabrication* de la langue que les linguistes acceptent comme une donnée naturelle, il faut se garder de lui imputer la responsabilité entière de la généralisation de l'usage de la langue dominante, dimension de l'unification du marché des biens

---

14. C'est sans doute dans cette logique que se comprend la relation paradoxale qui s'observe entre l'éloignement linguistique des différentes régions au XIXe siècle et la contribution qu'elles apportent à la fonction publique au XXe : les départements qui, selon l'enquête menée par Victor Duruy en 1864, comptent, sous le Second Empire, les taux les plus élevés d'adultes ne parlant pas le français et d'enfants de 7 à 13 ans ne sachant ni le lire ni le parler, fournissent, dès la première moitié du XXe siècle, un nombre particulièrement élevé de fonctionnaires, phénomène qui est lui-même lié, on le sait, à un taux élevé de scolarisation dans l'enseignement secondaire.

symboliques qui accompagne l'unification de l'économie, et aussi de la production et de la circulation culturelles. On le voit bien dans le cas du marché des échanges matrimoniaux, où les produits jusque-là voués à circuler dans l'enclos protégé des marchés locaux, obéissant à leurs propres lois de formation des prix, se sont trouvés brusquement dévalués par la généralisation des critères d'évaluation dominants et le discrédit des « valeurs paysannes », qui entraînent l'effondrement de la valeur des *paysans*, souvent condamnés au célibat. Visible dans tous les domaines de la pratique (sport, chanson, vêtement, habitat, etc.), le processus d'unification et de la production et de la circulation des biens économiques et culturels entraîne l'obsolescence progressive du mode de production ancien des habitus et de leurs produits. Et l'on comprend ainsi que, comme les sociolinguistes l'ont souvent observé, les femmes soient plus promptes à adopter la langue légitime (ou la prononciation légitime) : du fait qu'elles sont vouées à la docilité à l'égard des usages dominants et par la division du travail entre les sexes, qui les spécialise dans le domaine de la consommation, et par la logique du mariage, qui est pour elles la voie principale, sinon exclusive, de l'ascension sociale, et où elles circulent de bas en haut, elles sont prédisposées à accepter, et d'abord à l'École, les nouvelles exigences du marché des biens symboliques.

Ainsi, les effets de domination qui sont corrélatifs de l'unification du marché ne s'exercent que par l'intermédiaire de tout un ensemble d'institutions et de mécanismes spécifiques dont la politique proprement linguistique et même les interventions expresses des groupes de pression ne représentent que l'aspect le plus superficiel. Et le fait qu'ils présupposent l'unification politique ou économique qu'ils contribuent en retour à renforcer n'implique nullement que l'on doive imputer les progrès de la langue officielle à l'efficacité directe de contraintes juridiques ou quasi juridiques (qui peuvent imposer, au mieux, l'acquisition, mais non l'utilisation généralisée et, du même coup, la reproduction autonome, de la langue légitime). Toute domination symbolique suppose de la part de ceux qui la subissent une forme de complicité qui n'est ni soumission passive à une contrainte extérieure, ni adhésion libre à des valeurs. La reconnaissance de la légitimité de la langue officielle n'a rien d'une croyance expressément professée, délibérée et révocable, ni d'un acte intentionnel d'acceptation d'une « norme » ; elle est inscrite à l'état pratique dans les dispositions qui sont insensiblement inculquées, au travers d'un long et lent processus d'acquisition, par les sanctions du marché linguistique et qui se trouvent donc ajustées, en dehors de tout calcul cynique et de toute contrainte consciemment ressentie, aux chances de profit matériel et symbolique que les lois de formation des prix caractéristiques d'un certain marché promettent objectivement aux détenteurs d'un certain capital linguistique[15].

Le propre de la domination symbolique réside précisément dans le fait qu'elle suppose de la part de celui qui la subit une attitude qui défie l'alternative ordinaire de la liberté et de la contrainte : les « choix » de l'habitus (celui par exemple qui consiste à corriger le *r* en présence de locuteurs légitimes) sont accomplis, sans conscience ni contrainte, en vertu de dispositions qui, bien qu'elles soient indiscutablement le produit des déterminismes sociaux, se sont aussi constituées en dehors de la conscience et de la contrainte. La propension à réduire la recherche des causes à une recherche des responsabilités empêche d'apercevoir que l'*intimidation*, violence symbolique qui s'ignore comme telle (dans la mesure où elle peut n'impliquer aucun *acte d'intimidation*), ne peut s'exercer que

---

15. Cela signifie que les « mœurs linguistiques » ne se laissent pas modifier par décrets comme le croient souvent les partisans d'une politique volontariste de « défense de la langue ».

sur une personne prédisposée (dans son habitus) à la ressentir tandis que d'autres l'ignorent. Il est déjà moins faux de dire que la cause de la timidité réside dans la relation entre la situation ou la personne intimidante (qui peut dénier l'injonction qu'elle adresse) et la personne intimidée ; ou mieux, entre les conditions sociales de production de l'une et de l'autre. Ce qui renvoie, de proche en proche, à toute la structure sociale.

Tout permet de supposer que les instructions les plus déterminantes pour la construction de l'habitus se transmettent sans passer par le langage et par la conscience, au travers des suggestions qui sont inscrites dans les aspects les plus *insignifiants* en apparence des choses, des situations ou des pratiques de l'existence ordinaire : ainsi, la modalité des pratiques, les manières de regarder, de se tenir, de garder le silence, ou même de parler (« regards désapprobateurs », « tons » ou « airs de reproche », etc.) sont *chargées* d'injonctions qui ne sont si puissantes, si difficiles à révoquer, que parce qu'elles sont silencieuses et insidieuses, insistantes et insinuantes (c'est ce *code secret* qui se trouve explicitement dénoncé, à l'occasion des crises caractéristiques de l'unité domestique, crises de l'adolescence ou crises du couple : la disproportion apparente entre la violence de la révolte et les causes qui la suscitent vient de ce que les actions ou les paroles les plus anodines sont désormais aperçues dans leur vérité d'injonctions, d'intimidations, de mises en demeure, de mises en garde, de menaces, et dénoncées comme telles avec d'autant plus de violence qu'elles continuent à agir en deçà de la conscience et de la révolte même qu'elles suscitent). Le pouvoir de suggestion qui s'exerce à travers les choses et les personnes et qui, en annonçant à l'enfant non ce qu'il a à faire, comme les ordres, mais ce qu'il est, l'amène à devenir durablement ce qu'il a à être, est la condition de l'efficacité de toutes les espèces de pouvoir symbolique qui pourront s'exercer par la suite sur un habitus prédisposé à les ressentir. La relation entre deux personnes peut être telle qu'il suffit à l'un d'apparaître pour imposer à l'autre sans même avoir besoin de le vouloir, moins encore de l'ordonner, une définition de la situation et de lui-même (comme intimidé par exemple) qui est d'autant plus absolue et indiscutable qu'elle n'a même pas à s'affirmer.

La reconnaissance qu'extorque cette violence aussi invisible que silencieuse s'exprime dans des déclarations expresses telles que celles qui permettent à Labov d'établir que l'on trouve la même *évaluation* du r chez des locuteurs de classes différentes, donc distincts dans leur *effectuation* du r. Mais elle n'est jamais aussi manifeste que dans toutes les corrections, ponctuelles ou durables, auxquelles les dominés, par un effort désespéré vers la correction, soumettent, consciemment ou inconsciemment, les aspects stigmatisés de leur prononciation, de leur lexique (avec toutes les formes d'euphémisme) et de leur syntaxe ; ou dans le désarroi qui leur fait « perdre tous leurs moyens », les rendant incapables de « trouver leurs mots », comme s'ils étaient soudain dépossédés de leur propre langue[16].

Écarts distinctifs et valeur sociale

Ainsi, faute d'apercevoir et la valeur spéciale qui est objectivement reconnue à l'usage légitime de la langue et les fondements sociaux de ce privilège, on se condamne à l'une ou l'autre de deux erreurs opposées : ou absolutiser inconsciemment ce qui est objectivement relatif et, en ce sens, arbitraire, c'est-à-dire l'usage dominant, en omettant de chercher ailleurs que dans des propriétés de la langue elle-même telles

16. Le langage « désintégré » qu'enregistre l'enquête auprès des locuteurs des classes dominées est ainsi le produit de la relation d'enquête.

que la complexité de sa structure syntaxique le fondement de la valeur qui lui est reconnue, en particulier sur le marché scolaire ; ou n'échapper à cette forme de *fétichisme* que pour tomber dans la naïveté par excellence du *relativisme savant* qui oublie que le regard naïf n'est pas relativiste, en refusant le fait de la légitimité, par une relativisation arbitraire de l'usage dominant, qui est socialement reconnu comme légitime, et pas seulement par les dominants.

Pour reproduire dans le discours savant la fétichisation de la langue légitime qui s'opère dans la réalité, il suffit de décrire, avec Bernstein, les propriétés du « code élaboré » sans rapporter ce produit social aux conditions sociales de sa production et de sa reproduction, c'est-à-dire au moins, comme on pourrait s'y attendre sur le terrain de la sociologie de l'éducation, aux conditions *scolaires* : le « code élaboré » se trouve ainsi constitué en norme absolue de toutes les pratiques linguistiques qui ne peuvent plus être pensées que dans la logique de la *deprivation*. A l'inverse, l'ignorance de ce que l'usage populaire et l'usage savant doivent à leurs relations objectives et à la structure du rapport de domination entre les classes qu'ils reproduisent dans leur logique propre, conduit à *canoniser* telle quelle la « langue » des classes dominées : c'est en ce sens que penche Labov lorsque le souci de réhabiliter la « langue populaire » contre les théoriciens de la *deprivation* le porte à opposer la verbosité et le verbiage pompeux des adolescents bourgeois à la précision et à la concision des enfants des ghettos noirs. Ce qui revient à oublier que, comme il l'a lui-même montré (avec l'exemple de ces émigrés récents qui jugent de manière particulièrement sévère les accents déviants, donc le leur), la « norme » linguistique s'impose à tous les membres d'une même « communauté linguistique », et cela tout particulièrement sur le marché scolaire et dans toutes les situations officielles où le verbalisme et la verbosité sont souvent de rigueur.

L'unification politique et l'imposition corrélative d'une langue officielle instaurent entre *les différents usages de cette langue* des relations qui diffèrent absolument des relations théoriques (comme la relation entre *mouton* et *sheep* qu'évoque Saussure pour fonder l'arbitraire du signe) entre langues différentes, parlées par des groupes politiquement et économiquement indépendants : toutes les pratiques linguistiques se trouvent mesurées aux pratiques légitimes, celles des dominants, et c'est à l'intérieur du système de variantes pratiquement concurrentes qui s'institue réellement toutes les fois que se trouvent réunies les conditions extra-linguistiques de la constitution d'un marché linguistique que se définit la valeur probable qui est objectivement promise aux productions linguistiques des différents locuteurs et, par là, le rapport que chacun d'eux peut entretenir avec la langue et, du même coup, sa production elle-même.

Ainsi, par exemple, les différences linguistiques qui séparaient les ressortissants des différentes régions cessent d'être des *particularismes* incommensurables : rapportées *de facto* à l'étalon unique de la langue « commune », elles se trouvent rejetées dans l'enfer des *régionalismes*, des « expressions vicieuses et des fautes de prononciation » que sanctionnent les maîtres d'école[17]. Réduits au statut de jargons patoisants ou vulgaires, également impropres aux occasions officielles, les usages populaires de la langue officielle subissent une dévaluation systématique. Un système d'oppositions linguistiques

17. Lorsque, à l'inverse, une langue jusque-là dominée accède au statut de langue officielle, elle subit une *réévaluation* qui a pour effet de modifier profondément la relation que ses utilisateurs entretiennent avec elle. De sorte que les conflits dits linguistiques ne sont pas aussi irréalistes et irrationnels (ce qui ne veut pas dire qu'ils soient directement intéressés) que ne le pensent ceux qui n'en considèrent que les enjeux économiques (au sens restreint) : le renversement des rapports de force symboliques et de la hiérarchie des valeurs accordées aux langues concurrentes a des effets économiques et politiques tout à fait réels, qu'il s'agisse de l'appropriation de postes et d'avantages économiques réservés aux détenteurs de la compétence légitime ou des profits symboliques associés à la possession d'une identité sociale prestigieuse ou, au moins, non stigmatisée.

sociologiquement pertinentes tend à se constituer qui n'a rien de commun avec le système des oppositions linguistiques pertinentes linguistiquement. En d'autres termes, les différences que fait apparaître la confrontation des parlers ne se réduisent pas à celles que construit le linguiste en fonction de son propre critère de pertinence : si grande que soit la part du fonctionnement de la langue qui échappe à la variation, il existe, dans l'ordre de la prononciation, du lexique et même de la grammaire, tout un ensemble de différences significativement associées à des différences sociales qui, négligeables aux yeux du linguiste, sont pertinentes du point de vue du sociologue parce qu'elles entrent dans un système d'oppositions linguistiques qui est la *retraduction* d'un système de différences sociales. Une sociologie structurale de la langue, instruite de Saussure mais construite contre l'abstraction qu'il opère, doit se donner pour objet la *relation qui unit des systèmes structurés de différences linguistiques sociologiquement pertinentes et des systèmes également structurés de différences sociales.*

Les usages sociaux de la langue doivent *leur valeur proprement sociale* au fait qu'ils tendent à s'organiser en systèmes de différences (entre les variantes prosodiques et articulatoires ou lexicologiques et syntaxiques) reproduisant dans l'ordre symbolique des *écarts différentiels* le système des différences sociales. Parler, c'est s'approprier l'un ou l'autre des *styles expressifs* déjà constitués dans et par l'usage et objectivement marqués par leur position dans une hiérarchie des styles qui exprime dans son ordre la hiérarchie des groupes correspondants. Ces styles, systèmes de différences classées et classantes, hiérarchisées et hiérarchisantes, marquent ceux qui se les approprient et la stylistique spontanée, armée d'un sens pratique des équivalences entre les deux ordres de différences. saisit des classes sociales à travers des classes d'indices stylistiques.

En privilégiant les constantes linguistiquement pertinentes au détriment des variations sociologiquement significatives pour construire cet artefact qu'est la langue « commune », on fait comme si la *capacité de parler*, qui est à peu près universellement répandue, était identifiable à *la manière socialement conditionnée de réaliser cette capacité naturelle*, qui présente autant de variétés qu'il y a de conditions sociales d'acquisition. La compétence suffisante pour produire des phrases susceptibles d'être comprises peut être tout à fait insuffisante pour produire des phrases susceptibles d'être *écoutées*, des phrases propres à être reconnues comme *recevables* dans toutes les situations où il y a lieu de parler. Ici encore, l'acceptabilité sociale ne se réduit pas à la seule grammaticalité. Les locuteurs dépourvus de la compétence légitime se trouvent exclus en fait des univers sociaux où elle est exigée, ou condamnés au silence. Ce qui est rare, donc, ce n'est pas la capacité de parler qui, étant inscrite dans le patrimoine biologique, est *universelle, donc essentiellement non distinctive*[18], mais la compétence nécessaire pour parler la langue légitime qui, dépendant du patrimoine social, retraduit des distinctions sociales dans la logique proprement symbolique des écarts différentiels ou, en un mot, de la distinction[19].

18. Seul le *facultatif* peut donner lieu à des effets de *distinction*. Comme le montre Pierre Encrevé, dans le cas des liaisons catégoriques, qui sont toujours observées et par tous, y compris dans les classes populaires, il n'y a pas de place pour le jeu. Lorsque les contraintes structurales de la langue se trouvent suspendues, avec les liaisons facultatives, le jeu réapparaît, avec les effets de distinction corrélatifs.

19. On voit qu'il n'y a pas lieu de prendre position dans le débat entre les nativistes (déclarés ou non) qui font de l'existence d'une disposition innée la condition de l'acquisition de la capacité de parler, et les génétistes qui mettent l'accent sur le processus d'apprentissage : il suffit en effet que tout ne soit pas inscrit dans la nature et que le processus d'acquisition ne se réduise pas à une simple maturation pour que se trouvent données des différences linguistiques capables de fonctionner comme des signes de distinction sociale.

La constitution d'un marché linguistique crée les conditions d'une concurrence objective dans et par laquelle la compétence légitime peut fonctionner comme capital linguistique produisant, à l'occasion de chaque échange social, un *profit de distinction*. Du fait qu'il tient pour une part à la *rareté* des produits (et des compétences correspondantes), ce profit ne correspond pas exclusivement au coût de formation.

Le coût de formation n'est pas une notion simple et socialement neutre. Il englobe — à des degrés variables selon les traditions scolaires, les époques et les disciplines — des dépenses qui peuvent dépasser largement le minimum « techniquement » exigible pour assurer la transmission de la compétence proprement dite (si tant est qu'il soit possible de donner une définition strictement technique de la formation nécessaire et suffisante pour remplir une fonction et de cette fonction elle-même, surtout si l'on sait que ce que l'on a appelé « la distance au rôle » — i.e. à la fonction — entre de plus en plus dans la définition de la fonction à mesure que l'on s'élève dans la hiérarchie des fonctions) : soit que, par exemple, la longueur des études (qui constitue une bonne mesure du coût économique de la formation) tende à être valorisée pour elle-même et indépendamment du résultat qu'elle produit (déterminant parfois, entre les « écoles d'élite », une sorte de surenchère dans l'allongement des cycles d'études) ; soit que, les deux options n'étant d'ailleurs pas exclusives, la qualité sociale de la compétence acquise, qui se marque à la modalité symbolique des pratiques, c'est-à-dire à la *manière* d'accomplir les actes techniques et de mettre en œuvre la compétence, apparaisse comme indissociable de la *lenteur* de l'acquisition, les études courtes ou accélérées étant toujours suspectées de laisser sur leurs produits les marques du forçage ou les stigmates du rattrapage. Cette consommation ostentatoire d'apprentissage (c'est-à-dire de temps), apparent gaspillage technique qui remplit des fonctions sociales de légitimation, entre dans la valeur socialement attribuée à une compétence socialement garantie (c'est-à-dire, aujourd'hui, « certifiée » par le système scolaire).

Étant donné que le profit de distinction résulte du fait que l'offre de produits (ou de locuteurs) correspondant à un niveau déterminé de qualification linguistique (ou, plus généralement, culturelle) est inférieure à ce qu'elle serait si tous les locuteurs avaient bénéficié des conditions d'acquisition de la compétence légitime au même degré que les détenteurs de la compétence la plus rare[20], il est logiquement distribué en fonction des chances d'accès à ces conditions, c'est-à-dire en fonction de la position occupée dans la structure sociale.

On est là aussi loin que possible, malgré certaines apparences, du modèle saussurien de l'*homo linguisticus* qui, pareil au sujet économique de la tradition walrasienne, est formellement libre de ses productions verbales (libre par exemple de dire *papo* pour *chapeau*, comme les enfants) mais ne peut être compris, échanger, communiquer qu'à condition de se conformer aux règles du code commun. Ce marché, qui ne connaît que la concurrence pure et parfaite entre des agents aussi interchangeables que les produits qu'ils échangent et les « situations » dans lesquelles ils échangent, et tous identiquement soumis au principe de la maximisation du rendement informatif (comme ailleurs au principe de la maximisation des utilités), est aussi éloigné, on le verra mieux par la suite, du marché linguistique réel que le marché « pur » l'est du marché économique réel, avec ses monopoles et ses oligopoles.

A l'effet propre de la rareté distinctive s'ajoute le fait que, en raison de la relation qui unit le système des différences linguistiques et le système des différences économiques et sociales, on a affaire non à un univers relativiste de différences capables de se relativiser mutuellement, mais à un univers

---

20. L'hypothèse de l'égalité des chances d'accès aux conditions d'acquisition de la compétence linguistique légitime est une simple *expérimentation mentale* qui a pour fonction de mettre au jour un des *effets structuraux* de l'inégalité.

hiérarchisé d'écarts par rapport à une forme de discours (à peu près) universellement reconnue comme légitime, c'est-à-dire comme l'étalon de la valeur des produits linguistiques. La compétence dominante ne fonctionne comme un capital linguistique assurant un profit de distinction dans sa relation avec les autres compétences que pour autant que se trouvent remplies continûment les conditions nécessaires (c'est-à-dire l'unification du marché et la distribution inégale des chances d'accès aux instruments de production de la compétence légitime et aux lieux d'expression légitimes) pour que les groupes qui la détiennent soient en mesure de l'imposer comme seule légitime sur les marchés officiels (marchés mondain, scolaire, politique, administratif) et dans la plupart des interactions linguistiques où ils se trouvent engagés[21].

C'est ce qui fait que ceux qui veulent défendre un capital linguistique menacé, comme aujourd'hui en France la connaissance des langues anciennes, sont condamnés à une lutte totale : on ne peut sauver la *valeur* de la compétence qu'à condition de sauver le marché, c'est-à-dire l'ensemble des conditions politiques et sociales de production des producteurs-consommateurs. Les défenseurs du latin ou, dans d'autres contextes, du français ou de l'arabe, font souvent comme si la langue qui a leur préférence pouvait valoir quelque chose en dehors du marché, c'est-à-dire par ses ver-

21. Les situations dans lesquelles les productions linguistiques sont expressément soumises à l'évaluation, comme les examens scolaires ou les entretiens d'embauche, rappellent l'évaluation dont tout échange linguistique est l'occasion : de très nombreuses enquêtes ont montré que les caractéristiques linguistiques influencent très fortement la réussite scolaire, les chances d'embauche, la réussite professionnelle, l'attitude des médecins (qui accordent plus d'attention aux patients de milieu bourgeois et à leurs propos, formulant par exemple à leur sujet des diagnostics moins pessimistes) et plus généralement l'inclination des récepteurs à coopérer avec l'émetteur, à l'aider ou à accorder crédit aux informations qu'il fournit.

tus intrinsèques (comme les qualités « logiques ») ; mais, en pratique, ils défendent le marché. La place que le système d'enseignement accorde aux différentes langues (ou aux différents contenus culturels) n'est un enjeu si important que parce que cette institution a le monopole de la production massive des producteurs-consommateurs, donc de la reproduction du marché dont dépend la valeur sociale de la compétence linguistique, sa capacité de fonctionner comme capital linguistique.

Le champ littéraire et la lutte pour l'autorité linguistique

Ainsi, par l'intermédiaire de la structure du champ linguistique comme système de rapports de force proprement linguistiques fondés sur la distribution inégale du capital linguistique (ou, si l'on préfère, des chances d'incorporer les ressources linguistiques objectivées), la structure de l'espace des styles expressifs reproduit dans son ordre la structure des écarts qui séparent objectivement les conditions d'existence. Pour comprendre complètement la structure de ce champ, et en particulier l'existence, au sein du champ de production linguistique, d'un sous-champ de production restreinte qui doit ses propriétés fondamentales au fait que les producteurs y produisent prioritairement pour d'autres producteurs, il faut distinguer entre le capital nécessaire à la simple production d'un *parler ordinaire* plus ou moins légitime et le capital d'instruments d'expression (supposant l'appropriation des ressources déposées à l'état objectivé dans les bibliothèques, les livres, et en particulier les « classiques », les grammaires, les dictionnaires) qui est nécessaire à la production d'un discours écrit digne d'être *publié*, c'est-à-dire officialisé. Cette production d'instruments de production tels que les figures de mots et de pensée, les genres, les manières ou les styles légitimes, et, plus généralement, tous les discours voués à « faire autorité » et à être cités en exemple du « bon usage » confère à celui qui l'exerce un pouvoir sur la langue et par là sur les simples utilisateurs de la langue et aussi sur leur capital.

La langue légitime n'enferme pas plus en elle-même le pouvoir d'assurer sa propre perpétuation dans le temps qu'elle ne détient le pouvoir de définir son extension dans l'espace. Seule cette sorte de *création continuée* qui s'opère dans les luttes incessantes entre les différentes autorités qui se trouvent engagées, au sein du champ de production spécialisé, dans la concurrence pour le monopole de l'imposition du mode d'expression légitime, peut assurer la permanence de la langue légitime et de sa valeur, c'est-à-dire de la reconnaissance qui lui est accordée. C'est une des propriétés génériques des champs que la lutte pour l'enjeu spécifique y dissimule la collusion objective à propos des principes du jeu ; et, plus précisément, qu'elle tend continûment à produire et à reproduire le jeu et les enjeux en reproduisant, et d'abord chez ceux qui s'y trouvent directement engagés, mais pas chez eux seulement, l'adhésion pratique à la valeur du jeu et des enjeux qui définit la reconnaissance de la légitimité. Qu'adviendrait-il en effet de la vie littéraire si l'on en venait à disputer non de ce que vaut le style de tel ou tel auteur, mais de ce que valent les disputes sur le style ? C'en est fini d'un jeu lorsqu'on commence à se demander si le jeu en vaut la chandelle. Les luttes qui opposent les écrivains sur l'art d'écrire légitime contribuent, par leur existence même, à produire et la langue légitime, définie par la distance qui la sépare de la langue « commune », et la croyance dans sa légitimité.

Ce dont il s'agit, ce n'est pas du pouvoir symbolique que les écrivains, les grammairiens ou les pédagogues peuvent exercer sur la langue à titre individuel et qui est sans doute beaucoup plus restreint que celui qu'ils peuvent exercer sur la culture (par exemple en imposant une nouvelle définition de la littérature légitime, propre à transformer la « situation de marché »). C'est de la contribution qu'ils apportent, en dehors de toute recherche intentionnelle de la distinction, à la production, à la consécration et à l'imposition d'une langue distincte et distinctive. Dans le travail collectif qui s'accomplit au travers des luttes pour l'*arbitrium et jus et norma loquendi* dont parlait Horace, les écrivains, auteurs plus ou moins autorisés, doivent compter avec les grammairiens, détenteurs du monopole de la consécration et de la canonisation des écrivains et des écritures légitimes, qui contribuent à la construction de la langue légitime en sélectionnant, parmi les produits offerts, ceux qui leur paraissent mériter d'être consacrés et incorporés à la compétence légitime par l'inculcation scolaire, et en leur faisant subir, à cette fin, un travail de normalisation et de codification propre à les rendre consciemment maîtrisables et, par là, aisément reproductibles. Quant aux grammairiens, qui peuvent trouver des alliés parmi les écrivains d'établissement et les académies, et qui s'attribuent le pouvoir d'ériger des normes et de les imposer, ils tendent à consacrer et à codifier, en le « raisonnant » et en le rationalisant, un usage particulier de la langue ; ils contribuent ainsi à déterminer la valeur que les produits linguistiques des différents utilisateurs de la langue peuvent recevoir sur les différents marchés — et en particulier sur les plus directement soumis à leur contrôle direct ou indirect, comme le marché scolaire —, en *délimitant* l'univers des prononciations, des mots ou des tours acceptables, et en *fixant* une langue *censurée* et *épurée* de tous les usages populaires et en particulier des plus récents d'entre eux.

Les variations corrélatives des différentes configurations du rapport de force entre les autorités qui s'affrontent continûment dans le champ de production littéraire en se réclamant de principes de légitimation très différents, ne peuvent dissimuler les *invariants* structuraux qui, dans les situations historiques les plus diverses, imposent aux protagonistes de recourir aux mêmes stratégies, et aux mêmes arguments, pour affirmer et légitimer leur prétention à légiférer sur la langue et pour condamner celle de leurs concurrents. Ainsi, contre le « bel usage » des mondains et contre la prétention des écrivains à détenir la science infuse du bon usage, les grammairiens invoquent toujours l'*usage raisonné*, c'est-à-dire le

« sens de la langue » que confère la connaissance des principes de « raison » et de « goût » qui sont constitutifs de la grammaire. Quant aux écrivains, dont les prétentions s'affirment surtout avec le romantisme, ils invoquent le génie contre la règle, faisant profession d'ignorer les rappels à l'ordre de ceux que Hugo appelle avec hauteur les « grammatistes[22] ».

La dépossession objective des classes dominées peut n'être jamais voulue comme telle par aucun des acteurs engagés dans les luttes littéraires (et l'on sait qu'il y a toujours eu des écrivains pour prôner la langue des « crocheteurs du Port au Foin », « mettre un bonnet rouge au dictionnaire » ou mimer les parlers populaires). Il reste qu'elle n'est pas sans rapport avec l'existence d'un corps de professionnels objectivement investis du monopole de l'usage légitime de la langue légitime qui produisent pour leur propre usage une langue spéciale, prédisposée à remplir *par surcroît* une fonction sociale de distinction dans les rapports entre les classes et dans les luttes qui les opposent sur le terrain de la langue. Elle n'est pas sans rapport non plus avec l'existence d'une institution comme le système d'enseignement qui, mandaté pour sanctionner, au nom de la grammaire, les produits hérétiques et pour inculquer la norme explicite qui contrecarre les effets des lois d'évolution, contribue fortement à constituer comme tels les

22. Plutôt que de multiplier à l'infini les citations d'écrivains ou de grammairiens qui ne prendraient tout leur sens qu'au prix d'une véritable analyse historique de l'état du champ dans lequel elles sont, en chaque cas, produites, on se contentera de renvoyer ceux qui voudraient se donner une idée concrète de cette lutte permanente à B. Quemada, *Les dictionnaires du français moderne, 1539-1863*, Paris, Didier, 1968, pp. 193, 204, 207, 210, 216, 226, 228, 229, 230 n. 1, 231, 233, 237, 239, 241, 242, et F. Brunot, *op. cit*, spécialement T. 11-13, *passim*. La lutte pour le contrôle de la planification linguistique du norvégien telle que la décrit Haugen permet d'observer une semblable division des rôles et des stratégies entre les écrivains et les grammairiens (cf. E. Haugen, *Language Conflict and Language Planning, The Case of Norwegian*, Cambridge, Harvard University Press, 1966, spécialement pp. 296 sq.).

usages dominés de la langue en consacrant l'usage dominant comme seul légitime, par le seul fait de l'inculquer. Mais ce serait manquer l'essentiel, évidemment, que de rapporter directement l'activité des écrivains ou des professeurs à l'effet auquel elle contribue objectivement, à savoir la dévaluation de la langue commune qui résulte de l'existence même d'une langue littéraire : ceux qui sont engagés dans le champ littéraire ne contribuent à la domination symbolique que parce que les effets que leur position dans le champ et les intérêts qui y sont attachés les amènent à rechercher dissimulent toujours, pour eux-mêmes et pour les autres, les effets externes qui surgissent, par surcroît, et de cette méconnaissance même.

Les propriétés qui caractérisent l'excellence linguistique tiennent en deux mots, distinction et correction. Le travail qui s'accomplit dans le champ littéraire produit les apparences d'une langue originale en procédant à un ensemble de dérivations qui ont pour principe un *écart* par rapport aux usages les plus fréquents, c'est-à-dire « communs », « ordinaires », « vulgaires ». La valeur naît toujours de l'écart, *électif ou non*, par rapport à l'usage le plus répandu, « lieux communs », « sentiments ordinaires », tournures « triviales », expressions « vulgaires », style « facile[23] ». Des usages de la langue comme des styles de vie, il n'est de définition que relationnelle : le langage « recherché », « choisi », « noble », « relevé », « châtié », « soutenu », « distingué », enferme une référence négative (les mots même pour le désigner le disent) au langage « commun », « courant », « ordinaire », « parlé »,

23. On peut opposer un *style en soi*, produit objectif d'un « choix » inconscient ou même forcé (comme le « choix » objectivement esthétique d'un meuble ou d'un vêtement, qui est imposé par la nécessité économique), et un *style pour soi*, produit d'un choix qui, lors même qu'il se vit comme libre et « pur », est déterminé lui aussi, mais par les contraintes spécifiques de l'économie des biens symboliques, telle par exemple que la référence explicite ou implicite au choix forcé de ceux qui n'ont pas le choix, le luxe lui-même n'ayant de sens que par rapport à la nécessité.

« familier » ou, au-delà, « populaire », « cru », « grossier », « relâché », « libre », « trivial », « vulgaire » (sans parler de l'innommable, « charabia » ou « jargon », « petit-nègre » ou « sabir »). Les oppositions selon lesquelles s'engendre cette série et qui, étant empruntées à la langue légitime, s'organisent du point de vue des dominants, peuvent se ramener à deux : l'opposition entre « distingué » et vulgaire » (ou « rare » et « commun ») et l'opposition entre « tendu » (ou « soutenu ») et « relâché » (ou « libre ») qui représente sans doute la spécification dans l'ordre de la langue de l'opposition précédente, d'application très générale. Comme si le principe de la hiérarchisation des parlers de classe n'était autre chose que le degré de *contrôle* qu'ils manifestent et l'intensité de la *correction* qu'ils supposent.

Et, de ce fait, la langue légitime est une langue semi-artificielle qui doit être soutenue par un travail permanent de correction qui incombe à la fois à des institutions spécialement aménagées à cette fin et aux locuteurs singuliers. Par l'intermédiaire de ses grammairiens, qui fixent et codifient l'usage légitime, et de ses maîtres qui l'imposent et l'inculquent par d'innombrables actions de correction, le système scolaire tend, en cette matière comme ailleurs, à produire le besoin de ses propres services et de ses propres produits, travail et instruments de correction[24]. La langue légitime doit sa

24. Parmi les erreurs qu'entraîne l'usage de concepts comme ceux d'« appareil » ou d'« idéologie », dont le finalisme naïf se trouve porté à la seconde puissance avec les « appareils idéologiques d'État », la moindre n'est pas l'ignorance de l'*économie* des institutions de production de biens culturels : il suffit de penser par exemple à l'*industrie culturelle* orientée vers la production de services et d'instruments de correction linguistique (avec, entre autres, l'édition de manuels, de grammaires, de dictionnaires, de « guides de la correspondance », de « recueils de discours modèles » de livres pour enfants, etc.) et aux milliers d'agents des secteurs public ou privé dont les intérêts matériels et symboliques les plus vitaux sont investis dans des jeux de concurrence qui les entraînent à contribuer, mais par surcroît, et souvent à leur insu, à la défense et à l'illustration de la langue légitime.

constance (relative) dans le temps (comme dans l'espace) au fait qu'elle est continûment protégée par un travail prolongé d'inculcation contre l'inclination à l'*économie* d'effort et de tension qui porte par exemple à la simplification analogique *(vous faisez* et *vous disez* pour *vous faites* et *vous dites)*. Plus, l'expression correcte, c'est-à-dire corrigée, doit l'essentiel de ses propriétés sociales au fait qu'elle ne peut être produite que par des locuteurs possédant la maîtrise pratique de *règles* savantes, explicitement constituées par un travail de codification et expressément inculquées par un travail pédagogique. En effet, le paradoxe de toute pédagogie institutionnalisée réside dans le fait qu'elle vise à instituer comme schèmes fonctionnant à l'état pratique des règles que le travail des grammairiens dégage de la pratique des professionnels de l'expression écrite (du passé) par un travail d'explicitation et de codification rétrospectives. Le « bon usage » est le produit d'une compétence qui est une *grammaire incorporée* : le mot de grammaire étant pris sciemment (et non tacitement, comme chez les linguistes) dans son vrai sens de système de règles savantes, dégagées *ex post* du discours effectué et instituées en normes impératives du discours à effectuer. Il s'ensuit qu'on ne peut rendre raison complètement des propriétés et des effets sociaux de la langue légitime qu'à condition de prendre en compte non seulement les conditions sociales de production de la langue littéraire et de sa grammaire mais aussi les conditions sociales d'imposition et d'inculcation de ce code savant comme principe de production et d'évaluation de la parole[25].

25. La langue légitime doit à ses conditions sociales de production et de reproduction une autre de ses propriétés : l'autonomie par rapport aux fonctions pratiques, ou, plus précisément, le rapport neutralisé et neutralisant à la « situation », à l'objet du discours ou à l'interlocuteur, qui est implicitement exigé dans toutes les occasions appelant par leur solennité un usage contrôlé et tendu de la langue. L'usage parlé de la « langue

La dynamique du champ linguistique

Les lois de la transmission du capital linguistique étant un cas particulier des lois de la transmission légitime du capital culturel entre les générations, on peut poser que la compétence linguistique mesurée selon les critères scolaires dépend, comme les autres dimensions du capital culturel, du niveau d'instruction mesuré aux titres scolaires et de la trajectoire sociale. Du fait que la maîtrise de la langue légitime peut s'acquérir par la familiarisation, c'est-à-dire par une exposition plus ou moins prolongée à la langue légitime ou par l'inculcation expresse de règles explicites, les grandes classes de modes d'expression correspondent à des classes de modes d'acquisition, c'est-à-dire à des formes différentes de la combinaison entre les deux principaux facteurs de production de la compétence légitime, la famille et le système scolaire.

En ce sens, comme la sociologie de la culture, la sociologie du langage est logiquement indissociable d'une sociologie de l'éducation. En tant que marché linguistique strictement soumis aux verdicts des gardiens de la culture légitime, le marché scolaire est strictement dominé par les produits linguistiques de la classe dominante et tend à sanctionner les différences de capital préexistantes : l'effet cumulé d'un faible capital culturel et de la faible propension à l'augmenter par l'investissement scolaire qui en est corrélative voue les classes les plus démunies aux sanctions négatives du marché scolaire, c'est-à-dire à l'élimination ou à l'auto-élimination précoce

écrite » ne s'acquiert que dans des conditions où il est objectivement inscrit dans la situation, sous forme de libertés, de facilités, et surtout de *temps libre*, comme neutralisation des urgences pratiques ; et il suppose la disposition qui s'acquiert dans et par des exercices de manipulation de la langue sans autre nécessité que celle que crée de toutes pièces le jeu scolaire.

qu'entraîne une faible réussite. Les écarts initiaux tendent donc à se trouver reproduits du fait que la durée de l'inculcation tend à varier comme son rendement, les moins enclins et les moins aptes à accepter et à adopter le langage scolaire étant aussi les moins longtemps exposés à ce langage et aux contrôles, aux corrections et aux sanctions scolaires.

Du fait que le système scolaire dispose de l'autorité déléguée nécessaire pour exercer universellement une action d'inculcation durable en matière de langage et qu'il tend à proportionner la durée et l'intensité de cette action au capital culturel hérité, les mécanismes sociaux de la transmission culturelle tendent à assurer la reproduction de l'écart structurel entre la distribution, très inégale, de la *connaissance* de la langue légitime et la distribution, beaucoup plus uniforme, de la *reconnaissance* de cette langue, qui est un des facteurs déterminants de la dynamique du champ linguistique et, par là, des changements de la langue. En effet, les luttes linguistiques qui sont au principe de ces changements supposent des locuteurs ayant (à peu près) la même reconnaissance de l'usage autorisé et des connaissances inégales de cet usage. Ainsi, si les stratégies linguistiques de la petite-bourgeoisie et en particulier sa tendance à l'hypercorrection, expression particulièrement typique d'une bonne volonté culturelle qui s'exprime dans toutes les dimensions de la pratique, ont pu apparaître comme le facteur principal du changement linguistique, c'est que le décalage, générateur de tension et de prétention, entre la connaissance et la reconnaissance, entre les aspirations et les moyens de les satisfaire, atteint son maximum dans les régions intermédiaires de l'espace social. Cette prétention, reconnaissance de la distinction qui se trahit dans l'effort même pour la nier en se l'appropriant, introduit dans le champ de concurrence une pression permanente qui ne peut que susciter de nouvelles stratégies de distinction chez les détenteurs des marques distinctives socialement reconnues comme distinguées. L'hypercorrection petite-bourgeoise qui trouve ses modèles et ses instruments de correction auprès des arbitres les plus consacrés de l'usage légitime, académiciens, grammairiens, professeurs, se définit dans la relation subjective et objective à la « vulgarité » populaire et à la « distinction » bourgeoise. En sorte que la contribution que cet effort d'assimilation (aux classes bourgeoises) en même temps que de dissimilation (par rapport aux classes populaires) apporte au changement linguistique est seulement plus visible que les stratégies de dissimilation qu'elle suscite en retour de la part des détenteurs d'une compétence plus rare. L'évitement conscient ou inconscient des marques les plus visibles de la tension et de la contention linguistiques des petits-bourgeois (par exemple, en français, le passé simple qui « fait vieil instituteur ») peut porter les bourgeois ou les intellectuels vers l'hypocorrection contrôlée qui associe le relâchement assuré et l'ignorance souveraine des règles pointilleuses à l'exhibition d'aisance sur les terrains les plus périlleux[26]. Introduire la tension là où le commun cède au relâchement, la facilité là où il trahit l'effort, et l'aisance dans la tension qui fait toute la différence avec les formes petite-bourgeoise ou populaire de la tension et de l'aisance, autant de stratégies — le plus souvent inconscientes — de distinction qui donnent lieu à des surenchères infinies, avec d'incessants renversements du pour au contre bien faits pour décourager la recherche de propriétés non relationnelles des styles linguistiques.

26. Ce n'est donc pas par hasard que, comme le remarque Troubetzkoy, « une articulation nonchalante » est une des manières les plus universellement attestées de marquer la distinction (N.S. Troubetzkoy, *Principes de phonologie*, Paris, Klincksieck, 1957, p. 22). En fait, comme Pierre Encrevé me le fait remarquer, le relâchement stratégique de la tension ne touche qu'exceptionnellement le niveau phonétique. Ce qui fait que la distance faussement niée continue à se marquer dans la prononciation. Et l'on sait tous les effets que les écrivains — Raymond Queneau par exemple — ont pu tirer d'un usage systématique de semblables dénivellations entre les différents aspects du discours.

Ainsi, pour rendre raison du nouveau parler des intellectuels, un peu hésitant, voire bredouillant, interrogatif (« non ? ») et entre-coupé, qui est attesté aussi bien aux États-Unis qu'en France, il faudrait prendre en compte toute la *structure des usages* par rapport auxquels il se définit différentiellement : d'un côté l'ancien usage professoral (avec ses périodes, ses imparfaits du subjonctif, etc.), associé à une image dévaluée du rôle magistral, et de l'autre les nouveaux usages petits-bourgeois qui sont le produit d'une diffusion élargie de l'usage scolaire et qui peuvent aller de l'usage libéré, mixte de tension et de laisser-aller qui caractérise plutôt la petite-bourgeoisie nouvelle, jusqu'à l'hypercorrection d'un parler trop châtié, immédiatement dévalué par une ambition trop évidente, qui est la marque de la petite-bourgeoisie de promotion.

Le fait que ces pratiques distinctives ne puissent se comprendre que par référence à l'univers des pratiques compossibles n'implique pas qu'on doive en chercher le principe dans un souci conscient de s'en distinguer. Tout permet de supposer qu'elles s'enracinent dans un sens pratique de la rareté des marques distinctives (linguistiques ou autres) et de son évolution dans le temps : les mots qui se divulguent perdent leur *pouvoir discriminant* et tendent de ce fait à être perçus comme intrinsèquement banals, communs, donc *faciles*, ou, la diffusion étant liée au temps, *usés*. C'est sans doute la lassitude corrélative de l'exposition répétée qui, associée au sens de la rareté, est au principe des glissements inconscients vers des traits stylistiques plus « classants » ou vers des usages plus rares des traits divulgués.

Ainsi les écarts distinctifs sont au principe du mouvement incessant qui, destiné à les annuler, tend en fait à les reproduire (par un paradoxe qui ne surprendra que si l'on ignore que la constance peut supposer le changement). Les stratégies d'assimilation et de dissimilation qui sont au principe des changements des différents usages de la langue non seulement n'affectent pas la structure de la distribution des différents usages de la langue et, du même coup, le système des systèmes d'écarts distinctifs (les styles expressifs) dans lesquels ils se manifestent, mais tendent à la reproduire (sous une forme phénoménalement différente). Du fait que le moteur même du changement n'est autre que l'ensemble du champ linguistique ou, plus précisément, l'ensemble des actions et des réactions qui s'engendrent continûment dans l'univers des relations de concurrence constitutives du champ, le centre de ce mouvement perpétuel est partout et nulle part, au grand désespoir de ceux qui, enfermés dans une philosophie de la diffusion fondée sur l'image de la « tache d'huile » (selon le trop fameux modèle du *two-step flow*) ou du « ruissellement » *(trickle-down)*, s'obstinent à situer le principe du changement en un lieu déterminé du champ linguistique. Ce qui est décrit comme un phénomène de diffusion n'est autre chose que le processus résultant de la *lutte de concurrence* qui conduit chaque agent, au travers d'innombrables stratégies d'assimilation et de dissimilation (par rapport à ceux qui sont situés devant et derrière lui dans l'espace social et dans le temps), à changer sans cesse de propriétés substantielles (ici des prononciations, des lexiques, des tours syntaxiques, etc.) tout en maintenant, par la course même, l'écart qui est au principe de la course. Cette constance structurale des valeurs sociales des usages de la langue légitime se comprend si l'on sait que les stratégies destinées à la modifier sont commandées dans leur logique et leurs fins par la structure elle-même, à travers la position dans cette structure de celui qui les accomplit. Faute d'aller au-delà des actions et des interactions prises dans leur immédiateté directement visible, la vision « interactionniste » ne peut découvrir que les stratégies linguistiques des différents agents dépendent étroitement de leur position dans la structure de la distribution du capital linguistique dont on sait que, par l'intermédiaire de la structure des chances d'accès au système scolaire, elle dépend de la structure des rapports de classe. Et du même coup, elle ne peut qu'ignorer les mécanismes profonds qui, au travers des changements de surface, tendent à assurer la reproduction de la structure des écarts distinctifs et la conservation de la rente de situation associée à la possession d'une compétence rare, donc distinctive.

Chapitre 2

La formation des prix et l'anticipation des profits

« Peut-être par habitude professionnelle, peut-être en vertu du calme
qu'acquiert tout homme important dont
on sollicite le conseil et qui, sachant qu'il
gardera en main la maîtrise de la conver-
sation, laisse l'interlocuteur s'agiter,
s'efforcer, peiner à son aise, peut-être
aussi pour faire valoir le caractère de sa
tête (selon lui grecque, malgré les grands
favoris), M. de Norpois, pendant qu'on
lui exposait quelque chose, gardait une
immobilité de visage aussi absolue que si
vous aviez parlé devant quelque buste
antique — et sourd — dans une glypto-
thèque. »
MARCEL PROUST, *A la recherche du
temps perdu.*

Relation de communication entre un émetteur et un récepteur, fondée sur le chiffrement et le déchiffrement, donc sur
la mise en œuvre d'un code, ou d'une compétence génératrice, l'échange linguistique est aussi un échange économique, qui s'établit dans un certain rapport de forces symbolique
entre un producteur, pourvu d'un certain capital linguisti-

que, et un consommateur (ou un marché), et qui est propre à procurer un certain profit matériel ou symbolique. Autrement dit, les discours ne sont pas seulement (ou seulement par exception) des signes destinés à être compris, déchiffrés ; ce sont aussi des *signes de richesse* destinés à être évalués, appréciés et des *signes d'autorité*, destinés à être crus et obéis. En dehors même des usages littéraires — et spécialement poétiques — du langage, il est rare que, dans l'existence ordinaire, la langue fonctionne comme pur instrument de communication : la recherche de la maximisation du rendement informatif n'est que par exception la fin exclusive de la production linguistique et l'usage purement instrumental du langage qu'elle implique entre ordinairement en contradiction avec la recherche, souvent inconsciente, du profit symbolique. S'il en est ainsi, c'est que la pratique linguistique communique inévitablement, outre l'information déclarée, une information sur la manière (différentielle) de communiquer, c'est-à-dire sur le *style expressif* qui, perçu et apprécié par référence à l'univers des styles théoriquement ou pratiquement concurrents, reçoit une valeur sociale et une efficacité symbolique.

Capital, marché et prix.

Les discours ne reçoivent leur valeur (et leur sens) que dans la relation à un *marché*, caractérisé par une loi de formation des prix particulière : la valeur du discours dépend du rapport de forces qui s'établit concrètement entre les compétences linguistiques des locuteurs entendues à la fois comme capacité de production et capacité d'appropriation et d'appréciation ou, en d'autres termes, de la capacité qu'ont les différents agents engagés dans l'échange d'imposer les critères d'appréciation les plus favorables à leurs produits. Cette capacité ne se détermine pas du seul point de vue linguistique. Il est certain que la relation entre les compétences linguistiques qui, en tant que capacités de production socialement classées, caractérisent des unités de production linguistiques socialement classées et, en tant que capacités d'appropriation et d'appréciation, définissent des marchés, eux-mêmes socialement classés, contribue à déterminer la loi de formation des prix qui s'impose à un échange particulier. Mais il reste que le rapport de force linguistique n'est pas complètement déterminé par les seules forces linguistiques en présence et que, à travers les langues parlées, les locuteurs qui les parlent, les groupes définis par la possession de la compétence correspondante, toute la structure sociale est présente dans chaque interaction (et par là dans le discours). C'est ce qu'ignore la description interactionniste qui traite l'interaction comme un empire dans un empire, oubliant que ce qui se passe entre deux personnes, entre une patronne et sa domestique ou, en situation coloniale, entre un francophone et un arabophone, ou encore, en situation post-coloniale, entre deux membres de la nation anciennement colonisée, l'un arabophone, l'autre francophone, doit sa forme particulière à la relation objective entre les langues ou les usages correspondants, c'est-à-dire entre les groupes qui parlent ces langues. Pour faire voir que le souci de revenir « aux choses mêmes », et de serrer au plus près la « réalité », qui inspire souvent l'intention « microsociologique », peut conduire à manquer purement et simplement un « réel » qui ne se livre pas à l'intuition immédiate parce qu'il réside dans des structures transcendantes à l'interaction qu'elles informent, il n'est pas de meilleur exemple que celui des *stratégies de condescendance*. Ainsi, à propos du maire de Pau qui, au cours d'une cérémonie en l'honneur d'un poète béarnais, s'adresse au public en béarnais, un journal de langue française publié en Béarn (province du sud de la France) écrit : « Cette attention toucha beaucoup l'assistance [1]. » Pour que cette assistance composée de gens dont la langue maternelle est le béarnais ressente comme une « attention touchante » le fait qu'un maire béarnais s'adresse à elle en béarnais, il faut qu'elle reconnaisse tacitement la loi non écrite qui veut que la langue française s'impose comme seule acceptable dans les discours officiels des situations officielles. La stratégie de condescendance consiste à tirer *profit* du rapport de forces objectif entre les langues qui se trouvent pratiquement confrontées (même et surtout si le français est absent) dans l'acte même de nier symboliquement ce rapport, c'est-à-dire la hiérarchie entre ces langues et ceux qui les parlent. Pareille stratégie est possible dans tous les cas où l'écart objectif entre les personnes en présence (c'est-à-dire entre leurs propriétés sociales) est suffisamment connu et reconnu de tous (et en particulier de ceux qui sont engagés, comme agents ou comme spectateurs, dans l'interaction) pour que la négation symbolique de la hiérarchie (celle qui consiste par exemple à se montrer « simple ») permette de cumuler les profits liés à la hiérarchie inentamée et ceux que procure la négation toute symbolique de cette hiérarchie, à commencer par le renforcement de la hiérarchie qu'implique la reconnaissance accordée à la

1. La célébration *officielle* du centenaire de la naissance d'un poète de langue béarnaise, Simin Palay, dont toute l'œuvre, langue mise à part, est dominée, tant dans la forme que par les thèmes, par la littérature française, crée une situation linguistique tout à fait insolite : non seulement les gardiens attitrés du béarnais, mais les autorités administratives elles-mêmes transgressent la règle non écrite qui fait que le français est *de rigueur* dans toutes les occasions officielles, surtout dans la bouche des *officiels*. D'où la remarque du journaliste (qui exprime sans doute très fidèlement une impression largement ressentie) : « L'intervention la plus remarquée revenait tout de même au préfet des Pyrénées-Atlantiques, M. Monfraix, qui s'adressait à l'assistance dans un excellent patois béarnais. (...) M. Labarrère (maire de Pau) répondait à Mlle Lamazou-Betbeder, présidente de l'école, dans un béarnais de qualité. Cette attention toucha beaucoup l'assistance qui applaudit longuement » (*La République des Pyrénées*, 9 septembre 1974).

manière d'user du rapport hiérarchique. En fait, le maire béarnais ne peut produire cet effet de condescendance que parce que, maire d'une grande ville, garantie de citadinité, il possède aussi tous les titres (il est professeur agrégé) garantissant sa participation de plein droit à la « supériorité » de la langue « supérieure » (personne, et surtout pas un journaliste provincial, n'aurait l'idée de louer la qualité de son français, comme il fait de son béarnais, puisqu'il est un locuteur titulaire, patenté, parlant par définition, *ex officio*, un français « de qualité »). Ce qui est un « béarnais de qualité », loué comme tel, dans la bouche d'un locuteur légitime de la langue légitime serait totalement dépourvu de valeur, et d'ailleurs sociologiquement impossible en situation officielle, dans la bouche d'un paysan tel que celui qui, pour expliquer qu'il n'ait pas songé à être maire de son village bien qu'il ait obtenu le plus grand nombre de voix, disait (en français) qu'il ne « savait pas parler » (sous-entendu le français), au nom d'une définition tout à fait sociologique de la compétence linguistique. On voit en passant que les stratégies de subversion des hiérarchies objectives en matière de langue comme en matière de culture ont de bonnes chances d'être *aussi* des stratégies de condescendance réservées à ceux qui sont assez assurés de leur position dans les hiérarchies objectives pour pouvoir les nier sans s'exposer à paraître les ignorer ou être incapables d'en satisfaire les exigences. Si le béarnais (ou, ailleurs, le créole) vient un jour à être parlé dans les occasions officielles, ce sera par un coup de force de locuteurs de la langue dominante assez pourvus de titres à la légitimité linguistique (au moins aux yeux de leurs interlocuteurs) pour qu'on ne puisse pas les soupçonner de recourir à la langue stigmatisée « faute de mieux ».

Les rapports de forces dont le marché linguistique est le lieu et dont les variations déterminent les variations du prix que le même discours peut recevoir sur différents marchés se manifestent et se réalisent dans le fait que certains agents ne sont pas en mesure d'appliquer aux produits linguistiques offerts, par eux-mêmes ou par les autres, les critères d'appréciation les plus favorables à leurs propres produits. Cet effet d'imposition de légitimité est d'autant plus grand — et les lois du marché d'autant plus favorables aux produits proposés par les détenteurs de la plus grande compétence linguistique — que l'usage de la langue légitime s'impose avec plus de force, c'est-à-dire que la situation est plus officielle, donc plus favorable à ceux qui sont plus ou moins officiellement mandatés pour parler, et que les consommateurs accordent à la langue légitime et à la compétence légitime une reconnaissance plus totale (mais relativement indépendante de leur connaissance de cette langue).

Autrement dit, plus le marché est officiel, c'est-à-dire pratiquement conforme aux normes de la langue légitime, plus il est dominé par les dominants, c'est-à-dire par les détenteurs de la compétence légitime, autorisés à parler avec autorité. La compétence linguistique n'est pas une simple capacité technique mais une capacité statutaire qui s'accompagne le plus souvent de la capacité technique, ne serait-ce que parce qu'elle en commande l'acquisition par l'effet de l'assignation statutaire (« noblesse oblige »), à l'inverse de ce que croit la conscience commune, qui voit dans la capacité technique le fondement de la capacité statutaire. La compétence légitime est la capacité statutairement reconnue à une personne autorisée, une « autorité », d'employer, dans les occasions officielles *(formal)*, la langue légitime, c'est-à-dire officielle *(formal)*, langue autorisée qui fait autorité, parole accréditée et digne de créance ou, d'un mot, *performative*, qui prétend (avec les plus grandes chances de succès) à être suivie d'effet. La compétence légitime ainsi définie impliquant l'efficience reconnue au performatif, on comprend que certaines expériences de psychologie sociale aient pu établir que l'efficacité d'un discours, le pouvoir de conviction qui lui est reconnu, dépend de la *prononciation* (et secondairement du vocabulaire) de celui qui le prononce, c'est-à-dire, à travers cet indice particulièrement sûr de la compétence statutaire, de l'autorité du locuteur. L'évaluation pratique du rapport de forces symbolique qui détermine les critères d'évaluation en vigueur sur le marché considéré ne prend en compte les propriétés proprement linguistiques du discours que dans la mesure où elles annocent l'autorité et la compétence sociales de ceux qui les prononcent. Cela au même titre que d'autres propriétés non linguistiques comme la position de la voix (la nasalisation ou la pharyngalisation), disposition durable de l'appareil vocal qui est un des marqueurs sociaux les plus puissants, et toutes les qualités plus ouvertement sociales, telles que les titres nobiliaires ou scolaires, le vêtement, et en particulier les uniformes et les tenues officielles, les attributs institutionnels, la chaire du prêtre, l'estrade du professeur, la tribune et le micro de l'orateur, qui placent le locuteur légitime en position éminente et structurent l'interaction à travers la structure de l'espace qu'elles lui imposent et enfin la composition même du groupe au sein duquel s'accomplit l'échange.

Ainsi, la compétence linguistique dominante a d'autant plus de chances de fonctionner sur un marché particulier comme capital linguistique capable d'imposer la loi de formation des prix la plus favorable à ses produits et de procurer le profit symbolique correspondant que la situation est plus officielle, donc plus capable d'imposer par soi seule la reconnaissance de la légitimité du mode d'expression dominant, convertissant les variantes facultatives (au moins au niveau de la prononciation) qui le caractérisent en règles impératives, « de rigueur » (comme on dit des tenues des dîners officiels), et que les destinataires de ses productions linguistiques sont plus disposés à connaître et à reconnaître, en dehors même de la contrainte de la situation officielle, la légitimité de ce mode d'expression. Autrement dit, plus ces différentes conditions se trouvent réunies et à un plus haut degré sur un marché, plus les valeurs pratiquement accordées aux produits linguistiques qui s'y trouvent réellement confrontés sont proches de la valeur théorique qui leur serait attribuée, dans l'hypothèse d'un marché unifié, en fonction de leur position dans le système complet des styles linguistiques. A l'inverse, à mesure que décroît le degré d'officialité de la situation d'échange et le degré auquel l'échange est dominé par des locuteurs fortement autorisés, la loi de formation des prix tend à devenir moins défavorable aux produits des habitus linguistiques dominés. Il est vrai que la définition du rapport de forces symbolique qui est constitutif du marché peut faire l'objet d'une *négociation* et que le marché peut être manipulé, dans certaines limites, par un métadiscours qui porte sur les conditions d'utilisation du discours : ce sont par exemple les expressions qui servent à introduire ou à excuser une parole trop libre ou choquante (« si vous permettez », « si l'on me passe l'expression », « révérence parler », « sauf votre respect », « sauf le respect que je vous dois », etc.) ou celles qui renforcent, en l'énonçant explicitement, la franchise dont bénéficie un marché particulier (« nous sommes entre nous », « nous sommes en famille », etc.). Mais il va de soi que la capacité de manipulation est d'autant plus grande, comme le montrent les stratégies de condescendance, que le capital possédé est plus important. Il est vrai aussi que l'unification du marché n'est jamais si totale que les dominés ne puissent trouver dans l'espace de la vie privée, entre familiers, des marchés où sont suspendues les lois de formation des prix qui s'appliquent aux marchés les plus officiels[2] : dans ces échanges pri-

2. Cela se voit bien dans le cas des langues régionales dont l'usage est réservé aux occasions privées — c'est-à-dire principalement à la vie familiale — et, en tout cas, aux échanges entre locuteurs socialement homogènes (entre paysans).

vés entre partenaires homogènes, les produits linguistiques
« illégitimes » sont mesurés à des critères qui, étant ajustés à
leurs principes de production, les affranchissent de la logique, nécessairement comparative, de la distinction et de la
valeur. Cela dit, la loi officielle, ainsi provisoirement suspen-
due plutôt que réellement transgressée[3], ne cesse d'être valide
et elle se rappelle aux dominés dès qu'ils sortent des régions
franches où a cours le franc-parler (et où peut se passer toute
leur vie), comme le montre le fait qu'elle régit la production
de leurs porte-parole dès qu'ils sont placés en situation officielle. Rien n'autorise donc à voir la « vraie » langue populaire dans l'usage de la langue qui a cours dans cet îlot de
liberté où l'on se donne licence (mot typique des dictionnaires) parce qu'on est entre soi et qu'on n'a pas à « se
surveiller ». La vérité de la compétence populaire, c'est aussi
que, quand elle est affrontée à un marché officiel, comme
celui que représente, sauf contrôle exprès, la situation
d'enquête, elle est comme anéantie. Le fait de la légitimité
linguistique réside précisément en ce que les dominés sont
toujours *virtuellement justiciables* de la loi officielle, même
s'ils passent toute leur vie, à la façon du voleur dont parle
Weber, hors de son ressort et que, placés en situation officielle, ils sont voués au silence ou au discours détraqué
qu'enregistre aussi, bien souvent, l'enquête linguistique.

C'est dire que les productions du même habitus linguistique varient selon le marché et que toute observation linguistique enregistre un discours qui est le produit de la relation
entre une compétence linguistique et ce marché particulier
qu'est la situation d'enquête, marché d'un très haut degré de
tension puisque les lois de formation des prix qui le régissent
s'apparentent à celles du marché scolaire. Toute recherche
des variables capables d'expliquer les variations ainsi enregis-

3. La seule affirmation d'une véritable contre-légitimité en matière de
langue est l'argot ; mais il s'agit d'une langue de « chefs ».

trées s'expose à oublier l'effet propre de la situation d'enquête, *variable cachée qui est sans doute au principe du poids différentiel des différentes variables.* Ceux qui, voulant rompre avec les abstractions de la linguistique, s'efforcent d'établir statistiquement les facteurs sociaux de la compétence linguistique (mesurée à tel ou tel indice phonologique, lexicologique ou syntaxique) ne font que la moitié du chemin : ils oublient en effet que les différents facteurs mesurés dans une situation de marché particulière, celle que crée l'enquête, pourraient, dans une situation différente, recevoir des poids relatifs très différents ; et qu'il s'agit donc de déterminer comment varient les poids explicatifs des différents facteurs déterminants de la compétence quand on fait varier systématiquement les situations de marché (ce qui supposerait sans doute la mise en œuvre d'un véritable plan d'expérimentation).

Le capital symbolique : un pouvoir reconnu

La question des énoncés performatifs s'éclaire si l'on y voit un cas particulier des effets de domination symbolique dont tout échange linguistique est le lieu. Le rapport de forces linguistique n'est jamais défini par la seule relation entre les compétences linguistiques en présence. Et le poids des différents agents dépend de leur capital symbolique, c'est-à-dire de la *reconnaissance*, institutionnalisée ou non, qu'ils reçoivent d'un groupe : l'imposition symbolique, cette sorte d'efficace magique que l'ordre ou le mot d'ordre, mais aussi le discours rituel ou la simple injonction, ou encore la menace ou l'insulte, prétendent à exercer, ne peut fonctionner que pour autant que sont réunies des conditions sociales qui sont tout à fait extérieures à la logique proprement linguistique du discours. Pour que le langage d'importance du philosophe soit reçu comme il demande à l'être, il faut que soient réunies les conditions sociales qui font qu'il est en mesure d'obtenir qu'on lui accorde l'importance qu'il s'accorde. De même, l'instauration d'un échange rituel tel que celui de la messe suppose entre autres choses que soient réunies toutes les conditions sociales nécessaires pour assurer la production des émetteurs et des récepteurs conformes, donc accordés entre eux ; et de fait, l'efficacité symbolique du langage religieux est menacée lorsque cesse de fonctionner l'ensemble des mécanismes capables d'assurer la reproduction du rapport de reconnaissance qui fonde son autorité. Cela vaut aussi de toute relation d'imposition symbolique, et de celle-là même qu'implique l'usage du langage légitime qui, en tant que tel, enferme la prétention à être écouté, voire cru et obéi, et qui ne peut exercer son efficacité spécifique que pour autant qu'il peut compter sur l'efficacité de tous les mécanismes, analysés ci-dessus, qui assurent la reproduction de la langue dominante et de la reconnaissance de sa légitimité. On voit en passant que c'est dans l'ensemble de l'univers social et des relations de domination qui lui confèrent sa structure que réside le principe du profit de distinction que procure tout usage de la langue légitime, et cela bien qu'une des composantes, et non des moindres, de ce profit réside dans le fait qu'il paraît fondé sur les seules qualités de la personne.

L'enquête austinienne sur les énoncés performatifs ne peut se conclure dans les limites de la linguistique. L'efficacité magique de ces *actes d'institution* est inséparable de l'existence d'une institution définissant les conditions (en matière d'agent, de lieu ou de moment, etc.) qui doivent être remplies pour que la magie des mots puisse opérer. Comme l'indiquent les exemples analysés par Austin, ces « conditions de félicité » sont des conditions sociales et celui qui veut procéder *avec bonheur* au baptême d'un navire ou d'une personne doit être *habilité* pour le faire, de la même façon qu'il faut, pour ordonner, avoir sur le destinataire de l'ordre une autorité reconnue. Il est vrai que les linguistes se sont empressés de trouver dans les flottements de la définition austinienne du performatif un prétexte pour faire disparaître le problème qu'Austin leur avait posé et pour revenir à une définition strictement linguistique ignorant l'effet de marché : en distinguant entre les performatifs explicites, qui sont nécessairement auto-vérifiants, puisqu'ils représentent en eux-mêmes l'accomplissement de l'acte, et les performatifs au sens plus large d'énoncés qui servent à accomplir un acte autre que le simple fait de dire quelque chose, ou, plus simplement, entre l'acte proprement linguistique, déclarer la séance ouverte, et l'acte extralinguistique, ouvrir la séance par le fait de la déclarer ouverte, ils s'autorisent à récuser l'analyse des conditions sociales du fonctionnement des énoncés performatifs. Les conditions de félicité dont parle Austin ne concernent que l'acte extralinguistique ; c'est seulement pour ouvrir effectivement la séance qu'il faut être habilité et n'importe qui peut la déclarer ouverte, quitte à voir sa déclaration rester sans effet[4]. Fallait-il employer tant d'ingéniosité pour découvrir que quand mon faire consiste à dire, je fais nécessairement ce que je dis ? Mais en poussant jusqu'à ses dernières conséquences la distinction entre le linguistique et l'extralinguistique sur laquelle elle prétend fonder son autonomie (notamment à l'égard de la sociologie), la pragmatique démontre par l'absurde que les actes illocutionnaires tels que les décrit Austin sont des actes d'institution qui ne peuvent être sanctionnés socialement que s'ils ont pour eux, en quelque sorte, tout l'ordre social. « S'il faut en effet être « habilité » pour ouvrir la séance, il n'est pas nécessaire d'être en position de supériorité pour ordonner : le soldat peut donner

4. Cf. B. de Cornulier, « La notion d'auto-interprétation », *Études de linguistique appliquée*, 19, 1975, pp. 52-82.

un ordre à son capitaine — cet ordre, simplement, ne sera pas suivi d'effet[5]. » Ou encore : « Pour prétendre légitimement ouvrir la séance, il faut être autorisé par l'institution et n'importe qui ne l'est pas ; mais n'importe qui a l'autorité pour accomplir un acte de parole comme l'ordre, de sorte que n'importe qui peut prétendre accomplir un tel acte [6]. » La construction de ces performatifs « purs » que sont les performatifs explicites a pour vertu de faire apparaître *a contrario* les présupposés des performatifs ordinaires, qui impliquent la référence à leurs conditions sociales de réussite : d'un point de vue strictement linguistique, n'importe qui peut dire n'importe quoi et le simple soldat peut ordonner à son capitaine de « balayer les latrines » ; mais d'un point de vue sociologique, celui qu'adopte en fait Austin lorsqu'il s'interroge sur les conditions de félicité, il est clair que n'importe qui ne peut affirmer n'importe quoi, ou seulement à ses risques et périls, comme dans l'insulte. « N'importe qui peut crier sur la place publique : « Je décrète la mobilisation générale ». Ne pouvant être *acte* faute de l'autorité requise, un tel propos n'est plus que *parole* ; il se réduit à une clameur inane, enfantillage ou démence [7]. » L'exercice logique qui consiste à dissocier l'acte de parole de ses conditions d'effectuation fait voir, par les absurdités que cette abstraction permet de concevoir, que l'énoncé performatif comme acte d'institution ne peut exister socio-logiquement indépendamment de l'institution qui lui confère sa raison d'être et qu'au cas où il viendrait à être produit malgré tout il serait socialement dépourvu de sens[8]. Parce qu'un ordre, ou même un mot

---

5. F. Recanati, *Les énoncés performatifs*, Paris, Éd. de Minuit, 1982, p. 192.

6. F. Recanati, *op. cit.*, p. 195.

7. E. Benveniste, *Problèmes de linguistique générale*, Paris, Gallimard, 1966, p. 273.

8. Alain Berrendonner est sans doute, de tous les linguistes, celui qui reconnaît le mieux le lien entre le performatif et le social, ou ce qu'il →

d'ordre, ne peut opérer que s'il a pour lui l'ordre des choses et que son accomplissement dépend de toutes les relations d'ordre qui définissent l'ordre social, il faudrait, comme on dit, être fou pour concevoir et proférer un ordre dont les conditions de félicité ne sont pas remplies. Les conditions de félicité anticipées contribuent à déterminer l'énoncé en permettant de le penser et de le vivre comme raisonnable ou réaliste. Seul un soldat impossible (ou un linguiste « pur ») peut concevoir comme possible de donner un ordre à son capitaine. L'énoncé performatif enferme « une prétention affichée à posséder tel ou tel pouvoir [9] », prétention plus ou moins reconnue, donc plus ou moins sanctionnée socialement. Cette prétention à agir sur le monde social par les mots, c'est-à-dire *magiquement,* est plus ou moins folle ou raisonnable selon qu'elle est plus ou moins fondée dans l'objectivité du monde social[10] : on peut ainsi opposer comme deux actes de nomination magique très inégalement garantis socialement, l'insulte (« tu n'es qu'un prof ») qui, faute d'être autorisée, risque de se retourner contre son auteur, et la nomination officielle (« je vous nomme professeur »), forte de toute l'autorité du groupe et capable d'instituer une identité légitime, c'est-à-dire universellement reconnue. La limite

appelle « l'institution », c'est-à-dire « l'existence d'un pouvoir normatif assujettissant mutuellement les individus à certaines pratiques, sous peine de sanctions » : « La substitution d'un dire au faire ne sera donc praticable que s'il existe par ailleurs quelque garantie que l'énonciation-*Ersatz* sera quand même suivie d'effet » (A. Berrendonner, *Éléments de pragmatique linguistique*, Paris, Éd. de Minuit, 1981, p. 95).

9. O. Ducrot, « Illocutoire et performatif », *Linguistique et sémiologie*, 4, 1977, pp. 17-54.

10. Insulte, bénédiction, malédiction, tous les actes de nomination magique sont à proprement parler des prophéties prétendant à produire leur propre vérification : en tant qu'il enferme toujours une prétention plus ou moins fondée socialement à exercer un acte magique d'institution capable de faire advenir une nouvelle réalité, l'énoncé performatif réalise dans le présent des mots un effet futur.

vers laquelle tend l'énoncé performatif est l'acte juridique qui, lorsqu'il est prononcé par qui de droit, comme il convient[11], c'est-à-dire par un agent agissant au nom de tout un groupe, peut substituer au faire un dire qui sera, comme on dit, suivi d'effet : le juge peut se contenter de dire « je vous condamne » parce qu'il existe un ensemble d'agents et d'institutions qui garantissent que sa sentence sera exécutée. La recherche du principe proprement linguistique de la « force illocutionnaire » du discours cède ainsi la place à la recherche proprement sociologique des conditions dans lesquelles un agent singulier peut se trouver investi, et avec lui sa parole, d'une telle force. Le principe véritable de la magie des énoncés performatifs réside dans le mystère du ministère, c'est-à-dire de la délégation au terme de laquelle un agent singulier, roi, prêtre, porte-parole, est mandaté pour parler et agir au nom du groupe, ainsi constitué en lui et par lui[12] ; il est, plus précisément, dans les conditions sociales de l'*institution* du ministère qui constitue le mandataire légitime comme capable d'agir par les mots sur le monde social par le fait de l'instituer en tant que médium entre le groupe et lui-même ; cela, entre autres choses, en le munissant des signes et des insignes destinés à rappeler qu'il n'agit pas en son nom personnel et de sa propre autorité.

Il n'y a pas de pouvoir symbolique sans une symbolique du pouvoir. Les attributs symboliques — comme le montrent bien le cas paradigmatique du *skeptron* et les sanctions contre le port illégal

11. « Les actes d'autorité sont d'abord et toujours des énonciations proférées par ceux à qui appartient le droit de les énoncer » (E. Benveniste, *ibid.*).

12. « Les deux mots — *ministerium* et *mysterium* — étaient à peu près interchangeables depuis le christianisme primitif et ils étaient perpétuellement confondus au Moyen Âge » (cf. E.H. Kantorowicz, « Mysteries of State, An Absolutist Concept and its Late Mediaeval Origins », *The Harvard Theological Review*, XLVIII, n° 1, 1955, pp. 65-91).

d'uniforme — sont une manifestation publique et par là une officialisation du contrat de délégation : l'hermine et la toge déclarent que le juge ou le médecin sont reconnus comme fondés (dans la reconnaissance collective) à se déclarer juge ou médecin ; que leur imposture — au sens de prétention affirmée dans les apparences — est légitime. La compétence proprement linguistique — le latin des médecins d'autrefois ou l'éloquence des porte-parole — est aussi une des manifestations de la compétence au sens de droit à la parole et au pouvoir par la parole. Tout un aspect du langage autorisé, de sa rhétorique, de sa syntaxe, de son lexique, de sa prononciation même, n'a d'autre raison d'être que de rappeler l'autorité de son auteur et la confiance qu'il exige : le style est en ce cas un élément de l'*appareil*, au sens de Pascal, par lequel le langage vise à produire et à imposer la représentation de sa propre importance et contribue ainsi à assurer sa propre crédibilité[13]. L'efficacité symbolique du discours d'autorité dépend toujours pour une part de la compétence linguistique de celui qui le tient. D'autant plus, évidemment, que l'autorité du locuteur est moins clairement institutionnalisée. Il s'ensuit que l'exercice d'un pouvoir symbolique s'accompagne d'un travail sur *la forme* qui, comme cela se voit bien dans le cas des poètes des sociétés archaïques, est destiné à attester la maîtrise de l'orateur et à lui acquérir la reconnaissance du groupe (cette logique se retrouve dans la rhétorique populaire de l'insulte qui cherche dans la surenchère expressionniste et la déformation réglée des formules rituelles l'accomplissement expressif permettant de « mettre les rieurs de son côté »).

Ainsi, de même que c'est dans la relation au marché que, s'agissant des constatifs, se définissent les conditions d'accep-

13. Les deux sens de la compétence se réunissent si l'on voit que, de même que, selon Percy Ernst Schramm, la couronne du roi médiéval désigne à la fois la chose elle-même et l'ensemble des droits constitutifs de la dignité royale (comme dans l'expression « les biens de la couronne »), de même la compétence linguistique est un attribut symbolique de l'autorité qui *désigne* un statut socialement reconnu comme ensemble de droits, à commencer par le droit à la parole, et la capacité technique correspondante.

tabilité et par là la forme même du discours, c'est aussi dans la relation avec les possibilités offertes par un certain marché que se déterminent, s'agissant des énoncés performatifs, les conditions de félicité. Et l'on doit donc poser, contre toutes les formes d'autonomisation d'un ordre proprement linguistique, que toute parole est produite pour et par le marché auquel elle doit son existence et ses propriétés les plus spécifiques.

L'anticipation des profits

La science d'un discours qui ne peut exister, et dans la forme où il existe, que pour autant qu'il est non seulement grammaticalement conforme mais aussi et surtout socialement acceptable, c'est-à-dire écouté, cru, donc efficient dans un état donné des rapports de production et de circulation, doit prendre en compte les lois de formation des prix caractéristiques du marché considéré ou, en d'autres termes, les lois définissant les conditions sociales de l'acceptabilité (qui englobent les lois proprement linguistiques de la grammaticalité) : en effet, les conditions de réception escomptées font partie des conditions de production et l'anticipation des sanctions du marché contribue à déterminer la production du discours. Cette anticipation, qui n'a rien d'un calcul conscient, est le fait de l'habitus linguistique qui, étant le produit d'un rapport primordial et prolongé aux lois d'un certain marché, tend à fonctionner comme un sens de l'acceptabilité et de la valeur probables de ses propres productions linguistiques et de celles des autres sur les différents marchés[14]. C'est ce sens de l'acceptabilité, et non une forme quelconque de calcul

14. Cela revient à donner un sens véritable à la notion d'« acceptabilité » que les linguistes introduisent parfois pour échapper à l'abstraction de la notion de « grammaticalité » sans en tirer *aucune conséquence*.

rationnel orienté vers la maximisation des profits symboliques, qui, en incitant à prendre en compte dans la production la valeur probable du discours, détermine les corrections et toutes les formes d'autocensure, concessions que l'on accorde à un univers social par le fait d'accepter de s'y rendre acceptable.

Du fait que les signes linguistiques sont aussi des biens voués à recevoir un prix, des pouvoirs propres à assurer un crédit (variable selon les lois du marché où ils sont placés), la production linguistique est inévitablement affectée par l'anticipation des sanctions du marché : toutes les expressions verbales, qu'il s'agisse des propos échangés entre deux amis, du discours d'apparat d'un porte-parole autorisé ou d'un compte rendu scientifique, portent la marque de leurs conditions de réception et doivent une part de leurs propriétés (même au niveau de la grammaire) au fait que, sur la base d'une anticipation pratique des lois du marché considéré, leurs auteurs, le plus souvent sans le savoir ni le vouloir expressément, s'efforcent de maximiser le profit symbolique qu'ils peuvent obtenir de pratiques inséparablement destinées à la communication et exposées à l'évaluation[15]. C'est dire que le marché fixe le prix d'un produit linguistique que l'anticipation pratique de ce prix a contribué à déterminer dans sa nature, donc dans sa valeur objective ; et que le rapport pratique au mar-

15. Cela signifie que la compréhension complète d'un discours savant (un texte littéraire par exemple) suppose premièrement la connaissance des conditions sociales de production de la compétence sociale (et pas seulement linguistique) des producteurs qui engagent dans chacune de leurs productions la totalité de leurs propriétés (celles qui définissent leur position dans la structure sociale et aussi dans la structure du champ de production spécialisé) et, deuxièmement, la connaissance des conditions de la *mise en œuvre* de cette compétence, des lois spécifiques du marché considéré qui, dans le cas particulier, coïncide avec le champ de production lui-même (la caractéristique fondamentale de la production savante résidant dans le fait qu'elle a pour clientèle l'ensemble des autres producteurs, c'est-à-dire des concurrents).

ché (aisance, timidité, tension, embarras, silence, etc.) qui contribue à fonder la sanction du marché, donne ainsi une justification apparente à cette sanction dont il est pour une part le produit.

S'agissant de production symbolique, la contrainte que le marché exerce par l'intermédiaire de l'anticipation des chances de profit prend naturellement la forme d'une *censure* anticipée, d'une autocensure, qui détermine non seulement la manière de dire, c'est-à-dire le choix du langage — le *code switching* des situations de bilinguisme — ou du « niveau » de langage, mais aussi ce qui pourra et ne pourra pas être dit[16].

Tout se passe comme si, en chaque situation particulière, la norme linguistique (la loi de formation des prix) était imposée par le détenteur de la compétence la plus proche de la compétence légitime, c'est-à-dire par le locuteur dominant dans l'interaction, et cela de manière d'autant plus rigoureuse que le degré d'officialité de l'échange est plus grand (en public, dans un lieu officiel, etc.) ; comme si l'effet de censure qui s'exerce sur le locuteur dominé et la nécessité pour lui d'adopter le mode d'expression légitime (le français dans le cas d'un patoisant) ou de s'efforcer vers lui étaient d'autant plus fortement ressentis, toutes choses égales d'ailleurs, que l'*écart* entre les capitaux est plus grand — alors que cette contrainte disparaît entre détenteurs d'un capital symbolique et linguistique équivalent, par exemple entre paysans. Les situations de bilinguisme permettent d'observer de manière quasi expérimentale les variations de la langue employée en fonction de la relation entre les interlocuteurs (et de leurs instruments d'expression) dans la structure de la distribution du capital proprement linguistique et des autres espèces de capital. Ainsi, dans telle série d'interactions observées en 1963 dans un village du Béarn, la même personne

16. Du fait que le travail de représentation et de mise en forme est la condition *sine qua non* de l'accès à l'existence de l'intention expressive, l'intention même de saisir un contenu à l'état brut, qui subsisterait, invariant, à travers différentes mises en forme, est dépourvue de sens.

77

CE QUE PARLER VEUT DIRE

(une femme âgée habitant les hameaux), qui s'adresse en
« français-patoisé » à une jeune commerçante du bourg, originaire
d'un autre gros bourg du Béarn (donc plus « citadine » et pouvant
ignorer ou feindre d'ignorer le béarnais), parle, l'instant d'après, en
béarnais à une femme du bourg mais originaire des hameaux et à
peu près de son âge, puis en français fortement « corrigé » à un
petit fonctionnaire du bourg, enfin en béarnais à un cantonnier du
bourg, originaire des hameaux et à peu près de son âge. On voit
que l'enquêteur, en tant que citadin « instruit », ne peut enregistrer que du français fortement corrigé ou du silence et que l'usage
qu'il peut faire du béarnais peut sans doute relâcher la tension du
marché mais tout en restant, qu'il le veuille ou non, une stratégie
de condescendance de nature à créer une situation non moins artificielle que la relation initiale.

La connaissance et la reconnaissance pratiques des lois
immanentes d'un marché et des sanctions par où elles se
manifestent, déterminent les modifications stratégiques du
discours, qu'il s'agisse de l'effort pour « corriger » une prononciation dévaluée en présence de représentants de la prononciation légitime et, plus généralement, de toutes les corrections tendant à valoriser le produit linguistique par une
mobilisation plus intense des ressources disponibles, ou, à
l'inverse, de la tendance à recourir à une syntaxe moins
complexe, à des phrases plus courtes, que les psycho-
sociologues ont observée chez les adultes s'adressant à des
enfants. Les discours sont toujours pour une part des *euphémismes* inspirés par le souci de « bien dire », de « parler
comme il faut », de produire les produits conformes aux exigences d'un certain marché, des *formations de compromis*,
résultant d'une transaction entre l'intérêt expressif (ce qui est
à dire) et la *censure* inhérente à des rapports de production linguistique particuliers — qu'il s'agisse de la structure de l'interaction linguistique ou de la structure d'un
champ spécialisé — qui s'impose à un locuteur doté d'une

certaine compétence sociale, c'est-à-dire d'un pouvoir symbolique plus ou moins important sur ces rapports de force symboliques[17].

Les variations de la *forme* du discours, et plus précisément le degré auquel elle est contrôlée, surveillée, châtiée, *en forme (formal)*, dépendent ainsi d'une part de la *tension objective* du marché, c'est-à-dire du degré d'officialité de la situation et, dans le cas d'une interaction, de l'ampleur de la distance sociale (dans la structure de la distribution du capital linguistique et des autres espèces de capital) entre l'émetteur et le récepteur, ou leurs groupes d'appartenance, et d'autre part de la « sensibilité » du locuteur à cette tension, et à la censure qu'elle implique, ainsi que de l'aptitude, qui lui est étroitement liée, à répondre à un haut degré de tension par une expression hautement contrôlée, donc fortement euphémisée. Autrement dit, la forme et le contenu du discours dépendent de la relation entre un habitus (qui est lui-même le produit des sanctions d'un marché d'un niveau de tension déterminé) et un marché défini par un niveau de tension plus ou moins élevé, donc par le degré de rigueur des sanctions qu'il inflige à ceux qui manquent à la « correction » et à la « mise en forme » que suppose l'usage officiel (*formal*). Ainsi, par exemple, on ne voit pas comment on pourrait comprendre autrement qu'en les rapportant à des variations de la tension du marché les *variations stylistiques* dont Bally[18] offre

17. On peut ainsi classer parmi les euphémismes toutes les espèces de *double sens*, particulièrement fréquentes dans le discours religieux, qui permettent de tourner la censure en nommant l'innommable dans une forme telle qu'on ne le nomme pas (cf. ci-dessous, IIIe partie, chap. 1, Censure et mise en forme), et aussi toutes les formes de l'*ironie* qui, en niant l'énoncé par le mode d'énonciation, produit aussi un effet de double sens — et de double jeu —, permettant par là d'échapper aux sanctions d'un champ (sur l'intention défensive de l'ironie, on pourra voir A. Berrendonner, *Éléments de pragmatique linguistique*, Paris, Éd. de Minuit, 1981, spécialement pp. 238-239).

18. Ch. Bally, *Le langage et la vie*, Genève, Droz, 1965, p. 21.

un bon exemple, avec cette série d'expressions en apparence substituables, puisque orientées vers le même résultat pratique : « Venez ! », « Voulez-vous venir ! », « Ne voulez-vous pas venir ? », « Vous viendrez, n'est-ce pas ? », « Dites-moi que vous viendrez ! », « Si vous veniez ? », « Vous devriez venir ! », « Venez ici ! », « Ici », et auxquelles on peut ajouter « Viendrez-vous ? », « Vous viendrez... », « Faites-moi le plaisir de venir... », « Faites-moi l'honneur de venir... », « Soyez gentil, venez... », « Je vous prie de venir ! », « Venez, je vous en prie », « J'espère que vous viendrez... », « Je compte sur vous... », et ainsi de suite à l'infini. Théoriquement équivalentes, ces expressions ne le sont pas pratiquement : chacune d'elles, lorsqu'elle est employée à propos, réalise la forme optimale du compromis entre l'intention expressive — ici l'insistance, menacée d'apparaître comme une intrusion abusive ou comme une pression inadmissible — et la censure inhérente à une relation sociale plus ou moins dissymétrique, en tirant le parti maximum des ressources disponibles, qu'elles soient déjà objectivées et codifiées, comme les formules de politesse, ou encore à l'état virtuel. C'est toute l'insistance que l'« on peut se permettre » à condition d'y « mettre les formes ». Là où « Faites-moi l'honneur de venir » convient, « Vous devriez venir ! » serait déplacé, par excès de désinvolture, et « Voulez-vous venir ? » proprement « grossier ». Dans le formalisme social, comme dans le formalisme magique, il n'y a qu'une formule, en chaque cas, qui « agit ». Et tout le travail de la politesse vise à s'approcher le plus possible de la formule parfaite qui s'imposerait immédiatement si l'on avait une maîtrise parfaite de la situation de marché. La forme, et l'information qu'elle informe, condensent et symbolisent toute la structure de la relation sociale dont elles tiennent leur existence et leur efficience (la fameuse *illocutionary force*) : ce que l'on appelle tact ou doigté consiste dans l'art de prendre acte de la position relative de l'émetteur et du récepteur dans la hiérarchie des différentes espèces de capital, mais aussi du sexe et de l'âge, et des limites qui se trouvent inscrites dans cette relation et de les transgresser rituellement, si c'est nécessaire, grâce au travail d'euphémisation. Nulle dans « Ici », « Venez » ou « Venez ici », l'atténuation de l'injonction est plus marquée dans « Faites-moi le plaisir de venir ». La forme employée pour neutraliser l'« incorrection » peut être l'interrogation simple (« Voulez-vous venir ? ») ou redoublée par la négation (« Ne voulez-vous pas venir ? ») qui reconnaît à l'interlocuteur la possibilité du refus, ou une formule d'insistance qui se dénie en déclarant la possibilité du refus et la valeur reconnue à l'acceptation et qui peut prendre une forme familière, convenable entre pairs (« Soyez gentil, venez ») ou « guindée » (« Faites-moi le plaisir de venir »), voire obséquieuse (« Faites-moi l'honneur de venir ») ou encore une interrogation métalinguistique sur la légitimité même de la démarche (« Puis-je vous demander de venir ? », « Puis-je me permettre de vous demander de venir ? »).

Ce que le sens social repère dans une forme qui est une sorte d'expression symbolique de tous les traits sociologiquement pertinents de la situation de marché, c'est cela même qui a orienté la production du discours, c'est-à-dire l'ensemble des caractéristiques de la relation sociale entre les interlocuteurs et les capacités expressives que le locuteur pouvait investir dans le travail d'euphémisation. L'interdépendance entre la forme linguistique et la structure de la relation sociale dans laquelle et pour laquelle elle a été produite se voit bien dans les oscillations entre le *vous* et le *tu* qui surviennent parfois lorsque la structure objective de la relation entre les locuteurs (par exemple l'inégalité des âges et des statuts sociaux) entre en conflit avec l'ancienneté, et la continuité, donc l'intimité et la familiarité de l'interaction : tout se passe alors comme si le nouvel ajustement du mode d'expression et de la relation sociale se cherchait au travers des lapsus spontanés ou calculés et des glissements progressifs qui s'achèvent souvent par une sorte de contrat linguistique destiné à instaurer officiellement le nouvel ordre expressif : « Si on se tutoyait ? » Mais la subordination de la forme du discours à la forme de la relation sociale dans laquelle il est employé éclate dans les situations de *collision stylistique*, c'est-à-dire lorsque le locuteur se trouve affronté à un auditoire socialement très hétérogène ou, simplement, à deux interlocuteurs qui sont si éloignés socialement et culturellement que les modes d'expression sociologiquement exclusifs qu'ils appellent et qui sont normalement réalisés, par un ajustement plus ou moins conscient, dans des espaces sociaux séparés, ne peuvent pas être produits simultanément.

Ce qui oriente la production linguistique, ce n'est pas le degré de tension du marché, ou, plus précisément, le degré d'officialité qui le caractérise, défini *in abstracto*, pour un locuteur quelconque, mais la relation entre un degré de tension objective « moyenne » et un habitus linguistique lui-même caractérisé par un degré particulier de « sensibilité » à la tension du marché ; ou, ce qui revient au même, c'est l'anticipation des profits, que l'on peut à peine appeler subjective, puisqu'elle est le produit de la rencontre entre une objectivité, les chances moyennes, et une objectivité incorporée, la disposition à apprécier plus ou moins strictement ces chances[19]. L'anticipation pratique des sanctions promises est un sens pratique, quasi corporel, de la vérité de la relation

19. Cette anticipation se guide sur des manifestations visibles comme l'attitude de l'interlocuteur, sa mimique, attentive ou indifférente, hautaine ou prévenante, les encouragements de la voix et du geste ou les signes de désapprobation. Différentes expériences de psychologie sociale ont montré que la vitesse de parole, la quantité de parole, le vocabulaire, la complexité de la syntaxe, etc., varient selon l'attitude de l'expérimentateur, c'est-à-dire selon les stratégies de renforcement sélectif qu'il met en œuvre.

objective entre une certaine compétence linguistique et sociale et un certain marché à travers lequel s'accomplit cette relation et qui peut aller de la certitude de la sanction positive, qui fonde la *certitudo sui*, l'*assurance*, jusqu'à la certitude de la sanction négative, qui condamne à la démission et au silence, en passant par toutes les formes de l'*insécurité* et de la *timidité*.

L'habitus linguistique et l'hexis corporelle

La définition de l'acceptabilité n'est pas dans la situation mais dans la relation entre un marché et un habitus qui est lui-même le produit de toute l'histoire de la relation avec des marchés. En effet, l'habitus n'est pas moins lié au marché par ses conditions d'acquisition que par ses conditions d'utilisation. Nous n'avons pas appris à parler seulement en entendant parler un certain parler mais aussi en parlant, donc en offrant un parler déterminé sur un marché déterminé, c'est-à-dire dans les échanges au sein d'une famille occupant une position particulière dans l'espace social et proposant de ce fait à la mimesis pratique du nouvel entrant des modèles et des sanctions plus ou moins éloignés de l'usage légitime[20]. Et nous avons appris la valeur que reçoivent sur d'autres marchés (comme celui de l'École) les produits offerts, avec toute l'autorité afférente, sur le marché originaire. Le système des renforcements ou des démentis successifs a constitué ainsi en

20. L'apprentissage de la langue s'accomplit par familiarisation avec des personnes jouant des rôles totaux dont la dimension linguistique n'est qu'un aspect, jamais isolé comme tel : c'est sans doute ce qui fait le pouvoir d'évocation pratique de certains mots qui, étant liés à toute une posture corporelle, à une atmosphère affective, ressuscitent toute une vision du monde, tout un monde ; et aussi l'attachement affectif à la « langue maternelle », dont les mots, les tours, les expressions semblent enfermer un « surplus de sens ».

chacun de nous une sorte de sens de la valeur sociale des usages linguistiques et de la relation entre les différents usages et les différents marchés qui organise toutes les perceptions ultérieures de produits linguistiques, ce qui tend à lui assurer une très grande stabilité. (On sait que, de façon générale, les effets qu'une expérience nouvelle peut exercer sur l'habitus dépendent de la relation de « compatibilité » pratique entre cette expérience et les expériences déjà intégrées à l'habitus sous forme de schèmes de production et d'appréciation et que, dans le processus de réinterprétation sélective qui résulte de cette dialectique, l'efficacité informatrice de toute expérience nouvelle tend à diminuer continûment). Ce « sens du placement » linguistique commande le degré de contrainte qu'un champ déterminé fera peser sur la production de discours, imposant aux uns le silence ou un langage hypercontrôlé tandis qu'il laisse à d'autres les libertés d'un langage assuré. C'est dire que la compétence, qui s'acquiert en situation, par la pratique, comporte, inséparablement, la maîtrise pratique d'un usage de la langue et la maîtrise pratique des situations dans lesquelles cet usage de la langue est *socialement acceptable*. Le sens de la valeur de ses propres produits linguistiques est une dimension fondamentale du sens de la place occupée dans l'espace social : le rapport originaire aux différents marchés et l'expérience des sanctions imparties à ses propres productions sont sans doute, avec l'expérience du prix accordé au corps propre, une des médiations à travers lesquelles se constitue cette sorte de *sens de sa propre valeur sociale* qui commande le rapport pratique aux différents marchés (timidité, aisance, etc.) et, plus généralement, toute la manière de se tenir dans le monde social.

Si tout locuteur est à la fois producteur et consommateur de ses propres productions linguistiques, tous les locuteurs ne sont pas, on l'a vu, en mesure d'appliquer à leurs propres produits les schèmes selon lesquels ils les ont produits. Le rapport malheureux que les petits-bourgeois entretiennent avec leurs propres productions (et, en particulier, avec leur prononciation, qu'ils jugent, comme le montre Labov, avec une sévérité particulière), leur sensibilité spécialement vive à la tension du marché, et, du même coup, à la correction linguistique, chez soi et chez les autres[21], qui les pousse à l'hypercorrection, leur insécurité qui atteint son paroxysme dans les occasions officielles, engendrant les « incorrections » par hypercorrection ou les audaces angoissées de l'aisance forcée, sont l'effet d'un divorce entre les schèmes de production et les schèmes d'appréciation : divisés en quelque sorte contre eux-mêmes, les petits-bourgeois sont à la fois les plus « conscients » de la vérité objective de leurs produits (celle qui se définit dans l'hypothèse savante du marché parfaitement unifié) et les plus acharnés à la refuser, à la nier, à la démentir par leurs efforts. Comme on le voit bien en ce cas, ce qui s'exprime à travers l'habitus linguistique, c'est tout l'habitus de classe dont il est une dimension, c'est-à-dire, en fait, la position occupée, synchroniquement et diachroniquement, dans la structure sociale. L'hypercorrection s'inscrit, on l'a vu, dans la logique de la prétention qui porte les petits-bourgeois à tenter de s'approprier avant l'heure, au prix d'une tension constante, les propriétés des dominants ; et l'intensité particulière de l'insécurité et de l'anxiété en matière de langue (comme en matière de cosmétique ou d'esthétique) parmi les femmes de la petite-bourgeoisie se comprend dans la même logique : vouées par la division du travail entre les sexes à attendre l'ascension sociale de leurs capacités de production et de consommation symboliques, elles sont plus encore portées à investir dans l'acquisition des compétences légitimes. Les pratiques linguistiques de la petite-bourgeoisie ne pou-

---

21. Différentes expériences de psychologie sociale ont montré que les petits-bourgeois sont plus habiles que les membres des classes populaires à repérer la classe sociale d'après la prononciation.

vaient manquer de frapper ceux qui, comme Labov, les observaient sur les marchés particulièrement tendus que crée la situation d'enquête : situés au point maximum de la tension subjective, du fait de leur sensibilité particulière à la tension objective (qui est l'effet d'un écart particulièrement marqué entre la reconnaissance et la connaissance), les petits-bourgeois se distinguent des membres des classes populaires qui, n'étant pas en mesure d'imposer les libertés du franc-parler, réservées à l'usage interne, n'ont d'autre recours que les formes détraquées d'un langage *emprunté* ou la fuite dans l'abstention et le silence ; mais ils ne se distinguent pas moins des membres de la classe dominante dont l'habitus linguistique (surtout lorsqu'ils sont issus de cette classe) est la *norme réalisée*, et qui peuvent manifester toute l'assurance associée à la coïncidence parfaite des principes d'appréciation et des principes de production[22].

Dans ce cas, comme, à l'autre extrême, dans le cas du franc-parler populaire sur le marché populaire, la concordance est totale entre la nécessité du marché et les dispositions de l'habitus : la loi du marché n'a pas besoin de s'imposer au travers d'une contrainte ou d'une censure externe puisqu'elle s'accomplit par l'intermédiaire d'un rapport au marché qui en est la forme incorporée. Lorsque les structures objectives auxquelles il est affronté coïncident avec celles dont il est le produit, l'habitus devance les exigences objecti-

---

22. Il faudrait pousser plus loin ces analyses, d'une part en examinant plus complètement les propriétés des petits-bourgeois qui sont pertinentes s'agissant de comprendre des dispositions linguistiques, comme leur trajectoire (ascendante ou descendante) qui, en leur donnant l'expérience de milieux différents, les incline, surtout lorsqu'ils sont conduits à remplir une fonction d'intermédiaires entre les classes, à une forme de conscience quasi sociologique et d'autre part en examinant les variations de ces propriétés selon des variables secondaires telles que la position dans l'espace des classes moyennes et la trajectoire antérieure (cf. *La distinction*, 3ᵉ partie, chap. 6). Il faudrait de même distinguer, au sein de la classe dominante, différents rapports au langage.

ves du champ. Tel est le fondement de la forme la plus fréquente et la mieux cachée de la censure, celle qui consiste à placer en des positions impliquant le droit à la parole des agents dotés de dispositions expressives d'avance « censurées » puisqu'elles coïncident avec les exigences inscrites dans la position. Principe de tous les traits distinctifs du mode d'expression dominant, *la détente dans la tension* est l'expression d'un rapport au marché qui ne s'acquiert que dans la fréquentation précoce et durable de marchés caractérisés, jusque dans les occasions ordinaires, par un haut niveau de tension et par cette attention sans cesse soutenue à la forme et aux formes qui définit la « stylisation de la vie ». Il est certain que, à mesure que l'on s'élève dans la hiérarchie sociale, le degré de censure et, corrélativement, de mise en forme et d'euphémisation ne cesse de croître et cela non seulement dans les occasions publiques ou officielles (comme c'est le cas dans les classes populaires et surtout dans la petite-bourgeoisie qui font une opposition marquée entre le quotidien et l'extra-quotidien), mais dans les routines de l'existence quotidienne. Cela se voit dans la manière de s'habiller ou de manger mais aussi dans la manière de parler qui tend à exclure le laisser-aller, le relâchement ou la licence que l'on s'accorde ailleurs lorsqu'on est « entre soi ». C'est ce que note indirectement Lakoff lorsqu'il observe que la conduite consistant à demander ouvertement, chez des amis, le prix d'un objet (« Hey, that's a nice rug. What did it cost ? » — Quel beau tapis ! Combien vous a-t-il coûté ?), qui serait acceptable dans les milieux populaires (où elle pourrait même apparaître comme un compliment), serait « déplacée » dans la bourgeoisie où elle devrait revêtir une forme atténuée (« *May I* ask you what that rug cost ? » — Puis-je vous demander combien a coûté ce tapis ?)[23]. C'est à ce plus haut degré de censure, qui

23. Contrairement à ce que dit Lakoff, la forme purement grammaticale de l'atténuation peut recevoir tout un ensemble de substituts, au titre

exige, et de façon permanente, un plus haut degré d'euphémisation, un effort plus constant pour *mettre des formes*, que se rattache le fait que la maîtrise pratique des instruments d'euphémisation qui sont objectivement exigés sur les marchés les plus tendus, comme le marché scolaire ou le marché mondain, s'accroît à mesure que l'on s'élève dans la hiérarchie sociale, c'est-à-dire à mesure que s'accroît la fréquence des occasions sociales où l'on se trouve soumis (et dès l'enfance) à ces exigences, donc en mesure d'acquérir pratiquement les moyens de les satisfaire. Ainsi l'usage bourgeois se caractérise, selon Lakoff, par l'utilisation de ce qu'il appelle des *hedges* tels que *sort of, pretty much, rather, strictly speaking, loosely speaking, technically, regular, par excellence*, etc. et, selon Labov, par le recours intensif à des *filler phrases*, locutions de remplissage comme *such a thing as, some things like that, particularly*[24]. Il ne suffit pas de dire, comme fait Labov, dans un souci de réhabiliter le langage populaire qui le porte à renverser simplement la table des valeurs, que ces locutions sont responsables de la verbosité *(verbosity)* et de l'inflation verbale du discours bourgeois. Superflues et oiseuses du point de vue d'une stricte économie de la communication, elles remplissent une fonction importante dans la détermination de la valeur d'une manière de communiquer : outre que leur surabondance et leur inutilité mêmes attestent l'ampleur des ressources disponibles et le

d'élément d'un rituel symbolique. Quiconque a mené un entretien sait qu'une question « difficile » se prépare de loin et que le moyen le plus sûr de la « faire passer » ne consiste pas à l'entourer de circonlocutions et d'atténuations verbales — ce qui aurait pour effet, au contraire, d'attirer l'attention sur elle — mais à créer un climat de complicité et à donner à l'entretien, par des plaisanteries, des sourires, des gestes, bref, toute une symbolique dont la forme purement linguistique n'est qu'un élément, une tonalité globale qui exerce un effet euphorisant et euphémisant.

24. G. Lakoff, *Interview with Herman Parrett*, University of California, Mimeo, oct. 1973, p. 38) ; W. Labov, *Language in the Inner City*, Philadelphie, University of Pennsylvania Press, p. 219.

rapport désintéressé à ces ressources qu'elle autorise, elles fonctionnent, au titre d'éléments d'un *métalangage pratique*, comme marques de la *distance neutralisante* qui est une des caractéristiques du rapport bourgeois à la langue et au monde social : ayant pour effet, selon Lakoff, d'« élever les valeurs intermédiaires et d'abaisser les valeurs extrêmes » et, selon Labov, d'« éviter toute erreur ou exagération », ces locutions sont une affirmation de la capacité de tenir ses distances à l'égard de ses propres propos, donc de ses propres intérêts, et du même coup à l'égard de ceux qui, ne sachant pas tenir cette distance, se laissent emporter par leurs propos, s'abandonnent sans retenue ni censure à la pulsion expressive. Pareil mode d'expression, qui est produit par et pour des marchés demandant la « neutralité axiologique », et pas seulement dans l'usage du langage, est aussi ajusté d'avance à des marchés exigeant cette autre forme de neutralisation et de mise à distance de la réalité (et des autres classes, qui y sont immergées) qu'est la stylisation de la vie, cette mise en forme des pratiques qui privilégie en toutes choses la manière, le style, la forme au détriment de la fonction ; il convient aussi à tous les marchés officiels, et aux rituels sociaux où la nécessité de mettre en forme et de mettre des formes qui définit le langage en forme, officiel (*formal*), s'impose avec une rigueur absolue, au détriment de la fonction communicative qui peut s'annuler pourvu que fonctionne la logique performative de la domination symbolique.

Ce n'est pas par hasard que la distinction bourgeoise investit dans son rapport au langage l'intention même qu'elle engage dans son rapport au corps. Le sens de l'acceptabilité qui oriente les pratiques linguistiques est inscrit au plus profond des dispositions corporelles : c'est tout le corps qui répond par sa posture mais aussi par ses réactions internes ou, plus spécifiquement, articulatoires, à la tension du marché. Le langage est une technique du corps et la compétence proprement linguistique, et tout spécialement phonologique, est une dimension de l'hexis corporelle où s'expriment tout le rapport du monde social et tout le rapport socialement instruit du monde. Tout permet de supposer que, à travers ce que Pierre Guiraud appelle le « style articulatoire », le schéma corporel caractéristique d'une classe détermine le système des traits phonologiques qui caractérisent une prononciation de classe : la position articulatoire la plus fréquente est un élément d'un *style global des usages de la bouche* (dans le parler, mais aussi dans le manger, le boire, le rire, etc.), donc de l'hexis corporelle, qui implique une *information systématique* de tout l'aspect phonologique du discours. Ce « style articulatoire », style de vie qui s'est fait corps, comme toute l'hexis corporelle, constitue les traits phonologiques, souvent étudiés à l'état isolé, chacun d'eux, le *r* par exemple, étant mis en relation avec son équivalent dans d'autres prononciations de classe, en une totalité insécable, qui doit être appréhendée comme telle.

Ainsi, dans le cas des classes populaires, il participe de manière évidente d'un rapport au corps dominé par le refus des « manières » ou des « chichis » (c'est-à-dire de la stylisation et de la mise en forme) et par la valorisation de la virilité, dimension d'une disposition plus générale à apprécier ce qui est « nature » : et Labov est sans doute fondé à expliquer la résistance des locuteurs masculins de New York à l'imposition de la langue légitime par le fait qu'ils associent l'idée de virilité à leur manière de parler ou, mieux, d'user de la bouche et de la gorge en parlant. Ce n'est sans doute pas par hasard que l'usage populaire condense l'opposition entre le rapport bourgeois et le rapport populaire à la langue dans l'opposition, sexuellement surdéterminée, entre la *bouche* plutôt fermée, pincée, c'est-à-dire tendue et censurée, et par là féminine, et la *gueule*, largement et franchement ouverte, « fendue » (« se fendre la gueule »), c'est-à-dire détendue et libre, et par là masculine[25]. La vision, plutôt populaire, des dispositions bourgeoises ou, dans leur forme caricaturale, petites-bourgeoises, repère dans les postures physiques de tension et de contention (« bouche fine », « pincée », « lèvres pincées », « serrées », « du bout des lèvres », « bouche en cul-de-poule ») les indices corporels de dispositions tout à fait générales à l'égard d'autrui et du monde (et, en particulier, s'agissant de la bouche, à l'égard des nourritures) comme la hauteur et le dédain (« faire la fine bouche », « la petite bouche ») et la distance affichée à l'égard des choses corporelles et de ceux qui ne savent pas marquer cette distance. La « gueule » au contraire est associée aux dispositions viriles qui, selon l'idéal populaire, trouvent toutes leur principe dans la certitude tranquille de la force qui exclut les censures, c'est-à-dire les prudences et les ruses autant que les « manières », et qui permet de se montrer « nature » (la gueule est du côté de la nature), de « jouer franc-jeu » et d'« avoir son franc-parler », ou, tout simplement, de « faire la gueule » ; elle désigne l'aptitude à la violence verbale identifiée à la force purement *sonore* du discours, donc de la *voix* (« fort en gueule », « coup de gueule », « grande gueule », « engueuler », « s'engueuler », « gueuler », « aller gueuler »), et à la violence physique qu'elle annonce, spécialement dans l'injure (« casser la la gueule », « mon poing sur la gueule », « ferme ta gueule ») qui, à travers la « gueule », conçue inséparablement comme « siège » de la personne (« bonne gueule », « sale gueule ») et lieu privilégié de son affirmation (que l'on pense au sens de « ouvrir sa gueule » ou « l'ouvrir » par opposition à « la fermer », « la boucler », « taire sa gueule », « s'écraser », etc.), vise l'interlocuteur au principe même de son identité sociale

25. Il est à peine besoin de rappeler que la censure primordiale, celle qui concerne les choses sexuelles — et plus généralement corporelles — s'impose avec une rigueur spéciale aux femmes (ou, bel exemple d'effet de marché, en présence des femmes).

et de son image de soi. Appliquant la même « intention » au lieu de l'ingestion alimentaire et au lieu de l'émission du discours, la vision populaire, qui appréhende bien l'unité de l'habitus et de l'hexis corporelle, associe aussi à la gueule la franche acceptation (« s'en foutre plein la gueule », « se rincer la gueule ») et la franche manifestation (« se fendre la gueule ») des plaisirs élémentaires[26].

D'un côté, le langage domestiqué, censure devenue nature, qui proscrit les propos « gras », les plaisanteries « lourdes » et les accents « grasseyants », va de pair avec la domestication du corps qui exclut toute manifestation excessive des appétits ou des sentiments (les cris aussi bien que les larmes ou les grands gestes) et qui soumet le corps à toutes sortes de disciplines et de censures visant à le dénaturaliser ; de l'autre, le « relâchement de la tension articulatoire », qui conduit par exemple, selon une observation de Bernard Laks, à la chute du r et du l à la finale (et qui est sans doute moins un effet du « laisser-aller » [27] que l'expression d'un refus d'en « faire trop », de se conformer trop strictement sur les points les plus

26. Du point de vue des dominants, la même opposition serait perçue, par une simple inversion de signe, dans la logique de la difficulté et de la « facilité », de la « correction » et du laisser-aller, de la culture et de la nature.
27. La relation intuitivement aperçue entre le « style articulatoire » et le style de vie, qui fait de l'« accent » un si puissant prédicteur de la position sociale, impose aux rares analystes qui lui ont fait une place, comme Pierre Guiraud, des jugements de valeur sans équivoque : « Cet "accent" en pantoufles, veule et avachi » ; « l'accent "voyou" est celui du mec qui crache ses mots du coin de la bouche entre le mégot et la commissure des lèvres » ; « cette consistance molle, floue et, sous ses formes les plus basses, avachie et ignoble » (P. Guiraud, *Le français populaire*, Paris, PUF, 1965, pp. 111-116). Comme toutes les manifestations de l'habitus, histoire devenue nature, la prononciation et, plus généralement, le rapport au langage sont, pour la perception ordinaire, des révélations de la personne dans sa vérité naturelle : le racisme de classe trouve dans les propriétés incorporées la justification par excellence de la propension à naturaliser les différences sociales.

strictement exigés par le code dominant, quitte à porter l'effort ailleurs), s'associe au rejet des censures que la bienséance fait peser, en particulier sur le corps taboué, et au franc-parler dont les audaces sont moins innocentes qu'il ne paraît puisque, en rabaissant l'humanité à la commune nature, ventre, cul et sexe, tripes, bouffe et merde, il tend à mettre le monde social cul par-dessus tête. La fête populaire telle que la décrit Bakhtine et surtout la crise révolutionnaire rappellent en effet, par l'explosion verbale qu'elles favorisent, la pression et la répression que l'ordre ordinaire fait peser, en particulier sur les dominés, à travers les contraintes et les contrôles, en apparence insignifiants, de la politesse, qui, au travers des variations stylistiques des manières de parler (les formules de politesse) ou de tenir son corps en fonction du degré de tension objective du marché, impose la reconnaissance des hiérarchies entre les classes, les sexes et les âges.

On comprend que du point du vue des classes dominées l'adoption du style dominant apparaisse comme un reniement de l'identité sociale et de l'identité sexuelle, une répudiation des valeurs viriles qui sont constitutives de l'appartenance de classe ; c'est ce qui fait que les femmes peuvent s'identifier à la culture dominante sans se couper de leur classe aussi radicalement que les hommes. « Ouvrir sa (grande) gueule », c'est refuser de se soumettre (de « la fermer »), de manifester les signes de docilité qui sont la condition de la mobilité. Adopter le style dominant, et en particulier un trait aussi marqué que la prononciation légitime, c'est en quelque sorte renier doublement sa virilité, parce que le fait même de l'acquisition demande la docilité, disposition imposée à la femme par la division sexuelle du travail (et la division du travail sexuel), et que cette docilité porte vers des dispositions elles-mêmes perçues comme efféminées.

En attirant l'attention sur les traits articulatoires qui, comme l'aperture, la sonorité, le rythme, expriment le mieux, dans leur logique, les dispositions profondes de l'habitus, et, plus précisément, de l'hexis corporelle, la sociolinguistique spontanée fait voir qu'une phonologie différentielle ne devrait jamais omettre de penser les traits articulatoires caractéristiques d'une classe ou d'une fraction de classe, tant dans leur sélection que dans leur interprétation, en relation à la fois avec les autres systèmes par référence auxquels ils prennent leur valeur distinctive, donc leur valeur sociale, et avec l'unité originairement synthétique de l'hexis corporelle qui est à leur principe et qui fait qu'ils représentent l'expression éthique ou esthétique de la nécessité inscrite dans une condition sociale.

Le linguiste, exercé à une perception anormalement aiguë — en particulier au niveau phonologique — peut apercevoir des différences là où les agents ordinaires n'en voient pas. De plus, contraint de s'attacher, pour les besoins de la mesure statistique, à des critères discrets (comme la chute du *r* ou du *l* à la finale), il est porté à une perception analytique, très différente dans sa logique de celle qui, dans l'existence ordinaire, fonde les jugements classificatoires et la délimitation de groupes homogènes : outre que les traits linguistiques ne sont jamais clairement autonomisés par rapport à l'ensemble des propriétés sociales du locuteur (hexis corporelle, physionomie, cosmétique, vêtement, etc.), les traits phonologiques (ou lexicaux ou autres) ne sont jamais autonomisés par rapport aux autres niveaux du langage et le jugement qui classe un langage comme « populaire » ou une personne comme « vulgaire » s'appuie, comme toute prédication pratique, sur des ensembles d'indices qui n'affleurent pas en tant que tels à la conscience, même si ceux qui sont désignés par le stéréotype (comme le *r* « paysan » ou le « ceusse » méridional) ont un poids plus important.

La correspondance étroite entre les usages du corps, de la langue et sans doute aussi du temps, tient au fait que c'est pour l'essentiel à travers des disciplines et des censures corporelles et linguistiques qui impliquent souvent une règle temporelle que les groupes inculquent les vertus qui sont la forme transfigurée de leur nécessité et que les « choix » constitutifs d'un rapport au monde économique et social sont incorporés sous la forme de montages durables et soustraits pour une part aux prises de la conscience et de la volonté[28].

Eté 1980.

28. Ce n'est donc pas par hasard qu'un système scolaire qui, comme l'École républicaine, conçue sous la Révolution et réalisée sous la Troisième République, entend façonner complètement les habitus des classes populaires, s'organise autour de l'inculcation d'un rapport au langage (avec l'abolition des langues régionales, etc.), d'un rapport au corps (disciplines d'hygiène, de consommation — sobriété —, etc.) et d'un rapport au temps (calcul — économique —, épargne, etc.).

II. LANGAGE ET POUVOIR SYMBOLIQUE

La science sociale a affaire à des réalités déjà nommées, déjà classées, porteuses de noms propres et de noms communs, de titres, de signes, de sigles. Sous peine de reprendre à son compte sans le savoir des actes de constitution dont elle ignore la logique et la nécessité, il lui faut prendre pour objet les opérations sociales de *nomination* et les rites d'institution à travers lesquels elles s'accomplissent. Mais, plus profondément, il lui faut examiner la part qui revient aux mots dans la construction des choses sociales ; et la contribution que la lutte des classements, dimension de toute lutte des classes, apporte à la constitution des classes, classes d'âge, classes sexuelles ou classes sociales, mais aussi clans, tribus, ethnies ou nations.

S'agissant du monde social, la théorie néo-kantienne qui confère au langage et, plus généralement, aux représentations, une efficacité proprement symbolique de construction de la réalité, est parfaitement fondée : en structurant la perception que les agents sociaux ont du monde social, la nomination contribue à faire la structure de ce monde et d'autant plus profondément qu'elle est plus largement reconnue, c'est-à-dire autorisée. Il n'est pas d'agent social qui ne prétende, dans la mesure de ses moyens, à ce pouvoir de nommer et de faire le monde en le nommant : ragots, calomnies, médisances, insultes, éloges, accusations, critiques, polémiques, louanges, ne sont que la petite monnaie quotidienne des actes solennels et collectifs de nomination, célébrations ou condamnations, qui incombent aux autorités universellement reconnues. A l'opposé des noms communs, qui ont pour eux le sens commun, le *consensus*, l'*homologein* de tout un groupe, bref tout ce qu'engage l'acte officiel de nomination par lequel un mandataire reconnu décerne un titre officiel (comme le titre scolaire), les « noms de qualité » (« idiot », « salaud ») auxquels recourt l'insulte ont une efficacité symbolique très réduite, en tant qu'*idios logos*, qui n'engage que son auteur[1]. Mais ils ont en commun avec eux une intention que l'on peut appeler performative ou, plus simplement, magique : l'insulte, comme la nomination, appartient à la classe des actes d'institution et de destitution plus ou moins fondés socialement, par lesquels un individu, agissant en son propre nom ou au nom d'un groupe plus ou moins important numériquement et socialement, signifie à quelqu'un qu'il a telle ou telle propriété, lui signifiant du même coup d'avoir à se comporter en conformité avec l'essence sociale qui lui est ainsi assignée.

Bref, la science sociale doit englober dans la théorie du monde social une théorie de l'effet de théorie qui, en contribuant à imposer une manière plus ou moins autorisée de voir le monde social, contribue à faire la réalité de ce monde : le mot ou, *a fortiori*, le dicton, le proverbe et toutes les formes d'expression stéréotypées ou rituelles sont des programmes de perception et les différentes stratégies, plus ou moins ritualisées, de la lutte symbolique de tous les jours, tout comme les grands rituels collectifs de nomination ou, plus clairement encore, les affrontements de visions et de prévisions de la lutte

---

1. Sur la discussion linguistique à propos de l'insulte, on pourra lire N. Ruwet, *Grammaire des insultes et autres études*, Paris, Le Seuil, 1982 ; J.-C. Milner, *Arguments linguistiques*, Paris, Mame, 1973.

proprement politique, enferment une certaine prétention à l'autorité symbolique comme pouvoir socialement reconnu d'imposer une certaine vision du monde social, c'est-à-dire des divisions du monde social. Dans la lutte pour l'imposition de la vision légitime, où la science elle-même est inévitablement engagée, les agents détiennent un pouvoir proportionné à leur capital symbolique, c'est-à-dire à la reconnaissance qu'ils reçoivent d'un groupe : l'autorité qui fonde l'efficacité performative du discours est un *percipi*, un être connu et reconnu, qui permet d'imposer un *percipere*, ou, mieux, de s'imposer comme imposant officiellement, c'est-à-dire à la face de tous et au nom de tous, le consensus sur le sens du monde social qui fonde le sens commun.

Le mystère de la magie performative se résout ainsi dans le mystère du ministère (selon le jeu de mots cher aux canonistes), c'est-à-dire dans l'alchimie de la *représentation* (aux différents sens du terme) par laquelle le représentant fait le groupe qui le fait : le porte-parole doté du plein pouvoir de parler et d'agir au nom du groupe, et d'abord sur le groupe par la magie du mot d'ordre, est le substitut du groupe qui existe seulement par cette *procuration*. Groupe fait homme, il personnifie une personne fictive, qu'il arrache à l'état de simple agrégat d'individus séparés, lui permettant d'agir et de parler, à travers lui, « comme un seul homme ». En contrepartie, il reçoit le droit de parler et d'agir au nom du groupe, de « se prendre pour » le groupe qu'il incarne, de s'identifier à la fonction à laquelle il « se donne corps et âme », donnant ainsi un corps biologique à un corps constitué. *Status est magistratus*, « l'État, c'est moi ».

Ou, ce qui revient au même, le monde est ma représentation.

Chapitre 1

Le langage autorisé : les conditions sociales de l'efficacité du discours rituel

> « Supposons par exemple que j'aperçoive un bateau dans une cale de construction, que je m'en approche et brise la bouteille suspendue à la coque, que je proclame "je baptise ce bateau le Joseph Staline" et que, pour être bien sûr de mon affaire, d'un coup de pied je fasse sauter les cales. L'ennui, c'est que je n'étais pas la personne désignée pour procéder au baptême. »
>
> J.-L. AUSTIN, *Quand dire c'est faire (How to do Things with Words).*

La question naïve du pouvoir des mots est logiquement impliquée dans la suppression initiale de la question des usages du langage, donc des conditions sociales d'utilisation des mots. Dès que l'on traite le langage comme un objet autonome, acceptant la séparation radicale que faisait Saussure entre la linguistique interne et la linguistique externe, entre la science de la langue et la science des usages sociaux de la langue, on se condamne à chercher le pouvoir des mots dans les mots, c'est-à-dire là où il n'est pas : en effet, la force d'illo-

LA NOUVELLE LITURGIE
OU LES INFORTUNES DE LA VERTU
PERFORMATIVE *

« Je vous avoue que nous sommes absolument déconcertés par l'encouragement à déserter les églises pour célébrer l'Eucharistie en petites communautés [1] à domicile [2] ou dans des chapelles [2] où l'on se sert soi-même [1] d'une hostie apportée dans des plateaux par des laïcs [1] pour communier à la place où l'on se trouve [2], etc. » (p. 47).

« Vous pourrez toujours aller dire une prière pour votre église. Mais quel sens aurait eu cette prière dans une église d'où le saint sacrement était absent [2]. Autant la réciter à la maison » (p. 48).

« Dans notre petite église, on ne célèbre plus la messe, on la dit dans une maison particulière [2] » (p. 59).

---

*. Toutes ces citations renvoient (par l'indication de la page entre parenthèses) à l'ouvrage du R.P. Lelong, *Le dossier noir de la communion solennelle*, Paris, Mame, 1972. Les chiffres entre crochets expriment une des erreurs relevées par les fidèles dans la liturgie : [1] erreur d'agent ; [2] erreur de lieu ; [3] erreur de moment ; [4] erreur de tempo ; [5] erreur de comportement ; [6] erreur de langage ; [7] erreur de vêtement ; [8] erreur d'instrument.

cution des expressions (*illocutionary force*) ne saurait être trouvée dans les mots mêmes, comme les « performatifs », dans lesquels elle est *indiquée* ou mieux *représentée* — au double sens. Ce n'est que par exception — c'est-à-dire dans les situations abstraites et artificielles de l'expérimentation — que les échanges symboliques se réduisent à des rapports de pure communication et que le contenu informatif du message épuise le contenu de la communication. Le pouvoir des paroles n'est autre chose que le *pouvoir délégué* du porte-parole, et ses paroles — c'est-à-dire, indissociablement, la matière de son discours et sa manière de parler — sont tout au plus un témoignage et un témoignage parmi d'autres de la *garantie de délégation* dont il est investi.

Tel est le principe de l'erreur dont l'expression la plus accomplie est fournie par Austin (ou Habermas après lui) lorsqu'il croit découvrir dans le discours même, c'est-à-dire dans la substance proprement linguistique — si l'on permet l'expression — de la parole, le principe de l'efficacité de la parole. Essayer de comprendre linguistiquement le pouvoir des manifestations linguistiques, chercher dans le langage le principe de la logique et de l'efficacité du *langage d'institution*, c'est oublier que l'autorité advient au langage du dehors, comme le rappelle concrètement le *skeptron* que l'on tend, chez Homère, à l'orateur qui va prendre la parole[1]. Cette autorité, le langage tout au plus la *représente*, il la manifeste, il la symbolise : il y a une rhétorique caractéristique de tous les discours d'institution, c'est-à-dire de la parole officielle du porte-parole autorisé s'exprimant en situation solennelle, avec une autorité qui a les mêmes limites que la délégation de l'institution ; les caractéristiques stylistiques du

1. E. Benveniste, *Le vocabulaire des institutions indo-européennes*, Paris, Éditions de Minuit, 1969, pp. 30-37.

« Nous ne sommes pas gâtés dans le diocèse de B., nous subissons les extravagances du "quarteron des jeunes abbés" qui ont imaginé, l'année dernière, de faire la première communion solennelle, en attendant de la supprimer, au Palais des Sports [2], *alors qu'il y a ici deux grandes et belles églises qui pouvaient très bien contenir tout le monde »* (p. 66).

« Ma mère a été horrifiée par l'aumônier d'ACI qui voulait dire la messe sur sa table de salle à manger [2] *»* (p. 90).

« Que pensez-vous, aussi, mon Père, de la communion faite le matin [3] *et suivie d'aucune autre cérémonie* [5], *comme dans la paroisse ? »* *« La journée va se passer à table, à manger et à boire »*, *m'a dit une maman désolée* (p. 72).

« Dans certaines paroisses près d'ici, on ne fait plus rien. Chez nous, profession de foi l'après-midi [3], *qui dure à peine une heure* [4], *sans messe ni communion* [5], *les enfants vont à la messe le lendemain* [3] *»* (p. 87).

langage des prêtres et des professeurs et, plus généralement, de toutes les institutions, comme la routinisation, la stéréotypisation et la neutralisation, découlent de la position qu'occupent dans un champ de concurrence ces dépositaires d'une autorité déléguée. Il ne suffit pas de dire, comme on le fait parfois, pour échapper aux difficultés inhérentes à une approche purement interne du langage, que l'usage que fait du langage, dans une situation déterminée, un locuteur déterminé, avec son style, sa rhétorique et toute sa personne socialement marquée, accroche aux mots des « connotations » attachées à un contexte particulier, introduisant dans le discours le surplus de signifié qui lui confère sa « force illocutionnaire ». En fait, l'usage du langage, c'est-à-dire aussi bien la manière que la matière du discours, dépend de la position sociale du locuteur qui commande l'accès qu'il peut avoir à la langue de l'institution, à la parole officielle, orthodoxe, légitime. C'est l'accès aux instruments légitimes d'expression, donc la participation à l'autorité de l'institution, qui fait *toute* la différence — irréductible au discours même — entre la simple imposture des *masqueraders* qui déguisent l'affirmation performative en affirmation descriptive ou constative [2] et l'imposture autorisée de ceux qui font la même chose avec l'autorisation et l'autorité d'une institution. Le porte-parole est un imposteur pourvu du *skeptron*.

Si, comme le remarque Austin, il est des énonciations qui n'ont pas seulement pour rôle de « décrire un état de choses ou d'affirmer un fait quelconque », mais aussi d'« exécuter une action », c'est que le pouvoir des mots réside dans le fait qu'ils ne sont pas prononcés à titre personnel par celui qui n'en est que le « porteur » : le porte-parole autorisé ne peut agir par les mots sur d'autres agents et, par l'intermédiaire de leur travail, sur les choses mêmes, que parce que sa parole

2. J.-L. Austin, *op. cit.*, p. 40.

« Que penser de l'attitude de certains prêtres (tous les prêtres dans certaines paroisses, cela doit être contagieux) qui ne manifestent par aucun geste [5], *génuflexion ou au moins légère inclination, leur respect envers les Saintes Espèces lorsqu'ils les prennent ou les reportent au tabernacle ? » (p. 82).*

« Autrefois, on disait : "Ne nous laissez pas succomber à la tentation", maintenant on dit [6] *: "Ne nous soumets pas" ou "Ne nous induis pas en tentation." C'est monstrueux, je n'ai jamais pu me résoudre à le dire » (p. 50).*

Il a fallu entendre : "Je vous salue Marie", traduit en "J'te salue Marie", ces jours derniers, dans une antique église gothique. Ce tutoiement [6] *ne correspond pas à l'esprit de notre langue française » (p. 86).*

« Communion solennelle : ça s'est résumé au bout de deux jours de "Réco" [6] *au retour, à une Profession de foi à 5 heures du soir* [3] *un samedi* [3], *en vêtements de tous les jours* [7] *(sans messe* [5], *sans communion). Déjà pour la Communion "Privée", c'est un morceau de pain* [8] *et... pas de confession* [5] *! (p. 87).*

concentre le capital symbolique accumulé par le groupe qui l'a mandaté et dont il est le *fondé de pouvoir*. Les lois de la physique sociale n'échappent qu'en apparence aux lois de la physique et le pouvoir que détiennent certains *mots d'ordre* d'obtenir du travail sans dépense de travail — ce qui est l'ambition même de l'action magique[3] — trouve son fondement dans le capital que le groupe a accumulé par son travail et dont la mise en œuvre efficace est subordonnée à tout un ensemble de conditions, celles qui définissent les *rituels de la magie sociale*. La plupart des conditions qui doivent être remplies pour qu'un énoncé performatif réussisse se réduisent à l'adéquation du locuteur — ou, mieux, de sa fonction sociale — et du discours qu'il prononce : un énoncé performatif est voué à l'échec toutes les fois qu'il n'est pas prononcé par une personne ayant le « pouvoir » de le prononcer, ou, plus généralement, toutes les fois que « les personnes ou circonstances particulières » ne sont pas « celles qui conviennent pour qu'on puisse invoquer la procédure en question [4] », bref toutes les fois que le locuteur n'a pas autorité pour émettre les mots qu'il énonce. Mais le plus important est peut-être que la réussite de ces opérations de magie sociale que sont les *actes d'autorité* ou, ce qui revient au même, les *actes autorisés*, est subordonnée à la conjonction d'un ensemble systématique de conditions interdépendantes qui composent les rituels sociaux.

On voit que tous les efforts pour trouver dans la logique proprement linguistique des différentes formes d'argumentation, de rhétorique et de stylistique le principe de leur effica-

---

3. L'action magique étend à la *nature* l'action par les mots qui opère, sous certaines conditions, sur les hommes. L'équivalent, dans l'ordre de l'action sociale, c'est l'entreprise consistant à essayer d'agir par les mots hors des limites de la délégation (parler dans le désert, hors de sa paroisse).

4. J.-L. Austin, *op. cit.*, p. 64.

« *Mais je suggère déjà qu'à "debout"* [5] *vous fassiez une mention particulière à propos de cette attitude d'homme pressé* [4] *pour recevoir l'Eucharistie, c'est choquant* » (p. 49).

« *On ne prévient pas, le vicaire s'amène à n'importe quel moment* [3], *on fait tout en bloc, on sort l'hostie de la poche* [5] *et allez-y ! Encore content quand n'arrive pas un quelconque laïc* [1] *avec le saint-sacrement dans un poudrier* [8] *ou dans une boîte à pilules* [8] *vaguement dorée* » (p. 120).

« *Pour la communion, il a délibérément adopté la manière suivante : les fidèles se mettent en demi-cercle derrière l'autel et le plateau d'hosties saintes circule de main en main. Puis le prêtre présente lui-même le calice (tous les dimanches — je croyais que le Saint-Père en avait fait une exception). Ne pouvant me résoudre à communier dans la main* [5] *("Soyez saints, vous qui touchez les vases du Seigneur"... Alors le Seigneur lui-même ?...), j'ai dû parlementer et discuter avec colère pour obtenir d'être communié dans la bouche* [5] » (pp. 62-63).

cité symbolique sont vouées à l'échec aussi longtemps qu'elles n'établissent pas la relation entre les propriétés du discours, les propriétés de celui qui les prononce et les propriétés de l'institution qui l'autorise à les prononcer. La tentative d'Austin pour caractériser les énoncés performatifs doit ses limites, et aussi son intérêt, au fait qu'il ne fait pas exactement ce qu'il croit faire, ce qui l'empêche de le faire complètement : croyant contribuer à la philosophie du langage, il travaille à la théorie d'une classe particulière de manifestations symboliques dont le discours d'autorité n'est que la forme paradigmatique et qui doivent leur efficacité spécifique au fait qu'elles paraissent enfermer *en elles-mêmes* le principe d'un pouvoir résidant en réalité dans les conditions institutionnelles de leur production et de leur réception. La spécificité du discours d'autorité (cours professoral, sermon, etc.) réside dans le fait qu'il ne suffit pas qu'il soit *compris* (il peut même en certains cas ne pas l'être sans perdre son pouvoir), et qu'il n'exerce son effet propre qu'à condition d'être *reconnu* comme tel. Cette *reconnaissance* — accompagnée ou non de la compréhension — n'est accordée, sur le mode du cela va de soi, que sous certaines conditions, celles qui définissent l'usage légitime : il doit être prononcé par la personne légitimée à le prononcer, le détenteur du *skeptron*, connu et reconnu comme habilité et habile à produire cette classe particulière de discours, prêtre, professeur, poète, etc. ; il doit être prononcé dans une situation légitime, c'est-à-dire devant les récepteurs légitimes (on ne peut pas lire une poésie dadaïstes à une réunion du Conseil des ministres) ; il doit enfin être énoncé dans les formes (syntaxiques, phonétiques, etc.) légitimes. Les conditions que l'on peut appeler *liturgiques*, c'est-à-dire l'ensemble des prescriptions qui régissent la *forme* de la manifestation publique d'autorité, l'étiquette des cérémonies, le code des gestes et l'ordonnance officielle des rites ne sont, on le voit, qu'un *élément*, le plus visible, d'un

« Cet hiver, relevant de maladie, privée de la Sainte Communion pendant plusieurs semaines, je m'étais rendue dans une chapelle pour y participer à la messe. Je m'y suis vu refuser [5] la Sainte Communion parce que je n'acceptais pas de la prendre à la main [5] et de communier au calice [5] » (p. 91).

Le grand-père de la communiante, lui, était estomaqué de la dimension des hosties [8] ; chacune "pouvait faire un casse-croûte" » (p. 82).

« Je me suis trouvée dans une église où le prêtre qui célébrait la messe avait fait venir des musiciens modernes [1]. Je ne connais pas la musique, j'estime qu'ils jouaient très bien, mais cette musique, à mon humble avis, n'invitait pas à la prière » (pp. 58-59).

« Cette année nos communiants n'avaient ni livre, ni chapelet [8], une feuille sur laquelle étaient marqués les quelques cantiques qu'ils ne connaissaient même pas et chantés par un groupe d'amateurs [1] » (p. 79).

système de conditions dont les plus importantes, les plus irremplaçables sont celles qui produisent la disposition à la reconnaissance comme méconnaissance et croyance, c'est-à-dire la délégation d'autorité qui confère son autorité au discours autorisé. L'attention exclusive aux conditions formelles de l'efficacité du rituel porte à oublier que les conditions rituelles qui doivent être remplies pour que le rituel fonctionne et pour que le sacrement soit à la fois *valide et efficace* ne sont jamais suffisantes tant que ne sont pas réunies les conditions qui produisent la reconnaissance de ce rituel : le langage d'autorité ne gouverne jamais qu'avec la collaboration de ceux qu'il gouverne, c'est-à-dire grâce à l'assistance des mécanismes sociaux capables de produire cette complicité, fondée sur la méconnaissance, qui est au principe de toute autorité. Et pour donner à mesurer l'ampleur de l'erreur d'Austin et de toute analyse strictement formaliste des systèmes symboliques, il suffira d'indiquer que le langage d'autorité n'est que la limite de la langue légitime dont l'autorité réside non pas, comme le veut le racisme de classe, dans l'ensemble des variations prosodiques et articulatoires définissant la prononciation distinguée, ni dans la complexité de la syntaxe ou la richesse du vocabulaire, c'est-à-dire dans les propriétés intrinsèques du discours lui-même, mais dans les conditions sociales de production et de reproduction de la distribution entre les classes de la connaissance et de la reconnaissance de la langue légitime.

Ces analyses trouvent une vérification quasi expérimentale dans la concomitance de la crise de l'institution religieuse et de la crise du discours rituel qu'elle soutenait et qui la soutenait. L'analyse austinienne des conditions de validité et d'efficacité des énoncés performatifs paraît bien fade et bien pauvre, dans son ingéniosité purement formelle, lorsqu'on la compare à l'analyse et à la critique réelles que la crise de l'Église opère en dissociant les composantes du rituel reli-

« J'ajoute donc une supplique en faveur de ce dont on fait si bon marché, les sacramentaux [8] *(eau bénite à l'entrée de l'église, buis bénit aux Rameaux, on commence à en escamoter la bénédiction...), dévotion au Sacré-Cœur (à peu près tuée), à la Sainte Vierge, les "tombeaux" du Jeudi saint, difficiles — voire impossibles — à concilier avec l'office du soir ; bien entendu, le grégorien avec tant d'admirables textes dont on nous prive ; même les Rogations d'antan, etc. »* (p. 60).

« Tout récemment, dans une maison religieuse où s'étaient réunis, venant de toute la France, des jeunes gens qui ont « un projet sacerdotal », le prêtre, pour célébrer la messe, n'a pris ni ornements, ni vases sacrés [8]. En tenue civile [7], une table ordinaire, [2], du pain et du vin ordinaires [8], des ustensiles ordinaires [8] » (p. 183).

gieux, agents, instruments, moments, lieux, etc., jusque-là indissolublement unis dans un système aussi cohérent et uniforme que l'institution chargée de sa production et de sa reproduction. De l'énumération indignée de toutes les entorses à la liturgie traditionnelle se dégage, en négatif, l'ensemble des conditions institutionnelles qui doivent être remplies pour que le discours rituel soit *reconnu*, c'est-à-dire reçu et accepté comme tel. Pour que le rituel fonctionne et opère, il faut d'abord qu'il se donne et soit perçu comme légitime, la symbolique stéréotypée étant là précisément pour manifester que l'agent n'agit pas en son nom personnel et de sa propre autorité mais en tant que dépositaire mandaté. « Il y a deux ans une vieille voisine mourante me demande d'aller chercher le prêtre. Il arrive, mais sans la communion, et, après l'extrême-onction, l'embrasse. « Si je demande un prêtre à mes derniers moments, ce n'est pas pour qu'il m'embrasse, mais pour qu'il m'apporte la provision de voyage pour l'éternité. Ce baiser, c'est du paternalisme et non le Ministère sacré". » Le symbolisme rituel n'agit pas par soi, mais seulement en tant qu'il *représente* — au sens théâtral du terme — la délégation : l'observance rigoureuse du code de la liturgie uniforme qui régit les gestes et les paroles sacramentels constitue à la fois la manifestation et la contrepartie du contrat de délégation qui fait du prêtre le détenteur du « monopole de la manipulation des biens de salut » ; au contraire, l'abdication de tous les *attributs symboliques* du magistère, la soutane, le latin, les lieux et les objets consacrés, manifeste la rupture du contrat de délégation ancien qui unissait le prêtre aux fidèles par l'intermédiaire de l'Église : l'indignation des fidèles rappelle que les conditions qui confèrent au rituel son efficacité ne peuvent être réunies que par une institution qui se trouve investie, par là même, du pouvoir d'en contrôler la manipulation. Ce qui est en jeu, dans la crise de la liturgie, c'est tout le système des conditions qui doivent être remplies pour que

*« Nous avons eu, à la TV, des messes si décon-
certantes... proches du sacrilège (par petites
tables à Lille, Sainte Communion (?) distribuée
par des femmes* [1] *avec des corbeilles* [8], *jazz* [5],
*etc.) que je m'interdis, désormais, de suivre ces
cérémonies invraisemblables ! » (p. 158).*

« Des femmes [1] *lisent publiquement les épî-
tres au pupitre, très peu ou pas d'enfants de
chœur* [1] *et même, comme à Alençon, des femmes donnant la communion* [1] *» (p. 44).*

*« ... quand encore, ce sacrement n'est pas dis-
tribué comme une sucette-réclame par des laïcs* [1],
*dans des paroisses où il y aurait plutôt pléthore
que pénurie de vicaires » (p. 49).*

116

fonctionne l'institution qui en autorise et en contrôle l'utilisation et qui assure l'uniformité de la liturgie à travers le temps et l'espace, en assurant la conformité de ceux qui sont mandatés pour l'accomplir : la crise du langage renvoie ainsi à la crise des mécanismes qui assuraient la production des émetteurs et des récepteurs légitimes. Les fidèles scandalisés ne s'y trompent pas qui rattachent la diversification anarchique du rituel à une crise de l'institution religieuse : « Chaque curé est devenu un petit pape ou un petit évêque et les fidèles sont dans le désarroi. Certains, devant tous ces changements en cascade, ne croient plus que l'Église est le roc et qu'elle détient la vérité[5]. » La diversification de la liturgie qui est la manifestation la plus évidente de la redéfinition du contrat de délégation unissant le prêtre à l'Église et, par son intermédiaire, aux fidèles, n'est vécue de manière aussi dramatique, par toute une partie des fidèles et du corps sacerdotal, que parce qu'elle trahit la transformation des rapports de force au sein de l'Église (notamment entre le haut et le bas clergé) qui est corrélative d'une transformation des conditions sociales de reproduction du corps sacerdotal (crise des « vocations ») et du public des laïcs (« déchristianisation »).

La crise de la liturgie renvoie à la crise du sacerdoce (et de tout le champ des clercs) qui renvoie elle-même à une crise générale de la croyance : elle révèle, par une sorte de démontage quasi expérimental, les « conditions de félicité » qui permettent à l'ensemble des agents engagés dans le rite de l'accomplir *avec bonheur* ; et elle manifeste rétrospectivement que ce bonheur objectif et subjectif repose sur l'ignorance absolue de ces conditions qui, en tant qu'elle définit le rapport doxique aux rituels sociaux, est la condition la plus impérative de leur accomplissement efficace. La magie performative du rituel ne fonctionne complètement que pour

5. R.P. Lelong, *op. cit.*, p. 183.

« Au moment de la communion, une femme [1] sort des rangs, prend le calice et fait communier sous l'espèce du vin [8] les assistants » (p. 182).

autant que le fondé de pouvoir religieux qui est chargé de l'accomplir au nom du groupe agit comme une sorte de *medium* entre le groupe et lui-même : c'est le groupe qui, par son intermédiaire, exerce sur lui-même l'efficace magique enfermée dans l'énoncé performatif.

L'efficacité symbolique des mots ne s'exerce jamais que dans la mesure où celui qui la subit reconnaît celui qui l'exerce comme fondé à l'exercer ou, ce qui revient au même, s'oublie et s'ignore, en s'y soumettant, comme ayant contribué, par la reconnaissance qu'il lui accorde, à la fonder. Elle repose tout entière sur la croyance qui est au fondement du ministère, cette fiction sociale, et qui est beaucoup plus profonde que les croyances et les mystères que le ministère professe et garantit[6] : c'est pourquoi la crise du langage religieux et de son efficace performative ne se réduit pas, comme on le croit souvent, à l'écroulement d'un univers de représentations ; elle accompagne l'effondrement de tout un monde de relations sociales, dont elle était constitutive.

6. Le rite proprement religieux n'est qu'un cas particulier de tous les rituels sociaux dont la magie réside non dans les discours et les contenus de conscience qui les accompagnent (dans le cas particulier les croyances et les représentations religieuses) mais dans le système des relations sociales qui sont constitutives du rituel lui-même, qui le rendent possible et socialement efficient (entre autres choses dans les représentations et les croyances qu'il implique).

marriage - symbolic
                    classified,
find of a specific social group.
clear division

Chapitre 2

Les rites d'institution

Avec la notion de rite de passage, Arnold Van Gennep a *nommé*, voire décrit, un phénomène social de grande importance ; je ne crois pas qu'il ait fait beaucoup plus, non plus que ceux qui, comme Victor Turner, ont réactivé sa théorie et proposé une description plus explicite et plus systématique des *phases* du rituel. En fait, il me semble que, pour aller plus loin, il faut poser à la théorie du rite de passage des questions qu'elle ne pose pas, et en particulier, celles de la fonction *sociale* du rituel et de la signification sociale de la ligne, de la limite dont le rituel licite le passage, la transgression. On peut en effet se demander si, en mettant l'accent sur le passage temporel — de l'enfance à l'âge adulte par exemple —, cette théorie ne masque pas un des effets essentiels du rite, à savoir de *séparer* ceux qui l'ont subi non de ceux qui ne l'ont pas encore subi, mais de ceux qui ne le subiront en aucune façon et d'*instituer* ainsi une différence durable entre ceux que ce rite concerne et ceux qu'il ne concerne pas. C'est pourquoi, plutôt que rites de passage, je dirais volontiers rites de consécration, ou rites de légitimation ou, tout simplement, *rites d'institution* — en donnant à ce mot le sens actif qu'il a par exemple dans l'expression « institution d'un héritier ». Pourquoi mettre ainsi un mot pour un autre ? J'invoquerai Poincaré qui définissait la généralisation mathématique comme « l'art de donner le même nom à des choses différentes ». Et qui insistait sur l'importance décisive du choix des mots : quand le langage a été bien choisi, disait-il, les démonstrations faites pour un objet connu s'appliquent à toutes sortes d'objets nouveaux. Les analyses que je vais avancer sont produites par *généralisation* de ce qui se dégage de l'analyse du fonctionnement des écoles d'élite (cf. Épreuve scolaire et consécration sociale, *Actes de la recherche en sciences sociales*, 39, septembre 1981, pp. 3-70). Par un exercice un peu périlleux, je voudrais tenter de dégager les propriétés invariantes des rituels sociaux entendus comme rites d'institution.

Parler de rite d'institution, c'est indiquer que tout rite tend à consacrer ou à légitimer, c'est-à-dire à faire méconnaître en tant qu'arbitraire et reconnaître en tant que légitime, naturelle, *une limite arbitraire* ; ou, ce qui revient au même, à opérer solennellement, c'est-à-dire de manière licite et extra-ordinaire, une transgression des limites constitutives de l'ordre social et de l'ordre mental qu'il s'agit de sauvegarder à tout prix — comme la division entre les sexes s'agissant des rituels de mariage. En marquant solennellement le passage d'une ligne qui instaure une division fondamentale de l'ordre social, le rite attire l'attention de l'observateur vers le passage (d'où l'expression rite de passage), alors que l'important est la ligne. Cette ligne, en effet, que sépare-t-elle ? Un avant et un après, bien sûr : l'enfant non circoncis et l'enfant circoncis ; ou même l'ensemble des enfants non circoncis et l'ensemble des adultes circoncis. En réalité, le plus important, et qui passe inaperçu, c'est la division qu'elle opère entre l'ensemble de ceux qui sont justiciables de la circoncision, les garçons, les hommes, enfants ou adultes, de ceux qui ne le sont pas, c'est-à-dire les fillettes et les femmes. Il y a donc un ensemble caché par rapport auquel se définit le groupe institué. L'effet majeur du rite est celui qui passe le plus complètement inaperçu : en traitant différemment les hommes et les femmes, le rite *consacre* la différence, il l'institue, instituant du même coup l'homme en tant qu'homme, c'est-à-dire circoncis, et la femme en tant que femme, c'est-à-dire non justiciable de cette opération rituelle. Et l'analyse du rituel kabyle le montre clairement : la circoncision sépare le jeune garçon non pas tant de son enfance, ou des garçons encore en enfance, mais des femmes et du monde féminin, c'est-à-dire de la mère et de tout ce qui lui est associé, l'humide, le vert, le cru, le printemps, le lait, le fade, etc. On voit en passant que, comme l'institution consiste à assigner des propriétés de *nature sociale* de manière qu'elles apparaissent comme des propriétés de nature naturelle, le rite d'institution tend logiquement, comme l'ont observé Pierre Centlivres et Luc de Heusch, à intégrer les oppositions proprement sociales, telles que masculin/féminin, dans des séries d'oppositions cosmologiques — avec des relations comme l'homme est à la femme ce que le soleil est à la lune —, ce qui représente une manière très efficace de les naturaliser. Ainsi, des rites différenciés sexuellement consacrent la différence entre les sexes : ils constituent en distinction légitime, en institution, une simple différence de fait. La séparation accomplie dans le rituel (qui opère lui-même une séparation) exerce un effet de consécration.

Mais sait-on vraiment ce que signifie consacrer, et consacrer une différence ; comment s'opère la consécration que j'appellerai magique d'une différence et quels en sont les effets techniques ? Est-ce que le fait d'instituer socialement, par un acte de *constitution*, une différence préexistante — comme celle qui sépare les sexes — n'a d'effets que symboliques, au sens que l'on donne à ce terme lorsqu'on parle de don symbolique, c'est-à-dire nuls ? Le Latin disait : tu enseignes la nage au poisson. C'est bien ce que fait le rituel d'institution. Il dit : cet homme est un homme — sous-entendu, ce qui ne va pas de soi, un vrai homme. Il tend à faire de l'homme le plus petit, le plus faible, bref le plus effé-

miné, un homme pleinement homme, séparé par une différence de nature, d'essence, de la femme la plus masculine, la
plus grande, la plus forte, etc. Instituer, en ce cas, c'est
consacrer, c'est-à-dire sanctionner et sanctifier un état de
choses, un ordre établi, comme fait, précisément, une *constitution* au sens juridico-politique du terme. L'*investiture* (du
chevalier, du député, du président de la République, etc.)
consiste à sanctionner et à sanctifier, en la faisant *connaître
et reconnaître*, une différence (préexistante ou non), à la
faire exister en tant que différence sociale, connue et reconnue par l'agent investi et par les autres. Bref, sous peine de
s'interdire de comprendre les phénomènes sociaux les plus
fondamentaux, et aussi bien dans les sociétés précapitalistes
que dans notre propre monde (le diplôme appartient tout
autant à la magie que les amulettes), la science sociale doit
prendre en compte le fait de l'efficacité symbolique des rites
d'institution ; c'est-à-dire le pouvoir qui leur appartient
d'agir sur le réel en agissant sur la représentation du réel. Par
exemple, l'investiture exerce une efficacité symbolique tout à
fait réelle en ce qu'elle transforme réellement la personne
consacrée : d'abord parce qu'elle transforme la représentation que s'en font les autres agents et surtout peut-être les
comportements qu'ils adoptent à son égard (le plus visible de
ces changements étant le fait qu'on lui donne des titres de respect et le respect réellement associé à cette énonciation) ; et
ensuite parce qu'elle transforme du même coup la représentation que la personne investie se fait d'elle-même et les
comportements qu'elle se croit tenue d'adopter pour se
conformer à cette représentation. On peut comprendre dans
cette logique l'effet de tous les titres sociaux de crédit ou de
croyance — les Anglais les appellent *credentials* — qui,
comme le titre de noblesse ou le titre scolaire, multiplient, et
durablement, la valeur de leur porteur en multipliant l'étendue et l'intensité de la croyance en leur valeur.

L'institution est un acte de magie sociale qui peut créer la différence *ex nihilo* ou bien, et c'est le cas le plus fréquent, exploiter en quelque sorte des différences préexistantes, comme les différences biologiques entre les sexes ou, dans le cas par exemple de l'institution de l'héritier selon le droit d'aînesse, les différences entre les âges. En ce sens, comme la religion selon Durkheim, elle est « un délire bien fondé », un coup de force symbolique mais *cum fundamento in re*. Les distinctions les plus efficaces socialement sont celles qui donnent l'apparence de se fonder sur des différences objectives (je pense par exemple à la notion de « frontière naturelle »). Il reste que, comme on le voit bien dans le cas des classes sociales, on a presque toujours affaire à des continuums, des distributions continues, du fait que différents principes de différenciation produisent différentes divisions qui ne sont jamais complètement superposables. Pourtant la magie sociale parvient toujours à produire du discontinu avec le continu. L'exemple par excellence est celui du concours, point de départ de ma réflexion : entre le dernier reçu et le premier collé, le concours crée des différences du tout au rien, et pour la vie. L'un sera polytechnicien, avec tous les avantages afférents, l'autre ne sera rien. Aucun des critères que l'on peut prendre en compte pour justifier techniquement la distinction (comme différence légitime) de la noblesse ne convient parfaitement. Par exemple le plus piètre escrimeur noble reste noble (même si son image s'en trouve ternie, à des degrés différents selon les traditions nationales et selon les époques) ; inversement, le meilleur escrimeur roturier reste roturier (même s'il peut tirer de son excellence dans une pratique typiquement « noble » une forme de « noblesse »). Et l'on peut en dire autant de chacun des critères qui définissent la noblesse à une moment donné du temps, maintien, élégance, etc. L'institution d'une identité, qui peut-être un titre de noblesse ou un stigmate (« tu n'es qu'un... »), est l'imposition d'un nom, c'est-à-dire d'une essence sociale. Instituer, assigner une essence, une compétence, c'est imposer un droit d'être qui est un devoir être (ou d'être). C'est *signifier* à quelqu'un ce qu'il est et lui signifier qu'il a à se conduire en conséquence. L'indicatif en ce cas est un impératif. La morale de l'honneur n'est qu'une forme développée de la formule consistant à dire d'un homme : « c'est un homme ». Instituer, donner une définition sociale, une identité, c'est aussi imposer des limites et « noblesse oblige » pourrait traduire le *ta heautou prattein* de Platon, faire ce qu'il est de son essence de faire, et pas autre chose — en un mot, s'agissant d'un noble, ne pas déroger, tenir son rang. Il appartient aux nobles d'agir noblement et l'on peut aussi bien voir dans l'action noble le principe de la noblesse que dans la noblesse le principe des actions nobles. Je lisais ce matin dans le journal : « Il appartenait au président de la Confédération, Kurt Furgler, d'exprimer mardi soir les condoléances du Conseil fédéral au peuple égyptien après le décès du président Anouar Sadate. » Le porte-parole autorisé est celui à qui il appartient, à qui il incombe de parler au nom de la collectivité ; c'est à la fois son privilège et son devoir, sa fonction propre, en un mot sa compétence (au sens juridique du terme). L'essence sociale est l'ensemble de ces attributs et de ces attributions sociales que produit l'acte d'institution comme acte solennel de catégorisation qui tend à produire ce qu'il désigne.

Ainsi, l'acte d'institution est un acte de communication mais d'une espèce particulière : il *signifie* à quelqu'un son identité, mais au sens à la fois où il la lui exprime et la lui impose en l'exprimant à la face de tous (*kategoresthai*, c'est, à l'origine, accuser publiquement) et en lui notifiant ainsi avec autorité ce qu'il est et ce qu'il a à être. Cela se voit bien dans l'injure, sorte de malédiction (*sacer* signifie aussi maudit) qui tente d'enfermer sa victime dans une accusation fonctionnant comme un destin. Mais c'est encore plus vrai de l'investiture ou de la nomination, jugement d'attribution proprement social qui assigne à celui qui en est l'ol_ t tout ce qui est inscrit dans une définition sociale. C'est par l'intermédiaire de l'effet d'assignation statutaire (« noblesse oblige ») que le rituel d'institution produit ses effets les plus « réels » : celui qui est institué se sent sommé d'être conforme à sa définition, à la hauteur de sa fonction. L'héritier désigné (selon un critère plus ou moins arbitraire) est reconnu et traité comme tel par tout le groupe, et d'abord par sa famille, et ce traitement différent et distinctif ne peut que l'encourager à réaliser son essence, à vivre conformément à sa nature sociale. Les sociologues de la science ont établi que les plus hautes réussites scientifiques étaient le fait des chercheurs issus des institutions scolaires les plus prestigieuses : ce qui s'explique pour une grande part par l'élévation du niveau des aspirations subjectives que déterminent la reconnaissance collective, c'est-à-dire objective, de ces aspirations et l'assignation à une classe d'agents (les hommes, les élèves des grandes écoles, les écrivains consacrés, etc.) à qui ces aspirations sont non seulement accordées et reconnues comme des droits ou des privilèges (par opposition aux prétentions prétentieuses des prétendants), mais assignées, imposées, comme des devoirs, à travers des renforcements, des encouragements et des rappels à l'ordre incessants. Je pense à ce dessin de Schulz où l'on voit Snoopy, perché sur le toit de sa niche, dire : « Comment être modeste quand on est le meilleur ? » Il faudrait dire simplement : quand il est de notoriété publique — c'est l'effet d'officialisation — que l'on est le meilleur, *aristos*.

« Deviens ce que tu es. » Telle est la formule qui sous-tend la magie performative de tous les actes d'institution. L'essence assignée par la nomination, l'investiture, est, au sens vrai, un *fatum* (ceci vaut aussi et surtout des *injonctions*, parfois tacites, parfois explicites que les membres du groupe familial adressent continûment au jeune enfant et qui varient dans leur intention et leur intensité selon la classe sociale et, à l'intérieur de celle-ci, selon le sexe et le rang dans la phratrie). Tous les destins sociaux, positifs ou négatifs, consécration ou stigmate, sont également *fatals* — je veux dire mortels —, parce qu'ils enferment ceux qu'ils distinguent dans les limites qui leur sont assignées et qu'ils leur font reconnaître. L'héritier qui se respecte se comportera en héritier et il sera hérité par l'héritage, selon la formule de Marx ; c'est-à-dire investi dans les choses, approprié par les choses qu'il s'est appropriées. Sauf accident, bien sûr : il y a l'héritier indigne, le prêtre qui jette le froc aux orties, le noble qui déroge ou le bourgeois qui s'encanaille. On retrouve la limite, la frontière sacrée. De la muraille de Chine, Owen Lattimore disait qu'elle n'avait pas seulement pour fonction d'empêcher les étrangers d'entrer en Chine mais d'empêcher les Chinois d'en sortir : c'est aussi la fonction de toutes les frontières magiques — qu'il s'agisse de la frontière entre le masculin et le féminin, ou entre les élus et les exclus du système scolaire — que d'empêcher ceux qui sont à l'intérieur, du bon côté de la ligne, d'en sortir, de déroger, de se déclasser. Les élites, disait Pareto, sont vouées au « dépérissement » lorsqu'elles cessent d'y croire, lorsqu'elles perdent leur moral et leur morale, et se mettent à passer la ligne dans le mauvais sens. C'est aussi une des fonctions de l'acte d'institution : décourager durablement la tentation du passage, de la transgression, de la désertion, de la *démission*.

Toutes les aristocraties doivent dépenser une énergie considérable pour faire accepter aux élus les sacrifices qui sont impliqués dans le privilège ou dans l'acquisition des dispositions durables qui sont la condition de la conservation du privilège. Quand le parti des dominants est celui de la culture, c'est-à-dire, à peu près toujours, de l'ascèse, de la tension, de la contention, le travail d'institution doit compter avec la ten-

tation de la nature, ou de la contre-culture. (Je voudrais indiquer, entre parenthèses, qu'en parlant de travail d'institution
et en faisant de l'inculcation plus ou moins douloureuse de
dispositions durables une composante essentielle de l'opération sociale d'institution, je n'ai fait que donner son plein sens
au mot d'institution. Ayant rappelé, avec Poincaré, l'importance du choix des mots, je ne crois pas inutile d'indiquer
qu'il suffit de rassembler les différents sens de *instituere* et de
institutio pour obtenir l'idée d'un acte inaugural de constitution, de fondation, voire d'invention conduisant par l'éducation à des dispositions durables, des habitudes, des usages).
La stratégie universellement adoptée pour récuser durablement la tentation de déroger consiste à naturaliser la différence, à en faire une seconde nature par l'inculcation et
l'incorporation sous forme d'habitus. Ainsi s'explique le rôle
qui est imparti aux pratiques ascétiques, voire à la souffrance
corporelle dans tous les rites négatifs, destinés, comme dit
Durkheim, à produire des gens hors du commun, distingués
en un mot, et aussi dans tous les apprentissages qui sont universellement imposés aux futurs membres de l'« élite »
(apprentissage de langues mortes, enfermement prolongé,
etc.). Tous les groupes confient au corps, traité comme une
mémoire, leurs dépôts les plus précieux, et l'utilisation que les
rites d'initiation font, en toute société, de la souffrance infli-
gée au corps se comprend si l'on sait que, comme nombre
d'expériences psychologiques l'ont montré, les gens adhèrent
d'autant plus fortement à une institution que les rites initiati-
ques qu'elle leur a imposés ont été plus sévères et plus doulou-
reux. Le travail d'inculcation à travers lequel se réalise
l'imposition durable de la limite arbitraire peut viser à naturaliser les coupures décisoires qui sont constitutives d'un arbitraire culturel — celles qui s'expriment dans les couples
d'oppositions fondamentales, masculin/féminin, etc. —,
sous la forme du *sens des limites*, qui incline les uns à tenir

leur rang et à garder les distances et les autres à se tenir à leur place et à se contenter de ce qu'ils sont, à être ce qu'ils ont à être, les privant ainsi de la privation elle-même. Il peut aussi tendre à inculquer des dispositions durables comme les goûts de classe qui, étant au principe du « choix » des signes extérieurs où s'expriment la position sociale, comme les vêtements, mais aussi l'hexis corporelle, ou le langage, font que tous les agents sociaux sont des porteurs de signes distinctifs, dont les signes de distinction ne sont qu'une sous-classe, propres à réunir et à séparer aussi sûrement que des barrières et des interdits explicites — je pense à l'homogamie de classe. Mieux que les signes extérieurs au corps, comme les décorations, les uniformes, les galons, les insignes, etc., les signes incorporés, comme tout ce que l'on appelle les manières, manières de parler, — les accents —, manières de marcher ou de se tenir, — la démarche, la tenue, le maintien —, manières de manger, etc., et le goût, comme principe de la production de toutes les pratiques destinées, avec ou sans intention, à signifier et à signifier la position sociale, par le jeu des différences distinctives, sont destinés à fonctionner comme autant de rappels à l'ordre, par où se rappelle à ceux qui l'oublieraient, qui s'oublieraient, la place que leur assigne l'institution.

La puissance du jugement catégorique d'attribution que réalise l'institution est si grande qu'elle est capable de résister à tous les démentis pratiques. On connaît l'analyse de Kantorowicz à propos des « deux corps du roi » : le roi investi survit au roi biologique, mortel, exposé à la maladie, à l'imbécilité ou à la mort. De même, si le polytechnicien se révèle nul en mathématiques, on pensera qu'il le fait exprès ou qu'il a investi son intelligence dans des choses plus importantes. Mais la meilleure illustration de l'autonomie de l'*ascription* par rapport à l'*achievement* — on peut bien évoquer, pour une fois, Talcott Parsons —, de l'être social par rapport au faire, est sans doute fournie par la possibilité de recourir à des stratégies de condescendance qui permettent de pousser très loin le démenti de la définition sociale sans cesser pourtant d'être perçu à travers elle. J'appelle stratégies de condescendance ces transgressions symboliques de la limite qui permettent d'avoir à la fois les profits de la conformité à la définition et les profits de la transgression : c'est le cas de l'aristocrate qui tape sur la croupe du palefrenier et dont on dira « Il est simple », sous-entendu, pour un aristocrate, c'est-à-dire un homme d'essence supérieure, dont l'essence ne comporte pas en principe une telle conduite. En fait ce n'est pas si simple et il faudrait introduire une distinction : Schopenhauer parle quelque part du « comique pédant », c'est-à-dire du rire que provoque un personnage lorsqu'il produit une action qui n'est pas inscrite dans les limites de son concept, à la façon, dit-il, d'un cheval de théâtre qui se mettrait à faire du crottin, et il pense aux professeurs, aux professeurs allemands, du style du professeur Unrat de l'*Ange bleu*, dont le concept est si fortement et si étroitement défini, que la transgression des limites se voit clairement. À la différence du professeur Unrat qui, emporté par la passion, perd tout sens du ridicule ou, ce qui revient au même, de la dignité, le consacré condescendant choisit délibérément de passer la ligne ; il a le privilège des privilèges, celui qui consiste à prendre des libertés avec son privilège. C'est ainsi qu'en matière d'usage de la langue, les bourgeois et surtout les intellectuels peuvent se permettre des formes d'hypocorrection, de relâchement, qui sont interdites aux petits-bourgeois, condamnés à l'hypercorrection. Bref, un des privilèges de la consécration réside dans le fait qu'en conférant aux consacrés une essence indiscutable et indélébile, elle autorise des transgressions autrement interdites : celui qui est sûr de son identité culturelle peut jouer avec la règle du jeu culturel, il peut jouer avec le feu, il peut dire qu'il aime Tchaïkovski ou Gershwin, ou même question de « culot », Aznavour ou les films de série B.

Des actes de magie sociale aussi différents que le mariage ou la circoncision, la collation de grades ou de titres, l'adoubement du chevalier, la nomination à des postes, des charges, des honneurs, l'imposition d'une griffe, l'apposition d'une signature ou d'un paraphe, ne peuvent réussir que si l'institution, au sens actif d'acte tendant à instituer quelqu'un ou quelque chose en tant que dotés de tel ou tel statut et de telle ou telle propriété, est garantie par tout le groupe ou par une institution reconnue : lors même que cet acte est accompli par un agent singulier, dûment mandaté pour l'accomplir et pour l'accomplir dans les formes reconnues, c'est-à-dire selon les conventions tenues pour convenables en matière de lieu, de moment, d'instruments, etc., dont l'ensemble constitue le rituel conforme, c'est-à-dire socialement valide, donc efficient, il trouve son fondement dans la croyance de tout un groupe (qui peut être physiquement présent), c'est-à-dire dans les dispositions socialement façonnées à connaître et à reconnaître les conditions institutionnelles d'un rituel valide (ce qui implique que l'efficacité symbolique du rituel variera — simultanément ou successivement — selon le degré auquel les destinataires seront plus ou moins préparés, plus ou moins disposés à l'accueillir). C'est ce qu'oublient les linguistes qui, dans la lignée d'Austin, cherchent dans les mots eux-mêmes la « force illocutionnaire » qu'ils détiennent parfois en tant que performatifs. Par opposition à l'imposteur qui n'est pas ce que l'on croit qu'il est, qui, autrement dit, usurpe le nom, le titre, les droits ou les honneurs d'un autre, par opposition aussi au simple « faisant-fonction », suppléant ou auxiliaire qui joue le rôle du directeur ou du professeur sans en avoir les titres, le mandataire légitime, par exemple le porte-parole autorisé, est un objet de croyance garanti, certifié conforme ; il a la réalité de son apparence, il est réellement ce que chacun croit qu'il est parce que sa réalité — de prêtre ou de professeur ou de ministre — est fondée non dans sa croyance ou sa prétention singulière (toujours exposée à être rabrouée et rabattue : pour qui se prend-il ? Qu'est-ce qu'il croit ? etc.) mais dans la croyance collective, garantie par l'institution et matérialisée par le titre ou les symboles tels que galons, uniforme et autres attributs. Les témoignages de respect, ceux qui consistent par exemple à donner à quelqu'un ses titres (Monsieur le président, Excellence, etc.), sont autant de répétitions de l'acte inaugural d'institution accompli par une autorité universellement reconnue, donc fondée dans le *consensus omnium* ; ils ont valeur de serment d'allégeance, de témoignage de reconnaissance à l'égard de la personne particulière à qui ils s'adressent mais surtout à l'égard de l'intitution qui l'a instituée (c'est pourquoi le respect des formes et des formes de respect qui définit la politesse est si profondément politique). La croyance de tous, qui préexiste au rituel, est la condition de l'efficacité du rituel. On ne prêche que des convertis. Et le miracle de l'efficacité symbolique disparaît si l'on voit que la magie des mots ne fait que déclencher des ressorts — les dispositions — préalablement montés.

Je voudrais, pour finir, poser une dernière question dont je crains qu'elle ne paraisse un peu métaphysique : est-ce que les rites d'institution, quels qu'ils soient, pourraient exercer le pouvoir qui leur appartient (je pense au cas le plus évident, celui des « hochets », comme disait Napoléon, que sont les décorations et autres distinctions) s'ils n'étaient capables de donner au moins l'apparence d'un sens, d'une raison d'être, à ces êtres sans raison d'être que sont les êtres humains, de leur donner le sentiment d'avoir une fonction ou, tout simplement, une importance, de l'importance, et de les arracher ainsi à l'insignifiance ? Le véritable miracle que produisent les actes d'institution réside sans doute dans le fait qu'ils parviennent à faire croire aux individus consacrés qu'ils sont justifiés d'exister, que leur existence sert à quelque chose. Mais, par une sorte de malédiction, la nature essentiellement diacritique, différentielle, distinctive, du pouvoir symbolique fait que l'accès de la classe distinguée à l'Être a pour contre-partie inévitable la chute de la classe complémentaire dans le Néant ou dans le moindre Être.

Chapitre 3

La force de la représentation

La confusion des débats autour de la notion de région et, plus généralement, d'« ethnie » ou d'« ethnicité » (euphémismes savants que l'on a substitués à la notion de « race », pourtant toujours présente dans la pratique) tient pour une part au fait que le souci de soumettre à la critique logique les catégorèmes du sens commun, emblèmes ou stigmates, et de substituer aux principes pratiques du jugement quotidien les critères logiquement contrôlés et empiriquement fondés de la science, porte à oublier que les classements pratiques sont toujours subordonnés à des fonctions pratiques et orientés vers la production d'*effets sociaux* ; et aussi que les représentations pratiques les plus exposées à la critique scientifique (par exemple les propos des militants régionalistes sur l'unité de la langue occitane) peuvent *contribuer à produire* ce qu'apparemment elles décrivent ou désignent, c'est-à-dire la *réalité objective* à laquelle la critique objectiviste les réfère pour en faire apparaître les illusions ou les incohérences.

Mais, plus profondément, la recherche des critères « objectifs » de l'identité « régionale » ou « ethnique » ne doit pas faire oublier que, dans la pratique sociale, ces critères (par exemple la langue, le dialecte ou l'accent) sont l'objet de *représentations mentales*, c'est-à-dire d'actes de perception et d'appréciation, de connaissance et de reconnaissance, où les agents investissent leurs intérêts et leurs présupposés, et de *représentations objectales*, dans des choses (emblèmes, drapeaux, insignes, etc.) ou des actes, stratégies intéressées de manipulation symbolique qui visent à déterminer la représentation (mentale) que les autres peuvent se faire de ces propriétés et de leurs porteurs. Autrement dit, les traits et les critères que recensent les ethnologues ou les sociologues objectivistes, dès qu'ils sont perçus et appréciés comme ils le sont dans la pratique, fonctionnent comme des signes, des emblèmes ou des stigmates, et aussi comme des pouvoirs. Parce qu'il en est ainsi, et qu'il n'est pas de sujet social qui puisse l'ignorer pratiquement, les propriétés (objectivement) symboliques, s'agirait-il des plus négatives, peuvent être utilisées stratégiquement en fonction des intérêts matériels mais aussi symboliques de leur porteur[1].

On ne peut comprendre cette forme particulière de lutte des classements qu'est la lutte pour la définition de l'identité « régionale » ou « ethnique » qu'à condition de dépasser l'opposition que la science doit d'abord opérer, pour rompre avec les prénotions de la sociologie spontanée, entre la représentation et la réalité, et à condition d'inclure dans le réel la représentation du réel, ou plus exactement la lutte des représentations, au sens d'images mentales, mais aussi de manifestations sociales destinées à manipuler les images mentales (et même au sens de délégations chargées d'organiser les manifestations propres à modifier les représentations mentales).

1. La difficulté qu'il y a à penser adéquatement l'économie du symbolique se voit par exemple au fait que tel auteur (O. Patterson, Context and Choice in Ethnic Allegiance : A Theoretical Framework and Caribbean Case Study, in *Ethnicity, Theory and Experience*, ed. by N. Glazer et D. P. Moynihan, Harvard University Press, Cambridge, Mass., 1975, pp. 305-349) qui, échappant par exception à l'idéalisme culturaliste qui est de règle en ces matières, fait place à la manipulation stratégique des traits « ethniques », réduit l'intérêt qu'il place au principe de ces stratégies à l'intérêt strictement économique, ignorant ainsi tout ce qui, dans les luttes des classements, obéit à la recherche de la maximisation du profit symbolique.

Les luttes à propos de l'identité ethnique ou régionale, c'est-à-dire à propos de propriétés (stigmates ou emblèmes) liées à *l'origine* à travers le *lieu* d'origine et les marques durables qui en sont corrélatives, comme l'accent, sont un cas particulier des luttes des classements, luttes pour le monopole du pouvoir de faire voir et de faire croire, de faire connaître et de faire reconnaître, d'imposer la définition légitime des divisions du monde social et, par là, *de faire et de défaire les groupes* : elles ont en effet pour enjeu le pouvoir d'imposer une vision du monde social à travers des principes de di-vision qui, lorsqu'ils s'imposent à l'ensemble d'un groupe, font le sens et le consensus sur le sens, et en particulier sur l'identité et l'unité du groupe, qui fait la réalité de l'unité et de l'identité du groupe. L'étymologie du mot région (*regio*) telle que la décrit Émile Benveniste conduit au principe de la di-vision, acte magique, c'est-à-dire proprement social, de *diacrisis* qui introduit par *décret* une discontinuité décisoire dans la continuité naturelle (entre les régions de l'espace mais aussi entre les âges, les sexes, etc.). *Regere fines*, l'acte qui consiste à « tracer en lignes droites les frontières », à séparer « l'intérieur et l'extérieur, le royaume du sacré et le royaume du profane, le territoire national et le territoire étranger », est un acte *religieux* accompli par le personnage investi de la plus haute autorité, le *rex*, chargé de *regere sacra*, de fixer les règles qui produisent à l'existence ce qu'elles édictent, de parler avec autorité, de pré-dire au sens d'appeler à l'être, par un dire exécutoire, ce que l'on dit, de faire advenir l'avenir que l'on énonce [2]. *La regio* et ses frontières (*fines*) ne sont que la trace morte de l'acte d'autorité consistant à circonscrire le pays, le territoire (qui se dit aussi *fines*), à imposer la définition

---

2. E. Benveniste, *Le vocabulaire des institutions indo-européennes*, II, « Pouvoir, droit, religion », Paris, Ed. de Minuit, 1969, pp. 14-15 (et aussi, à propos de *krainein*, comme pouvoir de prédire, p. 41).

(autre sens de *finis*) légitime, connue et reconnue, des frontières et du territoire, bref le principe de di-vision légitime du
monde social. Cet acte de droit consistant à affirmer avec
autorité une vérité qui a force de loi est un acte de connaissance qui, étant fondé, comme tout pouvoir symbolique, sur
la reconnaissance, produit à l'existence ce qu'il énonce (*l'auctoritas*, comme le rappelle encore Benveniste, est la capacité
de produire impartie à l'*auctor*)[3]. Lors même qu'il ne fait que
dire avec autorité ce qui est, lors même qu'il se contente
d'énoncer l'être, l'*auctor* produit un changement dans l'être :
par le fait de dire les choses avec autorité, c'est-à-dire à la
face de tous et au nom de tous, publiquement et officiellement, il les arrache à l'arbitraire, il les sanctionne, les sancti-
fie, les consacre, les faisant exister comme dignes d'exister,
comme conformes à la nature des choses, « naturelles ».

Personne ne voudrait soutenir aujourd'hui qu'il existe des
critères capables de fonder des classifications « naturelles » en
régions « naturelles » séparées par des frontières
« naturelles ». La frontière n'est jamais que le produit d'une
division dont on dira qu'elle est plus ou moins fondée dans la
« réalité » selon que les éléments qu'elle rassemble ont entre
eux des ressemblances plus ou moins nombreuses et plus ou
moins fortes (étant entendu que l'on pourra toujours discuter
sur les limites des variations entre les éléments non identiques
que la taxinomie traite comme semblables). Tout le monde
s'accorde pour observer que les « régions » découpées en fonction des différents critères concevables (langue, habitat,
façons culturales, etc.) ne coïncident jamais parfaitement.
Mais ce n'est pas tout : la « réalité », en ce cas, est sociale de
part en part et les plus « naturelles » des classifications
s'appuient sur des traits qui n'ont rien de naturel et qui sont
pour une grande part le produit d'une imposition arbitraire,

3. E. Benveniste, *op. cit.*, pp. 150-151.

c'est-à-dire d'un état antérieur du rapport de forces dans le champ des luttes pour la délimitation légitime. La frontière, ce produit d'un acte juridique de délimitation, produit la différence culturelle autant qu'elle en est le produit : il suffit de penser à l'action du système scolaire en matière de langue pour voir que la volonté politique peut défaire ce que l'histoire avait fait[4]. Ainsi, la science qui prétend proposer les critères les mieux fondés dans la réalité doit se garder d'oublier qu'elle ne fait qu'enregistrer un *état* de la lutte des classements, c'est-à-dire un état du rapport des forces matérielles ou symboliques entre ceux qui ont partie liée avec l'un ou l'autre mode de classement, et qui, tout comme elle, invoquent souvent l'autorité scientifique pour fonder en réalité et en raison le découpage *arbitraire* qu'ils entendent imposer.

Le discours régionaliste est un *discours performatif*, visant à imposer comme légitime une nouvelle définition des frontières et à faire connaître et reconnaître la *région* ainsi délimi-

---

4. La différence culturelle est sans doute le produit d'une dialectique historique de la différenciation cumulative. Comme Paul Bois l'a montré à propos des paysans de l'Ouest dont les choix politiques défiaient la géographie électorale, ce qui fait la région, ce n'est pas l'espace mais le temps, l'histoire (P. Bois, *Paysans de l'Ouest, Des structures économiques et sociales aux options politiques depuis l'époque révolutionnaire*, Paris-La Haye, Mouton, 1960). On pourrait faire une démonstration semblable à propos des « régions » berbérophones qui, au terme d'une histoire différente, étaient assez « différentes » des « régions » arabophones pour susciter de la part du colonisateur des traitements différents (en matière de scolarisation par exemple), donc propres à renforcer les différences qui leur avaient servi de prétexte et à en produire de nouvelles (celles qui sont liées à l'émigration vers la France par exemple), et ainsi de suite. Il n'est pas jusqu'aux « paysages » ou aux « sols », chers aux géographes, qui ne soient des héritages, c'est-à-dire des produits historiques des déterminants sociaux (cf. C. Reboul, « Déterminants sociaux de la fertilité des sols », *Actes de la recherche en sciences sociales*, 17-18 nov. 1977, pp. 85-112. Dans la même logique et contre l'usage naïvement « naturaliste » de la notion de « paysage », il faudrait analyser la contribution des facteurs sociaux aux processus de « désertification »).

tée contre la définition dominante et méconnue comme telle, donc reconnue et légitime, qui l'ignore. L'acte de catégorisation, lorsqu'il parvient à se faire reconnaître ou qu'il est exercé par une autorité reconnue, exerce par soi un pouvoir : les catégories « ethniques » ou « régionales », comme les catégories de parenté, instituent une réalité en usant du pouvoir de *révélation* et de *construction* exercé par *l'objectivation dans le discours.* Le fait d'appeler « occitan[5] » la langue que parlent ceux que l'on appelle les « Occitans » parce qu'ils parlent cette langue (que personne ne parle à proprement parler puisqu'elle n'est que la somme d'un très grand nombre de parlers différents) et de nommer « Occitanie », prétendant ainsi à la faire exister comme « région » ou comme « nation » (avec toutes les implications historiquement constituées que ces notions enferment au moment considéré), la région (au sens d'espace physique) où cette langue est parlée, n'est pas une fiction sans effet[6]. L'acte de magie sociale qui consiste à tenter de produire à l'existence la chose nommée peut réussir si celui qui l'accomplit est capable de faire reconnaître à sa parole le pouvoir qu'elle s'arroge par une usurpation provisoire ou définitive, celui d'imposer une nouvelle vision et une nouvelle division du monde social : *regere fines, regere sacra,* consacrer une nouvelle limite. L'efficacité du discours performatif qui prétend faire advenir ce qu'il énonce dans l'acte même de l'énoncer est proportionnelle à l'autorité de celui

5. L'adjectif « occitan », et, *a fortiori*, le substantif « Occitanie » sont des mots *savants* et *récents* (forgés par la *latinisation* de langue d'oc en *lingua occitana*), destinés à désigner des réalités savantes qui, pour le moment au moins, n'existent que sur le papier.

6. En fait, cette langue est elle-même un *artefact* social, inventé au prix d'une indifférence décisoire aux différences, qui reproduit au niveau de la « région » l'imposition arbitraire d'une norme unique contre laquelle se dresse le régionalisme et qui ne pourrait devenir le principe réel des pratiques linguistiques qu'au prix d'une inculcation systématique analogue à celle qui a imposé l'usage généralisé du français.

qui l'énonce : la formule « je vous autorise à partir » n'est *eo ipso* une autorisation que si celui qui la prononce est autorisé à autoriser, a autorité pour autoriser. Mais l'effet de connaissance qu'exerce le fait de l'objectivation dans le discours ne dépend pas seulement de la reconnaissance accordée à celui qui le tient ; il dépend aussi du degré auquel le discours qui annonce au groupe son identité est fondé dans l'objectivité du groupe auquel il s'adresse, c'est-à-dire dans la reconnaissance et la croyance que lui accordent les membres de ce groupe autant que dans les propriétés économiques ou culturelles qu'ils ont en commun, puisque c'est en fonction seulement d'un principe déterminé de pertinence que peut apparaître la relation entre ces propriétés. Le pouvoir sur le groupe qu'il s'agit de porter à l'existence en tant que groupe est inséparablement un pouvoir de faire le groupe en lui imposant des principes de vision et de division communs, donc une vision unique de son identité et une vision identique de son unité[7]. Le fait que les luttes pour l'identité, cet être-perçu qui existe fondamentalement par la reconnaissance des autres, aient pour enjeu l'imposition de perceptions et de catégories de perception explique la place déterminante que, comme la stratégie du *manifeste* dans les mouvements artistiques, la *dialectique de la manifestation* tient dans tous les mouvements régionalistes ou nationalistes[8] : le pouvoir quasi magi-

7. Les fondateurs de l'École républicaine se donnaient explicitement pour fin d'inculquer, entre autres choses, par l'imposition de la langue « nationale », le système commun de catégories de perception et d'appréciation capable de fonder une vision unitaire du monde social.

8. Le lien, partout attesté, entre les mouvements régionalistes et les mouvements féministes (et aussi écologiques) tient au fait que, dirigés contre des formes de domination symbolique, ils supposent des dispositions éthiques et des compétences culturelles (visibles dans les stratégies employées) qui se rencontrent plutôt dans l'intelligentsia et dans la petite bourgeoisie nouvelle (cf. P. Bourdieu, *La distinction*, Paris, Éditions de Minuit, 1979, spéct. pp. 405-431).

que des mots vient de ce que l'objectivation et l'officialisation de fait qu'accomplit la nomination publique, à la face de tous, a pour effet d'arracher la particularité qui est au principe du particularisme à l'impensé, voire à l'impensable (c'est le cas lorsque le « patois » innommable s'affirme comme langue susceptible d'être parlée publiquement) ; et l'officialisation trouve son accomplissement dans la *manifestation*, acte typiquement magique (ce qui ne veut pas dire dépourvu d'efficace) par lequel le groupe pratique, virtuel, ignoré, nié, refoulé, se rend visible, manifeste, pour les autres groupes et *pour lui-même*, et atteste son existence en tant que groupe connu et reconnu, prétendant à l'institutionnalisation. Le monde social est aussi représentation et volonté, et exister socialement, c'est aussi être perçu, et perçu comme distinct.

En fait, on n'a pas à choisir entre l'arbitrage objectiviste, qui mesure les *représentations* (à tous les sens du terme) à la « réalité » en oubliant qu'elles peuvent faire advenir dans la réalité, par l'efficacité propre de l'évocation, ce qu'elles représentent, et l'engagement subjectiviste qui, privilégiant la représentation, ratifie sur le terrain de la science le faux en écriture sociologique par lequel les militants passent de la représentation de la réalité à la réalité de la représentation. On peut échapper à l'alternative en la prenant pour objet ou, plus précisément, en prenant en compte, dans la science de l'objet, les fondements objectifs de l'alternative de l'objectivisme et du subjectivisme, qui divise la science, lui interdisant d'appréhender la logique spécifique du monde social, cette « réalité » qui est le lieu d'une lutte permanente pour *définir* la « réalité ». Saisir à la fois *ce qui est institué*, sans oublier qu'il s'agit seulement de la résultante, à un moment donné du temps, de la lutte pour faire exister ou « inexister » ce qui existe, et les *représentations*, énoncés performatifs qui prétendent à faire advenir ce qu'ils énoncent, restituer à la fois les structures objectives et le rapport à ces structures, à commencer par la prétention à les transformer, c'est se donner le moyen de rendre raison plus complètement de la « réalité », donc de comprendre et de prévoir plus exactement les potentialités qu'elle enferme ou, plus précisément, les chances qu'elle offre objectivement aux différentes prétentions subjectives.

Lorsqu'il est repris dans les luttes des classements qu'il s'efforce d'objectiver — et, sauf à en interdire la divulgation, on ne voit pas comment empêcher cet usage —, le discours scientifique se remet à fonctionner dans la réalité des luttes de classement : il est donc voué à apparaître comme *critique* ou *complice* selon le rapport complice ou critique que le lecteur entretient lui-même avec la réalité décrite. C'est ainsi que le seul fait de *montrer* peut fonctionner comme une manière de montrer du doigt, de mettre à l'index, de mettre en accusation (*kategoresthai*), ou, à l'inverse, comme une façon de faire voir et de faire valoir. Ceci vaut aussi bien du classement en classes sociales que du classement en « régions » ou en « ethnies ». D'où la nécessité d'expliciter complètement la relation entre les luttes pour le principe de di-vision légitime qui se déroulent dans le champ scientifique et celles qui se situent dans le champ social (et qui, du fait de leur logique spécifique, accordent une place prépondérante aux intellectuels). Toute prise de position prétendant à l'« objectivité » sur l'existence actuelle et potentielle, réelle ou prévisible, d'une région, d'une ethnie ou d'une classe sociale, et, du même coup, sur la *prétention à l'institution* qui s'affirme dans les *représentations* « partisanes », constitue un brevet de *réalisme* ou un verdict d'*utopisme* qui contribue à déterminer les chances objectives que cette entité sociale a d'accéder à l'existence[9]. L'effet symbolique que le discours scientifique

9. Comment comprendre, sinon comme autant d'affirmations compulsives de la prétention à l'*auctoritas* magique du *censor* dumézilien qui est inscrite dans l'ambition de sociologue, les récitations obligées des

exerce en consacrant un état des divisions et de la vision des divisions, est d'autant plus inévitable que, dans les luttes symboliques pour la connaissance et la reconnaissance, les critères dits « objectifs », ceux-là même que connaissent les savants, sont utilisés comme des armes : ils désignent les traits sur lesquels peut se fonder l'action symbolique de mobilisation pour produire l'unité réelle ou la croyance dans l'unité (tant au sein du groupe lui-même que chez les autres) qui, à terme, et en particulier par l'intermédiaire des actions d'imposition et d'inculcation de l'identité légitime (telles que celles qu'exercent l'école ou l'armée), tend à engendrer l'unité réelle. Bref, les verdicts les plus « neutres » de la science contribuent à modifier l'objet de la science : dès que la question régionale ou nationale est objectivement posée dans la réalité sociale, fût-ce par une minorité agissante (qui peut tirer parti de sa faiblesse même en jouant de la stratégie proprement symbolique de la *provocation* et du *témoignage* pour arracher des ripostes, symboliques ou non, impliquant une reconnaissance), tout énoncé sur la région fonctionne comme un *argument* qui contribue à favoriser ou à défavoriser l'accès de la région à la reconnaissance et, par là, à l'existence.

Rien n'est moins innocent que la question, qui divise le monde savant, de savoir s'il faut faire entrer dans le système des critères pertinents non seulement les propriétés dites « objectives » (comme l'ascendance, le territoire, la langue, la religion, l'activité économique, etc.), mais aussi les propriétés dites « subjectives » (comme le sentiment d'appartenance, etc.), c'est-à-dire les *représentations* que les agents sociaux se

textes canoniques sur les classes sociales (rituellement confrontées au *census* statistique) ou, à un degré d'ambition supérieur et dans un style moins classique, les prophéties annonciatrices des « nouvelles classes » et des « nouvelles luttes » (ou du déclin inéluctable des « vieilles classes » et des « vieilles » luttes), deux genres qui occupent une grande place dans la production dite sociologique ?

font des divisions de la réalité et qui contribuent à la réalité des divisions[10]. Lorsque, comme leur formation et leurs intérêts spécifiques les y inclinent, les chercheurs entendent s'instaurer en juges de tous les jugements et en critiques de tous les critères, ils s'interdisent de saisir la logique propre d'une lutte où la force sociale des représentations n'est pas nécessairement proportionnée à leur valeur de vérité (mesurée au degré auquel elles expriment l'état du rapport des forces matérielles au moment considéré) : en effet, en tant que pré-visions, ces mythologies « scientifiques » peuvent produire leur propre vérification si elles parviennent à s'imposer à la croyance collective et à créer, par leur vertu mobilisatrice, les conditions de leur propre réalisation. Mais ils ne font pas mieux lorsque, abdiquant la distance de l'observateur, ils reprennent à leur compte la représentation des agents, dans un discours qui, faute de se donner les moyens de décrire le jeu dans lequel se produit cette représentation et la croyance qui la fonde, n'est rien de plus qu'une contribution parmi d'autres à la production de la croyance dont il s'agirait de décrire les fondements et les effets sociaux.

10. Les raisons de la répugnance spontanée des « savants » envers les critères « subjectifs » mériteraient une longue analyse : il y a le réalisme naïf qui porte à ignorer tout ce qui ne peut pas se montrer ou se toucher du doigt ; il y a l'économisme qui porte à ne reconnaître d'autres déterminants de l'action sociale que ceux qui sont visiblement inscrits dans les conditions matérielles d'existence ; il y a les intérêts attachés aux apparences de la « neutralité axiologique » qui, en plus d'un cas, font toute la différence entre le « savant » et le militant et qui interdisent l'introduction dans le discours « savant » de questions et de notions contraires à la bienséance ; il y a enfin et surtout le *point d'honneur* scientifique qui porte les observateurs — et sans doute d'autant plus fortement qu'ils sont moins assurés de leur science et de leur statut — à multiplier les signes de la *rupture* avec les représentations du sens commun et qui les condamne à un *objectivisme* réducteur, parfaitement incapable de faire entrer la réalité des représentations communes dans la représentation scientifique de la réalité.

On peut admettre que, aussi longtemps qu'ils ne soumettent pas leur pratique à la critique sociologique, les sociologues sont déterminés, dans leur orientation vers l'un ou l'autre pôle, objectiviste ou subjectiviste, de l'univers des rapports possibles à l'objet, par des facteurs sociaux tels que leur position dans la hiérarchie sociale de leur discipline (c'est-à-dire leur niveau de compétence statutaire qui, dans un espace géographique socialement hiérarchisé, coïncide souvent avec leur position centrale ou locale, facteur particulièrement important s'agissant de région ou de régionalisme) et aussi dans la hiérarchie technique : des stratégies « épistémologiques » aussi opposées que le dogmatisme des gardiens de l'orthodoxie théorique et le spontanéisme des apôtres de la participation au mouvement pouvant avoir en commun de fournir une manière d'échapper aux exigences du travail scientifique sans renoncer aux prétentions à l'*auctoritas* lorsque l'on ne peut ou ne veut satisfaire à ces exigences, ou seulement aux plus apparentes, c'est-à-dire aux plus *scolaires* d'entre elles (comme la fréquentation des textes canoniques). Mais ils peuvent aussi balancer, au hasard du rapport directement éprouvé à l'objet, entre l'objectivisme et le subjectivisme, le blâme et l'éloge, la complicité mystifiée et mystificatrice et la démystification réductrice, parce qu'ils acceptent la problématique objective, c'est-à-dire la structure même du champ de lutte dans lequel la région et le régionalisme sont en jeu, au lieu de l'objectiver ; parce qu'ils entrent dans le débat sur les critères permettant de dire le sens du mouvement régionaliste ou d'en prédire l'avenir sans s'interroger sur la logique d'une lutte qui porte précisément sur la détermination du sens du mouvement (est-il régional ou national, progressif ou régressif, de droite ou de gauche, etc.) et sur les critères capables de déterminer ce sens.

Bref, il s'agit, ici comme ailleurs, d'échapper à l'alternative de l'enregistrement « démystificateur » des critères objectifs et de la ratification mystifiée et mystificatrice des représentations et des volontés pour tenir ensemble ce qui va ensemble dans la réalité : les classements objectifs, c'est-à-dire incorporés ou objectivés, parfois sous forme d'institution (comme les frontières juridiques) et le rapport pratique, agi ou représenté, à ces classements et en particulier les stratégies individuelles et collectives (comme les revendications régionalistes) par lesquelles les agents visent à les mettre au service de leurs intérêts, matériels ou symboliques, ou à les conserver et les transformer ; ou encore les rapports de forces objectifs, matériels et symboliques, et les schèmes pratiques (c'est-à-dire implicites, confus et plus ou moins contradictoires) grâce auxquels les agents classent les autres agents et apprécient leur position dans ces rapports objectifs en même temps que les stratégies symboliques de présentation et de représentation de soi qu'ils opposent aux classements et aux représentations (d'eux-mêmes) que les autres leur imposent [11].

11. La recherche marxiste sur la question nationale ou régionale s'est trouvée bloquée, et sans doute dès l'origine, par l'effet conjugué de l'utopisme internationaliste (soutenu par un évolutionnisme naïf) et de l'économisme, sans parler des effets des préoccupations stratégiques du moment qui ont souvent prédéterminé les verdicts d'une « science » tournée vers la pratique (et dépourvue d'une science véritable et de la science et des rapports entre la pratique et la science).Sans doute l'efficacité de l'ensemble de ces facteurs se voit-elle particulièrement bien dans la thèse, typiquement performative, du primat, pourtant si souvent démenti par les faits, des solidarités de classe sur les solidarités « ethniques » ou nationales. Mais l'incapacité d'*historiciser ce problème* (qui, au même titre que le problème du primat des relations spatiales ou des relations sociales et généalogiques, est posé et tranché dans l'histoire) et la prétention théoréticiste, sans cesse affirmée, de désigner les « nations viables » ou de produire les critères scientifiquement validés de l'identité nationale (cf. G. Haupt, M. Lowy, C. Weill, *Les marxistes et la question nationale*, Paris, Maspero, 1974), semblent dépendre directement du degré auquel l'intention régalienne de régir et de diriger oriente la science royale des frontières et des limites : ce n'est pas par hasard que Staline est l'auteur de la « définition » la plus dogmatique et la plus *essentialiste* de la nation.

Bref, c'est à condition d'exorciser le rêve de la « science royale » investie du droit régalien de *regere fines* et de *regere sacra*, du pouvoir nomothétique de décréter l'union et la séparation, que la science peut se donner pour objet le jeu lui-même où se dispute le pouvoir de régir les frontières sacrées, c'est-à-dire le pouvoir quasi divin sur la vision du monde, et où il n'est pas d'autre choix, pour qui prétend l'exercer (et non le subir), que de mystifier ou de démystifier.

Chapitre 4

Décrire et prescrire : les conditions de possibilité et les limites de l'efficacité politique

L'action proprement politique est possible parce que les agents, qui font partie du monde social, ont une connaissance (plus ou moins adéquate) de ce monde et que l'on peut agir sur le monde social en agissant sur leur connaissance de ce monde. Cette action vise à produire et à imposer des représentations (mentales, verbales, graphiques ou théâtrales) du monde social qui soient capables d'agir sur ce monde en agissant sur la représentation que s'en font les agents. Ou, plus précisément, à faire ou à défaire les groupes — et, du même coup, les actions collectives qu'ils peuvent entreprendre pour transformer le monde social conformément à leurs intérêts — en produisant, en reproduisant ou en détruisant les représentations qui rendent visibles ces groupes pour eux-mêmes et pour les autres.

Objet de connaissance pour les agents qui l'habitent, le monde économique et social exerce une action qui prend la forme non d'une détermination mécanique mais d'un effet de connaissance. Il est clair que, dans le cas au moins des dominés, cet effet ne tend pas à favoriser l'action politique. On sait en effet que l'ordre social doit pour une part sa permanence au fait qu'il impose des schèmes de classement qui, étant ajustés aux classements objectifs, produisent une forme de reconnaissance de cet ordre, celle qu'implique la méconnaissance de l'arbitraire de ses fondements : la correspondance entre les divisions objectives et les schèmes classificatoires, entre les structures objectives et les structures mentales est au principe d'une sorte d'adhésion originaire à l'ordre établi. La politique commence, à proprement parler, avec la dénonciation de ce contrat tacite d'adhésion à l'ordre établi qui définit la doxa originaire ; en d'autres termes, la subversion politique présuppose une subversion cognitive, une conversion de la vision du monde.

Mais la rupture hérétique avec l'ordre établi et avec les dispositions et les représentations qu'il engendre chez les agents façonnés selon ses structures suppose elle-même la rencontre entre le discours critique et une crise objective, capable de rompre la concordance immédiate entre les structures incorporées et les structures objectives dont elles sont le produit et d'instituer une sorte d'*épochè* pratique, de mise en suspens de l'adhésion première à l'ordre établi.

La subversion hérétique exploite la possibilité de changer le monde social en changeant la représentation de ce monde qui contribue à sa réalité ou, plus précisément, en opposant une *pré-vision paradoxale*, utopie, projet, programme, à la vision ordinaire, qui appréhende le monde social comme monde naturel : énoncé *performatif*, la pré-vision politique est, par soi, une pré-diction qui vise à faire advenir ce qu'elle énonce ; elle contribue pratiquement à la réalité de ce qu'elle annonce par le fait de l'énoncer, de le pré-voir et de le faire pré-voir, de le rendre concevable et surtout croyable et de créer ainsi la représentation et la volonté collectives qui peuvent contribuer à le produire. Toute théorie, le mot le dit, est un programme de perception ; mais cela n'est jamais aussi vrai que pour les théories du monde social. Et il est sans doute peu de cas où le pouvoir structurant des mots, leur capacité de prescrire sous apparence de décrire ou de dénoncer sous apparence d'énoncer, soient aussi indiscutables. Nombre de « débats d'idées » sont moins irréalistes qu'il ne paraît si l'on sait le degré auquel on peut modifier la réalité sociale en modifiant la représentation que s'en font les agents. On voit combien la réalité sociale d'une pratique comme l'alcoolisme (mais la même chose vaudrait de l'avortement, de la consommation de drogue ou de l'euthanasie) se trouve changée selon qu'elle est perçue et pensée comme une tare héréditaire, une déchéance morale, une tradition culturelle ou une conduite de compensation. Un mot comme celui de *paternalisme* fait des ravages en jetant le soupçon sur tout ce qui enchante la relation de domination par une dénégation permanente du calcul. Comme les relations hiérarchiques organisées sur le modèle des relations enchantées dont le groupe domestique est le lieu par excellence, toutes les formes de capital symbolique, prestige, charisme, charme, et les relations d'échange par lesquelles ce capital s'accumule, échange de services, de dons, d'attentions, de soins, d'affection sont particulièrement vulnérables à l'action destructrice des mots qui dévoilent et désenchantent. Mais le pouvoir constituant du langage (religieux ou politique) et des schèmes de perception et de pensée qu'il procure ne se voit jamais aussi bien que dans les situations de crise : ces situations *paradoxales*, *extra-ordinaires*, appellent un discours extra-ordinaire, capable de porter au niveau des principes explicites, générateurs de réponses (quasi) systématiques, les principes pratiques de l'ethos et d'exprimer tout ce que peut avoir d'inouï, d'ineffable la situation créée par la crise.

Le discours hérétique doit non seulement contribuer à briser l'adhésion au monde du sens commun en professant publiquement la rupture avec l'ordre ordinaire, mais aussi produire un nouveau sens commun et y faire entrer, investies de la légitimité que confèrent la manifestation publique et la reconnaissance collective, les pratiques et les expériences jusque-là tacites ou refoulées de tout un groupe. En effet, parce que tout langage qui se fait écouter de tout un groupe est un langage autorisé, investi de l'autorité de ce groupe, il autorise ce qu'il désigne en même temps qu'il l'exprime, puisant sa légitimité dans le groupe sur lequel il exerce son autorité et qu'il contribue à produire comme tel en lui offrant une expression unitaire de ses expériences. L'efficacité du discours hérétique réside non dans la magie d'une force immanente au langage, telle l'*illocutionary force* d'Austin, ou à la *personne* de son auteur, tel le charisme de Weber — deux concepts écrans qui empêchent de s'interroger sur les raisons des effets qu'ils ne font que désigner —, mais dans la dialectique entre le langage autorisant et autorisé et les dispositions du groupe qui l'autorise et s'en autorise. Ce processus dialectique s'accomplit, en chacun des agents concernés et, au premier chef, chez le producteur du discours hérétique, dans et par le *travail d'énonciation* qui est nécessaire pour extérioriser l'intériorité, pour nommer l'innommé, pour donner à des dispositions pré-verbales et pré-réflexives et à des expériences ineffables et inobservables un commencement d'objectivation dans des mots qui, par nature, les rendent à la fois communes et communicables, donc sensées et socialement sanctionnées. Il peut aussi s'accomplir dans le travail de dramatisation, particulièrement visible dans la prophétie exemplaire, qui est seul capable de discréditer les évidences de la doxa, et dans la transgression qui est indispensable pour *nommer l'innommable*, pour forcer les censures, institutionnalisées ou intériorisées, qui interdisent le retour du refoulé, et d'abord chez l'hérésiarque lui-même.

Mais c'est dans la constitution des groupes que se voient le mieux l'efficacité des représentations, et en particulier des mots, des mots d'ordre, des théories qui contribuent à faire l'ordre social en imposant les principes de di-vision et, plus largement, le pouvoir symbolique de tout le théâtre politique qui réalise et officialise les visions du monde et les divisions politiques. Le travail politique de représentation (dans des mots ou des théories mais aussi dans des manifestations, des cérémonies ou toute autre forme de symbolisation des divisions ou des oppositions) porte à l'objectivité d'un discours public ou d'une pratique exemplaire une manière de voir et de vivre le monde social jusque-là reléguée à l'état de disposition pratique ou d'expérience tacite et souvent confuse (malaise, révolte, etc.) ; il permet ainsi aux agents de se découvrir des propriétés communes par-delà la diversité des situations particulières qui isolent, divisent, démobilisent, et de construire leur identité sociale sur la base de traits ou d'expériences qui semblaient incomparables aussi longtemps que faisait défaut le principe de pertinence propre à les constituer en indices de l'appartenance à une même classe.

Le passage de l'état de groupe pratique à l'état de groupe institué (classe, nation, etc.) suppose la construction du principe de classement capable de produire l'ensemble des propriétés distinctives qui sont caractéristiques de l'ensemble des membres de ce groupe et d'annuler du même coup l'ensemble des propriétés non pertinentes qu'une partie ou la totalité de ses membres possèdent à d'autres titres (par exemple les propriétés de nationalité, d'âge ou de sexe) et qui pourraient servir de base à d'autres constructions. La lutte se trouve donc au principe même de la construction de la classe (sociale, ethnique, sexuelle, etc.) : il n'est pas de groupe qui ne soit lieu d'une lutte pour l'imposition du principe légitime de construction des groupes et il n'est pas de distribution de propriétés, qu'il s'agisse du sexe ou de l'âge, de l'instruction ou de la richesse, qui ne puisse servir de base à des divisions et à des luttes proprement politiques. La construction de groupes dominés sur la base de telle ou telle différence spécifique est inséparable de la déconstruction de groupes établis sur la base de propriétés ou de qualités génériques (les hommes, les vieux, les Français, les Parisiens, les citoyens, les patriotes, etc.) qui, dans un autre état des rapports de force symbolique, définissaient l'identité sociale, parfois même l'identité légale, des agents concernés. Toute tentative pour instituer une nouvelle division doit en effet compter avec la résistance de ceux qui, occupant la position dominante dans l'espace ainsi divisé, ont intérêt à la perpétuation d'un rapport doxique au monde social qui porte à accepter comme naturelles les divisions établies ou à les nier symboliquement par l'affirmation d'une unité (nationale, familiale, etc.) plus haute[1]. Autrement dit, les dominants ont partie liée avec le consensus, accord fondamental sur le sens du monde social (ainsi converti en monde naturel, doxique) qui trouve son fondement dans l'accord sur les principes de di-vision.

Au travail moteur de la critique hérétique répond le travail résistant de l'orthodoxie. Les dominés ont partie liée avec le discours et la conscience, voire la science, puisqu'ils ne peuvent se constituer en groupe séparé, se mobiliser et mobiliser la force qu'ils détiennent à l'état potentiel qu'à condition de mettre en question les catégories de perception de l'ordre social qui, étant le produit de cet ordre, leur imposent la reconnaissance de cet ordre, donc la soumission.

Les dominés sont d'autant moins aptes à opérer la révolution symbolique qui est la condition de la réappropriation de l'identité sociale dont les dépossède, même subjectivement, l'acceptation des taxinomies dominantes que sont plus réduites la force de subversion et la compétence critique qu'ils ont accumulées au cours des luttes antérieures et plus faible, par conséquent, la conscience des propriétés positives ou, plus probablement, négatives qui les définissent : dépossédés des conditions économiques et culturelles de la

---

1. Ainsi s'expliquent toutes les condamnations de la « politique », identifiée aux luttes de partis et de factions, que les conservateurs n'ont cessé de professer, tout au long de l'histoire, de Napoléon III à Pétain (cf. M. Marcel, « Inventaire des apolitismes en France », in : Association française de science politique, *La dépolitisation, mythe ou réalité ?*, Paris, Armand Colin, 1962, pp. 49-51).

prise de conscience de leur dépossession et enfermés dans les limites de la connaissance qu'autorisent leurs instruments de connaissance, les sous-prolétaires et les paysans prolétarisés engagent souvent dans les discours et les actions destinés à subvertir l'ordre dont ils sont victimes les principes de division logique qui sont au principe même de cet ordre (cf. les guerres de religion).

Au contraire, les dominants, faute de pouvoir restaurer le *silence de la doxa*, s'efforcent de produire par un discours purement réactionnel le substitut de tout ce que menace l'existence même du discours hérétique. Ne trouvant rien à redire au monde social tel qu'il est, ils s'efforcent d'imposer universellement, par un discours tout empreint de la simplicité et de la transparence du bon sens, le sentiment d'évidence et de nécessité que ce monde leur impose ; ayant intérêt au laisser-faire, ils travaillent à annuler la politique dans un discours politique dépolitisé, produit d'un travail de neutralisation ou, mieux, de dénégation, qui vise à restaurer l'état d'innocence originaire de la doxa et qui, étant orienté vers la naturalisation de l'ordre social, emprunte toujours le langage de la nature.

Ce langage politique non marqué politiquement se caractérise par une rhétorique de l'impartialité, marquée par les effets de symétrie, d'équilibre, de juste milieu, et soutenue par un ethos de la bienséance et de la décence, attesté par l'évitement des formes les plus violentes de la polémique, par la discrétion, le respect affiché de l'adversaire, bref, tout ce qui manifeste la dénégation de la lutte politique en tant que lutte. Cette stratégie de la neutralité (éthique) trouve son accomplissement naturel dans la rhétorique de la scientificité.

Cette nostalgie de la protodoxa s'exprime en toute naïveté dans le culte de tous les conservatismes pour le « bon peuple » (le plus souvent incarné par le paysan) dont les euphémismes du discours orthodoxe (« les gens simples », les « classes modestes », etc.) désignent bien la propriété essentielle, la soumission à l'ordre établi. En fait la lutte entre l'orthodoxie et l'hétérodoxie dont le champ politique est le lieu dissimule l'opposition entre l'ensemble des thèses politiques (orthodoxes ou hétérodoxes), c'est-à-dire l'univers de ce qui peut s'énoncer politiquement dans le champ politique, et tout ce qui reste hors de discussion (dans le champ), c'est-à-dire hors des prises du discours et qui, relégué à l'état de doxa, se trouve admis sans discussion ni examen par ceux-là mêmes qui s'affrontent au niveau des choix politiques déclarés.

La lutte dont la connaissance du monde social est l'enjeu n'aurait pas d'objet si chaque agent trouvait en lui-même le principe d'une connaissance infaillible de la vérité de sa condition et de sa position dans l'espace social et si les mêmes agents ne pouvaient se reconnaître dans des discours et des classements différents (selon la classe, l'ethnie, la religion, le sexe, etc.), ou dans des évaluations opposées des produits des mêmes principes de classement ; mais les effets de cette lutte seraient totalement imprévisibles s'il n'y avait aucune limite à l'allodoxia, à l'erreur de perception et surtout d'expression, et si la propension à se reconnaître dans les différents discours et les différents classements proposés était également probable pour tous les agents, quelle que soit leur position dans l'espace social (donc leurs dispositions) et quelles que soient la structure de cet espace, la forme des distributions et la nature des divisions selon lesquelles il s'organise réellement.

L'effet de pré-vision ou de théorie (entendu comme l'effet d'imposition de principes de di-vision que réalise toute explicitation) joue dans la marge d'incertitude qui résulte de la discontinuité entre les évidences silencieuses de l'ethos et les manifestations publiques du logos : à la faveur de l'allodoxia que rend possible la distance entre l'ordre de la pratique et l'ordre du discours, les mêmes dispositions peuvent se reconnaître dans des prises de position très différentes, parfois opposées. C'est dire que la science est vouée à exercer un effet de théorie, mais d'une forme tout à fait particulière : en manifestant dans un discours cohérent et empiriquement validé ce qui était jusque-là ignoré, c'est-à-dire, selon les cas, implicite ou refoulé, elle transforme la représentation du monde social et, du même coup, le monde social, dans la mesure au moins où elle rend possibles des pratiques conformes à cette représentation transformée. Ainsi, s'il est vrai que l'on peut faire remonter à peu près aussi loin que l'on veut dans l'histoire les premières manifestations de la lutte des classes et même les premières expressions plus ou moins élaborées d'une « théorie » de la lutte des classes (dans la logique des « précurseurs »), il reste que c'est seulement après Marx et même après la constitution de partis capables d'imposer (à grande échelle) une vision du monde social organisée selon la théorie de la lutte des classes que l'on peut en toute rigueur parler de classes et de lutte des classes. Si bien que ceux qui, au nom du marxisme, cherchent les classes et la lutte des classes dans des sociétés précapitalistes, et prémarxistes, commettent une erreur théorique tout à fait typique de la combinaison de réalisme scientiste et d'économisme qui incline toujours la tradition marxiste à chercher les classes dans la réalité même du monde social, souvent réduite à sa dimension économique[2] : paradoxalement, la théorie marxiste, qui a exercé un effet de théorie sans équivalent dans l'histoire, n'accorde aucune place à l'effet de théorie dans sa théorie de l'histoire, et de la classe. Réalité et volonté, la classe (ou la

2. La tension toujours présente dans les écrits des théoriciens marxistes entre le scientisme sociologiste et le volontarisme spontanéiste tient sans doute au fait que, selon leur position dans la division du travail de production culturelle, selon aussi l'état dans lequel se présentent les classes sociales, les théoriciens mettent plutôt l'accent sur la classe comme condition ou sur la classe comme volonté.

lutte des classes) est réalité dans la mesure où elle est volonté et volonté dans la mesure où elle est réalité : les pratiques et les représentations politiques (et en particulier les représentations de la division en classes) telles qu'on peut les observer et les mesurer à un moment donné du temps dans une société qui a été durablement exposée à la théorie de la lutte des classes sont pour une part le produit de l'effet de théorie ; étant entendu que cet effet a dû une part de son efficacité symbolique au fait que la théorie de la lutte des classes était fondée objectivement, dans des propriétés objectives et incorporées, et rencontrait de ce fait la complicité des dispositions du sens politique. Les catégories selon lesquelles un groupe se pense et selon lesquelles il se représente sa propre réalité contribuent à la réalité de ce groupe. Ce qui signifie que toute l'histoire du mouvement ouvrier et des théories à travers lesquelles il a construit la réalité sociale est présente dans la réalité de ce mouvement considéré à un moment donné du temps. C'est dans les luttes qui font l'histoire du monde social que se construisent les catégories de perception du monde social et du même coup les groupes construits selon ces catégories[3].

La description scientifique la plus strictement constative est toujours exposée à fonctionner comme prescription capable de contribuer à sa propre vérification en exerçant un effet de théorie propre à favoriser l'avènement de ce qu'elle annonce. Au même titre que la formule : « La séance est ouverte », la thèse : « Il y a deux classes » peut être entendue comme un énoncé constatif ou comme un énoncé performatif. C'est ce qui rend intrinsèquement indécidables toutes les thèses politiques qui, comme l'affirmation ou la négation de l'existence des classes, des régions ou des nations, prennent

3. Ce qui fait que l'histoire (et en particulier l'histoire des catégories de pensée) constitue une des conditions de la prise de possession de la pensée politique par elle-même.

position sur la réalité de différentes représentations de la réalité, ou sur leur pouvoir de faire la réalité. La science qui peut être tentée de trancher ces débats en donnant une mesure objective du degré de réalisme des positions en présence, ne peut, en bonne logique, que décrire l'espace des luttes qui ont pour enjeu, entre autres choses, la représentation des forces engagées dans la lutte et de leurs chances de succès : cela sans ignorer que toute évaluation « objective » de ces aspects de la réalité qui sont en jeu dans la réalité est propre à exercer des effets tout à fait réels. Comment ne pas voir que la prévision peut fonctionner non seulement dans l'intention de son auteur, mais aussi dans la réalité de son devenir social, soit comme *self-fulfilling prophecy*, représentation performative, capable d'exercer un effet proprement politique de consécration de l'ordre établi (et d'autant plus puissant qu'elle est plus reconnue), soit comme *exorcisme*, capable de susciter les actions propres à la démentir ? Comme l'a bien montré Gunnar Myrdal, les mots clés du lexique de l'économie, non seulement des termes comme « principe », « équilibre », « productivité », « ajustement », « fonction », etc., mais aussi des concepts plus centraux, plus inévitables, comme « utilité », « valeur », « coûts réels » ou « subjectifs », etc., sans parler de notions telles que « économique », « naturel », « équitable », (à quoi il faudrait ajouter « rationnel »), sont toujours à la fois descriptifs et prescriptifs[4].

La science la plus neutre exerce des effets qui ne le sont nullement : ainsi, par le seul fait d'établir et de publier la valeur prise par la fonction de probabilité d'un événement, c'est-à-dire, comme l'indique Popper, la force de la *propension* que cet événement a de se produire, propriété objective inhérente à la nature des choses, on peut contribuer à renfor-

4. G. Myrdal, *The Political Element in the Development of Economic Theory*, New York, Simon and Schuster, 1964, spéct., pp. 10-21.

cer la « prétention à exister », comme disait Leibniz, de cet
événement, en déterminant les agents à s'y préparer et à s'y
soumettre ou, au contraire, les inciter à se mobiliser pour le
contrecarrer en se servant de la connaissance du probable
pour en rendre plus difficile, sinon impossible, l'apparition.
De même, ce n'est pas assez de substituer à l'opposition scolaire entre deux manières de concevoir la différenciation
sociale, comme ensemble de strates hiérarchisées ou comme
ensemble de classes antagonistes, la question, capitale pour
toute stratégie révolutionnaire, de savoir si, au moment considéré, les classes dominées constituent un pouvoir antagoniste,
capable de définir ses propres objectifs, bref, une classe mobilisée, ou, au contraire, une strate située au point le plus bas
d'un espace hiérarchisé, et définie par sa distance aux valeurs
dominantes, ou, en d'autres termes, si la lutte entre les classes
est une lutte révolutionnaire, visant à renverser l'ordre établi,
ou une lutte de concurrence, sorte de course poursuite dans
laquelle les dominés s'efforcent de s'approprier les propriétés
des dominants. Rien ne serait plus exposé au démenti du réel,
donc moins scientifique, qu'une réponse à cette question qui,
fondée exclusivement sur les pratiques et les dispositions des
agents au moment considéré, omettrait de prendre en compte
l'existence ou la non-existence d'agents ou d'organisations
capables de travailler à confirmer ou à infirmer l'une ou
l'autre vision, sur la base de pré-visions plus ou moins réalistes
des chances objectives de l'une ou l'autre possibilité, prévisions et chances elles-mêmes susceptibles d'être affectées par
la connaissance scientifique de la réalité.

Tout permet de supposer que l'*effet de théorie*, qui peut
être exercé, dans la réalité même, par des agents et des organisations capables d'imposer un principe de di-vision ou, si
l'on veut, de produire ou de renforcer symboliquement la
propension systématique à privilégier certains aspects du réel
et à en ignorer d'autres, est d'autant plus puissant et surtout

160

plus durable que l'explicitation et l'objectivation sont plus fondées dans la réalité et que les divisions pensées correspondent plus exactement à des divisions réelles. En d'autres termes, la force potentielle qui se trouve mobilisée par la constitution symbolique est d'autant plus importante que les *propriétés classificatoires* par lesquelles un groupe se caractérise explicitement et dans lesquelles il se *reconnaît* recouvrent plus complètement les propriétés dont les agents constitutifs du groupe sont objectivement dotés (et qui définissent leur position dans la distribution des instruments d'appropriation du produit social accumulé).

La science des mécanismes sociaux qui, comme les mécanismes d'hérédité culturelle liés au fonctionnement du système scolaire ou les mécanismes de domination symbolique corrélatifs de l'unification du marché des biens économiques et culturels, tendent à assurer la reproduction de l'ordre établi peut être mise au service d'un laisser-faire opportuniste, attaché à *rationaliser* (au double sens) le fonctionnement de ces mécanismes. Mais elle peut tout aussi bien servir de fondement à une politique orientée vers des fins totalement opposées qui, rompant tant avec le volontarisme de l'ignorance ou du désespoir qu'avec le laisser-faire, s'armerait de la connaissance des mécanismes pour tenter de les neutraliser ; et qui trouverait dans la connaissance du probable non une incitation à la démission fataliste ou à l'utopisme irresponsable mais le fondement d'un refus du probable fondé sur la maîtrise scientifique des lois de production de l'éventualité refusée.

III. ANALYSES DE DISCOURS

Il n'y a pas de science du discours considéré en lui-même et pour lui-même ; les propriétés formelles des œuvres ne livrent leur sens que si on les rapporte d'une part aux conditions sociales de leur production — c'est-à-dire aux positions qu'occupent leurs auteurs dans le champ de production — et d'autre part au marché pour lequel elles ont été produites (et qui peut n'être autre que le champ de production lui-même) et aussi, le cas échéant, aux marchés successifs sur lesquels elles ont été reçues. La science des discours comme pragmatique sociologique se situe en une place aujourd'hui inoccupée, bien qu'elle ait d'immenses précurseurs, avec le Pascal des *Provinciales*, le Nietzsche de l'*Antéchrist* ou le Marx de *L'Idéologie allemande* ; elle s'attache en effet à découvrir dans les propriétés les plus typiquement formelles des discours les effets des conditions sociales de leur production et de leur circulation. C'est l'institution qui parle dans une certaine rhétorique d'établissement et les procédés formels trahissent les intentions objectivement inscrites dans les contraintes et les nécessités d'une position sociale. L'analyste saisit de la même main les propriétés sociales du style et les propriétés sociales de l'auteur : derrière tel effet rhétorique, Marx découvre l'École qui l'a produit en produisant la position et les dispositions de son producteur ; dans tel ou tel autre, Marx et Nietzsche repèrent des invariants des stratégies sacerdotales.

Les mêmes causes produisant les mêmes effets, il n'est pas étonnant que l'on puisse trouver dans la polémique de Marx contre Stirner des analyses qui s'appliquent mot pour mot aux lectures françaises de Marx. Ou que les procédés les plus typiques du discours d'importance se rencontrent chez des philosophes aussi éloignés dans l'espace théorique qu'Althusser et Heidegger, puisqu'ils ont en commun le sens de la hauteur théorique qui est constitutif du statut de philosophe. Rien de surprenant non plus si l'analyse des stratégies rhétoriques par lesquelles Montesquieu vise à donner les dehors de la science à une mythologie semi-privée recense des procédés que retrouvent spontanément toutes les fausses sciences d'hier et d'aujourd'hui.

Mais, pour affirmer complètement la méthode tout en l'affinant, il faudrait multiplier les études de cas[1], et dégager ainsi peu à peu les principes d'une véritable pragmatique sociologique.

---

1. Dans cette logique, on aurait pu reprendre ici le cas de L'*Éducation sentimentale*, où le travail de mise en forme s'applique à une forme, la structure de la classe dirigeante (ou la position impossible de Flaubert dans cette structure), ainsi recréée sous une forme redéfinie conformément aux lois du champ littéraire (cf. P. Bourdieu, « L'invention de la vie d'artiste », *Actes de la recherche en sciences sociales*, 2, mars 1975, pp. 67-94). Ou encore, l'analyse de la *Critique de la faculté de juger*, qui fait voir comment la cohérence du discours patent masque les bribes éparses d'un discours refoulé, et objectivement cohérent, sur le monde social (cf. P. Bourdieu, *La distinction, critique sociale du jugement*, Paris, Éd. de Minuit, 1981, pp. 565-585).

Chapitre 1

Censure et mise en forme

« LOUCHE   Ce mot signifie, en grammaire, qui paraît d'abord annoncer un
sens et qui finit par en déterminer un
autre tout différent. Il se dit particulièrement des phrases, dont la construction a
un certain tour amphibologique, très nui-
sible à la perspicuité de l'élocution. Ce qui
rend une phrase *louche* vient donc de la
disposition particulière des mots qui la
composent, lorsqu'ils semblent au premier aspect avoir un certain rapport,
quoique véritablement ils en aient un
autre : c'est ainsi que les personnes *lou-
ches* paraissent regarder d'un côté, pendant qu'en effet elles regardent d'un
autre » (M. Beauzée, *Encyclopédie
méthodique, grammaire et littérature*,
Tome II).

Les langues spéciales que les corps de spécialistes produisent et reproduisent par une altération systématique de la
langue commune, sont, comme tout discours, le produit d'un
compromis entre un *intérêt expressif* et une *censure* constituée par la structure même du champ dans lequel se produit

et circule le discours. Plus ou moins « réussie » selon la *compétence spécifique* du producteur, cette « formation de compromis », pour parler comme Freud, est le produit de *stratégies d'euphémisation*, consistant inséparablement à mettre en forme et à mettre des formes : ces stratégies tendent à assurer la satisfaction de l'intérêt expressif, pulsion biologique ou intérêt politique (au sens large du terme), dans les limites de la *structure des chances de profit matériel ou symbolique* que les différentes formes de discours peuvent procurer aux différents producteurs en fonction de la position qu'ils occupent dans le champ, c'est-à-dire dans la structure de la distribution du capital spécifique qui est en jeu dans ce champ[1].

La métaphore de la censure ne doit pas tromper : c'est la structure même du champ qui régit l'expression en régissant à la fois l'accès à l'expression et la forme de l'expression, et non quelque instance juridique spécialement aménagée afin de désigner et de réprimer la transgression d'une sorte de code linguistique. Cette censure structurale s'exerce par l'intermédiaire des sanctions du champ fonctionnant comme un marché où se forment les prix des différentes sortes d'expression ; elle s'impose à tout producteur de biens symboliques, sans

---

1. C'est à condition d'apercevoir que le modèle freudien est un cas particulier du modèle plus général qui fait de toute expression le produit d'une transaction entre l'intérêt expressif et la nécessité structurale d'un champ agissant sous forme de censure, que l'on peut rapatrier sur le terrain de la *politique*, où ils se sont souvent formés, les concepts élaborés par la psychanalyse. La répression sociale qui s'exerce au sein de l'unité domestique comme champ de rapports de force d'un type particulier (et variables, dans leur structure, selon les conditions sociales) est tout à fait particulière dans sa forme (celle de l'injonction tacite et de la suggestion) et elle s'applique à une classe tout à fait particulière d'intérêts, les pulsions sexuelles : mais l'analyse freudienne de la syntaxe du rêve et de toutes les idéologies à usage privé fournit tous les instruments nécessaires pour comprendre le travail d'euphémisation et de mise en forme qui s'opère toutes les fois qu'une pulsion biologique ou sociale doit composer avec une censure sociale.

excepter le porte-parole autorisé dont la parole d'autorité est plus que toute autre soumise aux normes de la bienséance officielle, et elle condamne les occupants des positions dominées à l'alternative du silence ou du franc-parler scandaleux. Elle a d'autant moins besoin de se manifester sous la forme d'interdits explicites, imposés et sanctionnés par une autorité institutionnalisée, que les mécanismes qui assurent la répartition des agents entre les différentes positions (et qui se font oublier par la réussite même de leurs effets) sont plus capables d'assurer que les différentes positions sont occupées par des agents aptes et inclinés à tenir le discours (ou à garder le silence) compatible avec la définition objective de la position (ce qui explique la place que les procédures de cooptation accordent toujours aux indices apparemment insignifiants de la disposition à mettre des formes). La censure n'est jamais aussi parfaite et aussi invisible que lorsque chaque agent n'a rien à dire que ce qu'il est objectivement autorisé à dire : il n'a même pas à être, en ce cas, son propre censeur, puisqu'il est en quelque sorte une fois pour toutes censuré, à travers les formes de perception et d'expression qu'il a intériorisées et qui imposent leur forme à toutes ses expressions.

Parmi les censures les plus efficaces et les mieux cachées, il y a toutes celles qui consistent à exclure certains agents de la communication en les excluant des groupes qui parlent ou des places d'où l'on parle avec autorité. Pour rendre raison de ce qui peut et ne peut pas se dire dans un groupe, il faut prendre en compte non seulement les rapports de force symboliques qui s'y établissent et qui mettent certains individus hors d'état de parler (par exemple les femmes) ou les obligent à conquérir de vive force leur droit à la parole, mais aussi les lois mêmes de formation du groupe (par exemple la logique de l'exclusion consciente ou inconsciente) qui fonctionnent comme une censure préalable.

Les productions symboliques doivent donc leurs propriétés

les plus spécifiques aux conditions sociales de leur production et, plus précisément, à la position du producteur dans le champ de production qui commande à la fois, et par des médiations différentes, l'intérêt expressif, la forme et la force de la censure qui lui est imposée et la compétence qui permet de satisfaire cet intérêt dans les limites de ces contraintes. La relation *dialectique* qui s'établit entre l'intérêt expressif et la censure interdit de distinguer dans l'*opus operatum* la forme et le contenu, ce qui est dit et la manière de le dire ou même la manière de l'entendre. En imposant la mise en forme, la censure exercée par la structure du champ détermine la forme — que tous les formalistes entendent arracher aux déterminismes sociaux — et, inséparablement, le contenu, indissociable de son expression conforme, donc impensable (au sens vrai) en dehors des formes connues et des normes reconnues. Elle détermine aussi la forme de la réception : produire un discours philosophique dans les formes, c'est-à-dire paré de l'ensemble des signes convenus (une syntaxe, un lexique, des références, etc.) auxquels on reconnaît un discours philosophique, et par lesquels un discours se fait reconnaître comme philosophique [2], c'est produire un produit qui demande à être reçu selon les formes, c'est-à-dire dans le res-

2. À quoi, bien sûr, rien ne contribue autant que le statut de « philosophe » reconnu à son auteur et les signes et les insignes — titres universitaires, maison d'édition ou, tout simplement, nom propre — auxquels se reconnaît sa position dans la hiérarchie philosophique. Pour sentir cet effet, il suffit de penser ce que serait la lecture de la page sur la centrale électrique et le vieux pont du Rhin (cf. M. Heidegger, *Essais et conférences*, Paris, Gallimard, 1973, pp. 21-22) qui vaut à son auteur d'être sacré le « premier théoricien de la lutte écologique » par un de ses commentateurs (R. Schérer, *Heidegger*, Paris, Seghers, 1973, p.5) si elle était signée du nom du leader d'un mouvement écologique ou d'un ministre de la Qualité de la vie ou des initiales d'un groupuscule de lycéens gauchistes (il va de soi que ces différentes « attributions » ne deviendraient tout à fait vraisemblables que si elles s'accompagnaient de quelques modifications de la *forme*).

pect des formes qu'il se donne ou, comme on le voit bien en littérature, *en tant que forme*. Les œuvres légitimes exercent une violence qui les met à l'abri de la violence nécessaire pour appréhender l'intérêt expressif qu'elles n'expriment que sous une forme qui le nie : l'histoire de l'art, de la littérature ou de la philosophie sont là pour témoigner de l'efficacité des stratégies de mise en forme par lesquelles les œuvres consacrées imposent les normes de leur propre perception ; et l'on ne verra pas une exception dans une « méthode » comme l'analyse structurale ou sémiologique qui prétend étudier les structures indépendamment des fonctions.

C'est dire que l'œuvre ne se rattache pas moins à un champ particulier par sa forme que par son contenu : imaginer ce que Heidegger aurait dit dans une autre forme, celle du discours philosophique tel qu'il se pratiquait en Allemagne en 1890, celle de l'article de sciences politiques tel qu'il a cours aujourd'hui à Yale ou à Harvard, ou toute autre, c'est imaginer un Heidegger *impossible* (par exemple « errant » ou émigré en 1933) ou un champ de production non moins impossible dans l'Allemagne du temps où produisait Heidegger. La forme par où les productions symboliques participent le plus directement des conditions sociales de leur production est aussi ce par quoi s'exerce leur effet social le plus spécifique, la violence proprement symbolique, qui ne peut être exercée par celui qui l'exerce et subie par celui qui la subit que sous une forme telle qu'elle soit méconnue en tant que telle, c'est-à-dire reconnue comme légitime.

La rhétorique de la fausse coupure

La langue spéciale se distingue du langage scientifique en ce qu'elle recèle l'hétéronomie sous les apparences de l'autonomie : incapable de fonctionner sans l'assistance du langage ordinaire, elle doit produire l'illusion de l'indépendance par des stratégies de fausse coupure mettant en œuvre des procédés différents selon les champs et, dans le même champ, selon les positions et selon les moments. Elle peut par exemple singer la propriété fondamentale de tout langage scientifique, la détermination de l'élément par son appartenance au système[3]. Les mots que la science rigoureuse emprunte à la langue ordinaire tiennent tout leur sens du système construit et le choix (souvent inévitable) de recourir à un mot commun plutôt qu'à un néologisme ou à un pur symbole arbitraire ne peut s'inspirer, en bonne méthode, que du souci d'utiliser la capacité de manifester des relations insoupçonnées que détient parfois le langage en tant que dépôt d'un travail collectif[4]. Le mot *groupe* des mathématiciens est un symbole parfaitement autosuffisant parce que entièrement défini par les opérations et les relations qui définissent en propre sa structure et qui sont au principe de ses propriétés. Au contraire, la plupart des usages spéciaux de ce mot que recensent les dictionnaires — par exemple, en peinture, « la réu-

3. « Chaque système ne connaît au fond que ses propres formes primitives et ne saurait parler d'autre chose » (J. Nicod, *La géométrie dans le monde sensible*, Paris, PUF, nouv. éd., 1962, p. 15). Bachelard observe dans le même sens que le langage scientifique met des guillemets pour marquer que les mots du langage ordinaire ou du langage scientifique antérieur qu'il conserve sont complètement redéfinis et tiennent tout leur sens du système des relations théoriques dans lequel ils sont insérés (G. Bachelard, *Le matérialisme rationnel*, Paris, PUF, 1953, pp. 216-217).

4. Le problème du langage se pose aux sciences sociales d'une manière particulière, au moins si l'on admet qu'elles doivent tendre à la diffusion la plus étendue des résultats, condition de la « défétichisation » des rapports sociaux et de la « réappropriation » du monde social : l'emploi des mots du langage ordinaire enferme évidemment le danger de la régression vers le sens ordinaire qui est corrélative de la perte du sens imposé par l'insertion dans le système des relations scientifiques ; le recours à des néologismes ou à des symboles abstraits manifeste, mieux que les simples « guillemets », la *rupture* par rapport au sens commun, mais risque aussi de produire une rupture dans la communication de la vision scientifique du monde social.

nion de plusieurs personnages faisant une unité organique dans une œuvre d'art » ou, en économie, « un ensemble d'entreprises unies par des liens divers » — n'ont qu'une autonomie très faible par rapport au sens premier et resteraient inintelligibles pour qui n'aurait pas la maîtrise pratique de ce sens. On ne compte pas les mots heideggeriens qui sont empruntés au langage ordinaire ; mais ils sont transfigurés par le travail de mise en forme qui produit l'apparence de l'autonomie de la langue philosophique en les insérant, par l'accentuation systématique des parentés formelles, dans un *réseau de relations* manifestées dans la forme sensible du langage et en faisant croire ainsi que chaque élément du discours dépend des autres *à la fois* en tant que signifiant et en tant que signifié. C'est ainsi qu'un mot aussi ordinaire que *Fürsorge*, assistance, se trouve rattaché de façon *sensible*, par sa forme même, à tout un ensemble de mots de même famille, *Sorge*, souci, *Sorgfalt*, soin, sollicitude, *Sorglosigkeit*, incurie, insouciance, *sorgenvoll*, soucieux, *besorgt*, préoccupé, *Lebenssorge*, souci de la vie, *Selbstsorge*, souci de soi. Le jeu avec les mots de même racine, très fréquent dans les dictons et les proverbes de toutes les sagesses, n'est qu'un des moyens formels, et sans doute le plus sûr, de produire le sentiment de la relation nécessaire entre deux signifiés. L'association par allitération ou par assonance qui instaure des relations quasi matérielles de ressemblance de forme et de son peut aussi produire des associations formellement nécessaires propres à porter au jour une relation cachée entre les signifiés ou, plus souvent, à la faire exister par le seul jeu des formes : ce sont par exemple les jeux de mots philosophiques du second Heidegger, *Denken = Danken*, penser = remercier, ou les enchaînements de calembourgs sur *Sorge als besorgende Fürsorge*, le « souci en tant que pro-curation se souciant de », qui feraient crier au verbalisme si l'entrelacs des allusions morphologiques et des renvois étymologiques ne produisait l'illu-

173

sion d'une cohérence globale de la forme, donc du sens et, par là, l'illusion de la nécessité du discours : *Die Entschlossenheit aber ist nur die in der Sorge gesorgte und als Sorge mögliche Eigentlichkeit dieser selbst* (La résolution n'est rien que l'authenticité du souci lui-même souciée dans le souci et possible en tant que souci)[5].

Toutes les ressources potentielles de la langue ordinaire sont mises en œuvre pour donner le sentiment qu'il existe un lien nécessaire entre tous les signifiants et que la relation entre les signifiants et les signifiés ne s'établit que par la médiation du système des concepts philosophiques, mots « techniques » qui sont des formes anoblies de mots ordinaires (*Entdeckung*, découvrement, et *Entdeckheit*, l'être-à-découvert), notions traditionnelles (*Dasein*, mot commun à Heidegger, Jaspers et quelques autres) mais employées avec un léger décalage, destiné à marquer un *écart allégorique* (ontologique, métaphysique, etc.), néologismes forgés à neuf pour constituer des distinctions prétendûment impensées et pour produire en tout cas le sentiment du dépassement radical (existentiel et existential ; temporel, *zeitlich*, et temporal, *temporal*, opposition qui ne joue d'ailleurs aucun rôle effectif dans *Sein und Zeit*).

La mise en forme produit, inséparablement, l'illusion de la systématicité et, à travers celle-ci et la coupure entre le langage spécialisé et le langage ordinaire qu'elle opère, l'illusion de l'autonomie du système. En entrant dans le réseau des mots à la fois morphologiquement ressemblants et étymologiquement apparentés où il s'insère et, à travers eux, dans la trame du lexique heideggerien, le mot *Fürsorge* se trouve dépouillé de son sens premier, celui qui se livre sans ambi-

5. M. Heidegger, *Sein und Zeit*, Tübingen, Niemeyer (1re éd. 1927), 1963, pp. 300-301. Heidegger ira de plus en plus loin en ce sens à mesure que, son autorité croissant, il se sentira plus autorisé au verbalisme péremptoire qui est la limite de tout discours d'autorité.

guïté dans l'expression *Sozialfürsorge*, assistance sociale : transformé, transfiguré, il perd son identité sociale et son sens ordinaire, pour revêtir un sens détourné (que rend à peu près le mot de procuration pris au sens étymologique). C'est ainsi que le fantasme social de l'assistance (sociale), symbole de « l'État providence » ou de « l'État assurance », que dénoncent Carl Schmitt ou Ernst Jünger dans un langage moins euphémisé, peut se manifester dans le discours légitime (*Sorge* et *Fürsorge* sont au cœur de la théorie de la temporalité), mais sous une forme telle qu'il n'y paraît pas, qu'il n'y est pas.

C'est par l'insertion dans le système de la langue philosophique que s'opère la *dénégation* du sens premier, celui que le mot taboué revêt par référence au système de la langue ordinaire et qui, officiellement rejeté hors du système patent, continue à mener une existence souterraine. La dénégation est au principe du double-jeu qu'autorise la double information de chaque élément du discours, toujours défini simultanément par l'appartenance à deux systèmes, le système patent de l'idiolecte philosophique et le système latent de la langue ordinaire.

Faire subir à l'intérêt expressif la transformation nécessaire pour le faire accéder à l'ordre de ce qui est dicible dans un champ déterminé, l'arracher à l'indicible et à l'innommable, ce n'est pas seulement mettre un mot pour un autre, un mot acceptable pour un mot censuré. Cette forme élémentaire de l'euphémisation en cache une autre, beaucoup plus subtile, celle qui consiste à utiliser la propriété essentielle du langage, le primat des relations sur les éléments, de la forme sur la substance, selon l'opposition saussurienne, pour occulter les éléments refoulés en les insérant dans un réseau de relations qui en modifie la *valeur* sans en modifier la « substance »[6]. Ce

6. C'est là une des stratégies spontanées de la politesse qui ne peut réellement neutraliser ce qu'un ordre ou une interrogation enferment d'agressif, d'arrogant ou d'importun qu'en les intégrant dans un ensemble de manifestations symboliques, verbales ou non verbales, destinées à masquer la signification brute de l'élément pris à l'état isolé.

n'est qu'avec les langues spéciales, produites par des spécialistes avec une intention explicite de systématicité, que l'effet d'occultation par la mise en forme s'exerce à plein : dans ce cas, comme dans tous les cas de camouflage par la forme, par la *bonne forme*, qu'analyse la *Gestalttheorie*, les significations tabouées, théoriquement reconnaissables, restent pratiquement méconnues ; présentes en tant que substance, elles sont, comme le visage perdu dans le feuillage, absentes en tant que forme, absentes de la forme. L'expression est là pour masquer les *expériences primitives du monde social* et les *phantasmes sociaux* qui sont à son principe autant que pour les dévoiler ; pour les dire, en disant, par la manière de dire, qu'elle ne les dit pas. Elle ne peut les énoncer que sous une forme qui les rend méconnaissables parce qu'elle ne peut se reconnaître comme les énonçant. Soumise aux normes tacites ou explicites d'un champ particulier, la substance primitive se dissout, si l'on peut dire, dans la forme ; en se mettant en forme, en mettant des formes, elle se fait forme et il serait vain de chercher en un lieu déterminé, dans un ensemble de mots clés ou d'images, le centre de ce cercle qui est partout et nulle part. Cette mise en forme est inséparablement transformation et transsubstantiation : la substance signifiée *est* la forme signifiante dans laquelle elle s'est réalisée.

La mise en forme fait qu'il est à la fois juste et injustifié de réduire la *dénégation* à ce qu'elle dénie, au phantasme social qui est à son principe. Du fait que cette « *Aufhebung* du refoulement », comme dit Freud, d'un mot hégélien, nie et conserve à la fois le refoulement et aussi le refoulé, elle permet de cumuler tous les profits, le profit de dire et le profit de démentir ce qui est dit par la manière de le dire. Il est clair que l'opposition entre l'*Eigentlichkeit*, c'est-à-dire l'« authenticité », et l'*Uneigentlichkeit*, l'« inauthenticité », « modes cardinaux de l'être-là », comme dit Heidegger, autour desquels, du point de vue même des lectures les plus strictement internes, s'organise toute l'œuvre, n'est qu'une forme particulière et particulièrement subtile de l'opposition commune entre l'« élite » et les « masses ». Tyrannique (« la dictature du on »), inquisiteur (le « on » se mêle de tout) et niveleur, le « on », *das Man*, le « commun », se dérobe aux responsabilités, se décharge de sa liberté, s'abandonne à la frivolité et à la facilité, bref, se conduit en assisté qui vit, irresponsable, à la charge de la société. Il faudrait recenser, tout au long de ce passage mille fois commenté[7], les lieux communs de l'aristocratisme universitaire, nourri de *topoi* sur l'*agora*, antithèse de la *scholè*, loisir-et-école : l'horreur de la statistique (c'est le thème de la « moyenne »), symbole de toutes les opérations de « nivellement » qui menacent la « personne » (ici nommée *Dasein*) et ses attributs les plus précieux, l'« originalité » et le « secret » ; la haine de toutes les forces « nivelantes » (d'autres diraient « massifiantes ») et sans doute au premier chef l'horreur des idéologies égalitaires qui menacent les conquêtes de l'effort (« ce qui a été conquis au prix de l'effort »), c'est-à-dire la culture, capital spécifique du mandarin fils de ses œuvres, et qui encouragent la « frivolité » et la « facilité » des « masses » ; la révolte contre les mécanismes sociaux tels que ceux de l'opinion, ennemie héréditaire du philosophe, qui revient ici à travers les jeux sur *öffentlich* et *Öffentlichkeit*, « opinion publique » et « public », et contre en un mot tout ce que symbolisent l'« assistance sociale », la démocratie, les partis, les congés payés (atteinte au monopole de la *scholè* et des méditations en forêt) et la « culture de masse », la télévision et Platon en livre de poche[8]. Heidegger

7. M. Heidegger, *op. cit.*, pp. 126-127 (trad. fr., R. Boehm et A. de Waelhens, Paris, Gallimard, 1964, pp. 159-160). Le premier chiffre renverra dorénavant à l'édition allemande, le second à la traduction française quand elle existe.

8. Au moment où j'écrivais cela, je n'avais pas précisément en mémoire ce passage de l'essai sur « le dépassement de la métaphysique » (1936-1946) consacré à cet aspect du règne de la « technique » qu'est le

dira tout cela beaucoup mieux, dans son inimitable style *pastoral*, lorsque, dans son *Einführung in die Metaphysik*, composée en 1935, il voudra montrer comment le triomphe de l'esprit scientifico-technologique dans la civilisation occidentale s'achève et s'accomplit dans la « fuite des dieux, la destruction de la terre, la massification de l'homme, la primauté du médiocre » (*die Flucht der Götter, die Zerstörung der Erde, die Vermassung des Menschen, der Vorrang des Mittelmässigen*)[9].

Mais il n'est pas moins clair qu'entre esprits philosophiquement distingués, cette opposition entre le distingué et le vulgaire ne saurait revêtir une forme vulgaire. L'aristocratisme universitaire distingue des formes distinguées et des formes vulgaires de l'aristocratisme : ce sens de la distinction philosophique[10] est ce qui fait que ses adversaires chercheront toujours en vain dans l'œuvre de Heidegger, et jusque dans ses écrits politiques, les thèses les plus voyantes du nazisme, et que ses fidèles n'en finiront jamais de recenser les preuves de l'intention de se démarquer des formes les plus marquées du mépris des masses[11]. L'opposition que l'on pourrait appeler

« dirigisme littéraire » : « Les besoins en matières premières humaines sont, de la part de la mise en ordre à fin d'équipement, soumis aux mêmes régulations que les besoins en livres distrayants ou en poésie pour la confection desquels le poète n'est en rien plus important que l'apprenti relieur, lequel aide à relier les poésies pour une *bibliothèque d'entreprise* en allant par exemple tirer des réserves le carton nécessaire » (M. Heidegger, *Essais et conférences*, Paris, Gallimard, 1973, p. 110 ; c'est moi qui souligne).

9. Autre symptôme de cet aristocratisme, la coloration péjorative de tous les adjectifs qui servent à qualifier l'existence préphilosophique : « inauthentique », « vulgaire », « quotidien », « public », etc.

10. Il faudrait recenser systématiquement toute la symbolique par laquelle le discours philosophique annonce sa hauteur de discours dominant.

11. On pense par exemple aux développements sur le biologisme (cf. M. Heidegger, *Nietzsche*, Paris, Gallimard, 1961, spécialement t. II, p. 247).

« primaire » — au double sens — ne fonctionnera plus dans l'œuvre que sous la forme dans laquelle elle est une fois pour toutes entrée et qui ne cessera de se transformer, à mesure de l'évolution immobile du système, pour revêtir des formes nouvelles, mais toujours hautement sublimées.

La mise en forme est, par soi, une mise en garde : elle dit, par sa hauteur, la distance souveraine à toutes les déterminations, s'agirait-il des concepts en -isme qui réduisent l'unicité irréductible d'une pensée à l'uniformité d'une classe logique ; la distance aussi à tous les déterminismes, et tout spécialement, bien sûr, aux déterminismes sociaux, qui réduisent la singularité irremplaçable d'un penseur à la banalité d'une classe (sociale). C'est cette distance, cette *différence* qui se trouve instituée explicitement au cœur du discours philosophique sous la forme de l'opposition entre l'ontologique et l'ontique (ou l'anthropologique) et qui fournit au discours déjà euphémisé une seconde défense, imprenable celle-là : chaque mot porte désormais la trace ineffaçable de la *coupure* qui sépare le sens authentiquement ontologique du sens ordinaire et vulgaire et qui s'inscrit parfois dans la substance signifiante, par un de ces jeux phonologiques si souvent imités depuis (*existentiell/existenzial*). Aussi le double jeu avec des mots dédoublés trouve-t-il un prolongement naturel dans les mises en garde contre les lectures « vulgaires » et « vulgairement » « anthropologiques » qui ramèneraient au grand jour les significations déniées mais non reniées et vouées par la *sublimation philosophique* à la présence absente d'une existence fantômale : « Sous le titre de préoccupation, on vise d'abord une *signification préscientifique* qui pourra être, par exemple, exécuter quelque chose, liquider ou régler une affaire. On peut aussi parler de préoccupation pour dire qu'on attend une occasion de se procurer quelque chose. Enfin, cette même expression se retrouve encore dans cette tournure caractéristique : je suis préoccupé d'un échec possi-

ble de cette entreprise. Être préoccupé a ici le sens de crain-
dre. *En opposition à ces significations préscientifiques et onti-
ques,* le présent travail *en use comme d'un terme ontologique
(existential)* qui caractérise l'être d'un être-au-monde possible. Il n'a pas été fait choix de ce titre parce que l'être-là
aurait de prime abord et dans une large mesure une réalité
économique et pratique mais parce qu'on veut rendre manifeste que l'être de l'être-là lui-même est souci (*Sorge*). A son
tour, ce terme s'entend comme un concept désignant une
structure ontologique. Le mot *ne fait aucune allusion* aux
"difficultés", aux "ennuis" et aux "soucis d'existence"
qu'*ontiquement* on peut découvrir en tout être-là[12]. »

L'imposition d'une coupure tranchée entre le savoir sacré
et le savoir profane qui est constitutive de l'ambition de tout
corps de spécialistes visant à s'assurer le monopole d'un savoir
ou d'une pratique sacrée en constituant les autres comme
profanes prend ainsi une forme originale : partout présente,

12. M. Heidegger, *Sein und Zeit*, pp. 56-57 (78-79). Ces stratégies de
mise en garde auraient pu éveiller les soupçons des lecteurs français, s'ils
n'avaient été placés dans des conditions de réception telles qu'ils avaient
très peu de chances d'entendre les connotations cachées que récuse
d'avance Heidegger (d'autant que les traductions les « biffent » systématiquement au nom de la coupure entre l'ontique et l'ontologique). En effet,
aux obstacles qu'oppose à l'analyse une œuvre qui est le produit de stratégies d'euphémisation aussi conscientes et aussi systématiques s'ajoute en ce
cas un des effets les plus pernicieux de l'exportation des produits culturels,
la disparition de tous les signes subtils de l'appartenance sociale ou politique, de toutes les marques, souvent très discrètes, de l'importance sociale
du discours et de la position intellectuelle de son auteur, bref de tous ces
infiniment petits du discours dont l'indigène est évidemment la première
victime mais qu'il peut mieux que quiconque appréhender, dès qu'il dispose des techniques d'objectivation. On pense par exemple à toutes les
connotations « administratives » qu'Adorno (*Jargon der Eigentlichkeit,
Zur deutschen Ideologie*, Frankfurt, Suhrkamp, 1964, pp. 66-70) découvre sous les termes « existentiels » de « rencontre » (*Begegnung*), d'entretien, ou sous les mots *Auftrag* (mission) et *Anliegen*, éminemment
ambigu, à la fois objet d'une demande administrative et désir qui tient à
cœur, qui étaient déjà l'objet d'un usage détourné dans la poésie de Rilke.

elle divise en quelque sorte chaque mot contre lui-même en lui faisant signifier qu'il ne signifie pas ce qu'il semble signifier, en inscrivant en lui, par des guillemets ou par une altération de la substance signifiante elle-même, quand ce n'est pas par le simple rattachement étymologique ou phonologique à un ensemble lexical, la distance qui sépare le sens « authentique » du sens « vulgaire » ou « naïf »[13]. En discréditant les significations premières qui continuent à fonctionner comme support caché de nombre des relations constitutives du système patent, on se donne la possibilité de porter le double jeu, si l'on peut dire, au second degré. En effet, malgré l'anathème qui les frappe, ces significations déniées remplissent encore une fonction philosophique puisqu'elles jouent au moins le rôle de référent négatif par rapport auquel se marque la distance philosophique, la « différence ontologique » qui sépare l'« ontologique » de l'« ontique », c'est-à-dire l'initié du profane, seul responsable, dans son inculture ou sa perversion, de l'évocation coupable des significations vulgaires. Utiliser autrement les mots de tout le monde, réactiver la vérité subtile, l'*etumon*, que la routine de l'usage ordinaire laisse à l'abandon, c'est faire du juste rapport aux mots le principe de la réussite ou de l'échec de l'alchimie philologico-philosophique : « Si un alchimiste, non initié de cœur et d'âme, échoue dans ses expériences, c'est non seulement parce qu'il utilise des éléments grossiers, mais surtout parce qu'il pense avec les *propriétés* communes de ces éléments grossiers et non pas avec les *vertus* des éléments idéaux. Ainsi, une fois opéré le dédoublement complet et absolu, nous sommes en pleine expérience d'*idéalité*[14] ». Le langage, lui aussi,

13. On comprendra dans la même logique l'usage que d'autres variantes du prophétisme sacerdotal font aujourd'hui de la « coupure épistémologique », sorte de passage initiatique, accompli une fois et une fois pour toutes, de la frontière une fois pour toutes tracée entre la science et l'idéologie.

14. G. Bachelard, *Le matérialisme rationnel*, Paris, PUF, 1963, p. 59.

a ses éléments subtils que la subtilité philologico-
philosophique libère, telle la dualité grammaticale du grec
on, à la fois substantif et forme verbale qui fait dire à Heidegger : « Ce qui, ainsi présenté, a d'abord l'air d'une subtilité
grammaticale, cela est en vérité l'énigme de l'être[15] ».

C'est ainsi que, confiant dans l'efficacité de la dénégation
philosophique, on peut aller jusqu'à rappeler les significations censurées et tirer un effet supplémentaire du renversement complet de la relation entre le système patent et le
système caché que provoque ce *retour du refoulé* : comment
ne pas voir en effet une preuve de la puissance de la « pensée
essentielle » dans son aptitude à fonder dans l'être des réalités
aussi dérisoirement contingentes que la « sécurité sociale »
— et si indignes de la pensée qu'on ne les nomme qu'entre
guillemets[16] ? C'est ainsi que, dans ce « monde renversé » où
l'événement n'est jamais que l'illustration de l'« essence », le
fondement vient à être fondé par ce qu'il fonde[17]. « L'assis-

15. M. Heidegger, *Chemins qui ne mènent nulle part*, Paris, Gallimard, 1962, p. 281.
16. Pour un autre exemple, spécialement caricatural, de la toute-puis-
sance de la « pensée essentielle », on pourra lire le texte de la conférence
de 1951, « Bâtir, habiter, penser » (*Essais et conférences*, p. 193) où la
crise du logement est « dépassée » vers la crise du sens ontologique de
« l'habiter ».
17. Cet effet typiquement « philosophique » est prédisposé à être indéfiniment reproduit, dans toutes les rencontres entre les « philosophes » et
les « profanes », en particulier les spécialistes des disciplines positives,
enclins à reconnaître la hiérarchie sociale des légitimités qui confère au
philosophe la position de *dernière instance*, culminante et « fondative » à
la fois. Ce « coup » professoral trouvera bien sûr son meilleur emploi dans
les usages « magistraux » : le texte philosophique, produit d'une *ésotérisa-
tion*, sera *exotérisé* au prix d'un travail de commentaire que son ésoté-
risme rend indispensable et qui trouve ses meilleurs effets dans les (fausses) concrétisations procédant, par une démarche inverse, de la (fausse)
coupure à la réactivation du sens premier, initialement euphémisé et ainsi
ésotérisé, mais accompagnée de la reproduction des *mises en garde* (« ce
n'est qu'un exemple ») destinées à maintenir la distance initiatique.

tance (*Fürsorge*) *comme on parle en fait de "l'assistance sociale", par exemple*, se fonde sur la constitution ontologique de l'être-là comme être-avec-autrui. L'urgence empirique de *l'assistance sociale* est motivée par le fait que l'être-là demeure de prime abord et le plus souvent dans des modes déficients de l'assistance[18]. » Cette référence voyante et invisible, invisible à force d'être voyante, contribue à masquer, par son audace, *que l'on n'a jamais cessé de parler d'assistance sociale* dans tout un ouvrage *officiellement* consacré à une propriété ontologique de l'être-là dont le « besoin empirique » (i.e. ordinaire, vulgaire, banal) d'assistance n'est qu'une manifestation événementielle. « Pourquoi me mens-tu en me disant que tu vas à Cracovie pour que je croie que tu vas à Lemberg, alors qu'en réalité c'est à Cracovie que tu vas ? » Offrant une parfaite illustration du paradigme de la lettre volée, que Lacan illustre par cette histoire[19], Heidegger tend à faire accroire, en proclamant ce qu'il fait vraiment, qu'il ne fait pas vraiment ce qu'il n'a jamais cessé de faire. Il n'y a pas de doute en effet : l'assistance sociale, *Sozialfürsorge*, est bien ce qui « se soucie pour » les assistés et « à leur place », ce qui les décharge du souci d'eux-mêmes, les autorisant ainsi à l'insouciance, à la « facilité » et à la « frivolité », tout comme la *Fürsorge* philosophique, variante sublime de la précédente, décharge le *Dasein* du souci ou, comme le disait (ou aurait pu le dire) le Sartre de 1943, libère le Pour-soi de la liberté, le vouant ainsi à la « mauvaise foi » et à « l'esprit de sérieux » de l'existence « inauthentique ». « Le "on" (c'est-à-dire celui qui s'est abandonné à *l'assistance* des autres) est donc celui qui, dans l'existence quotidienne, *décharge* l'être-là. Ce n'est pas tout, en déchargeant ainsi l'être-là de son être, le "on" se complaît à la tendance qui

18. M. Heidegger, *Sein und Zeit*, p. 121 (153).
19. J. Lacan, *Ecrits*, Paris, Le Seuil, 1966, pp. 11-61.

pousse celui-ci à la *frivolité* et à la *facilité*. Cette complaisance permet au "on" de conserver, voire d'accroître, un empire obstiné[20]. »

Le jeu avec les formes sensibles du langage trouve son accomplissement lorsqu'il porte non sur des mots isolés, mais sur des couples de termes, c'est-à-dire sur des relations entre des termes antagonistes. À la différence des simples calembours philosophiques fondés sur l'assonance ou l'allitération, les jeux de mots « cardinaux », ceux qui orientent et organisent en profondeur la pensée, jouent avec les formes verbales en tant qu'elles sont à la fois formes sensibles et formes de classification. Ces formes totales, qui réconcilient les nécessités indépendantes du son et du sens dans le miracle d'une expression doublement nécessaire, sont la forme transformée d'un matériau linguistique déjà politiquement informé, c'est-à-dire informé selon des principes d'opposition objectivement politiques, qui est enregistré et conservé dans le langage ordinaire. La prédilection de toutes les langues savantes pour la *pensée par couples* ne s'explique pas autrement : ce qui est censuré et refoulé, en ce cas, ce n'est pas un terme tabou pris à l'état isolé, mais une relation d'opposition entre des mots qui renvoie toujours à une relation d'opposition entre des groupes sociaux[21].

20. M. Heidegger, *op. cit.*, pp. 127-128 (160). Le style « philosophique » heideggerien étant la somme d'un petit nombre d'effets indéfiniment répétés, on a préféré les saisir à l'échelle d'un seul et même passage — l'analyse de l'assistance — où ils se trouvent tous concentrés et qu'il faudrait relire d'une traite pour voir comment ils s'articulent pratiquement en un discours.

21. Ainsi les innombrables couples d'oppositions imaginés par les ethnologues et les sociologues pour justifier la distinction de fait entre les sociétés imparties à l'ethnologie et les sociétés imparties à la sociologie — « communauté »/« société », *folk/urban*, traditionnel/moderne, sociétés froides/sociétés chaudes, etc. — constituent l'exemple par excellence de la série d'oppositions parallèles par définition interminable, puisque chaque opposition particulière saisit un aspect partiel de l'opposition

La langue ordinaire n'est pas seulement une réserve infinie de formes sensibles offertes aux jeux poétiques ou philosophiques ou, comme chez le dernier Heidegger et ses continuateurs, aux libres associations de ce que Nietzsche appelait une *Begriffsdichtung*, elle est aussi un réservoir de formes de l'aperception du monde social, de lieux communs, où sont déposés les principes de la vision du monde social communs à tout un groupe (germanique/*welsch* ou latin, ordinaire/ distingué, simple/compliqué, rural/urbain, etc.). La structure des rapports de classe n'est jamais nommée et appréhendée qu'au travers de formes de classification qui, s'agirait-il de celles que véhicule le langage ordinaire, ne sont jamais indépendantes de cette structure (ce qu'oublient les ethnométhodologues et toutes les analyses *formalistes* de ces formes) : en effet, bien que les oppositions les plus « marquées » socialement (vulgaire/distingué) puissent recevoir des significations très différentes selon les usages et les utilisateurs, le langage ordinaire, produit du travail accumulé d'une pensée dominée par les rapports de force entre les classes et, à plus forte raison, le langage savant, produit de champs dominés par les intérêts et les valeurs des classes dominantes, sont en quelque sorte des idéologies primaires qui se prêtent plus « naturellement » à des usages conformes aux valeurs et aux intérêts des dominants[22]. Mais, là où le travail ordinaire d'euphémisation, celui de la « science politi-

fondamentale, essentiellement multiple et multivoque, entre les sociétés sans classes et les sociétés divisées en classes, et qu'elle lui donne l'expression la plus compatible avec des convenances et des conventions qui varient d'un champ à un autre et aussi d'un état à un autre du même champ, c'est-à-dire à peu près à l'infini.

22. Il est évident que la langue offre aux jeux idéologiques d'autres possibilités que celles qu'exploite Heidegger. C'est ainsi que le jargon politique dominant exploite principalement les virtualités d'ambiguïté et de malentendu qu'implique la multiplicité des usages de classe ou des usages spéciaux (liés à des champs spécialisés).

que » par exemple, met un mot pour un autre ou neutralise visiblement le sens ordinaire d'un mot trop marqué par une mise en garde explicite (les guillemets par exemple) ou par une définition distinctive, Heidegger procède de manière infiniment plus complexe : utilisant le mot ordinaire mais dans un contexte d'usage qui, par le jeu continué avec les différents sens des mots, appelle une lecture philologique et polyphonique, propre à évoquer le sens ordinaire, il condamne ce sens, le refoulant officiellement, avec ses connotations péjoratives, dans l'ordre de la compréhension vulgaire et vulgairement « anthropologique »[23].

L'imagination philosophique qui, comme la pensée mythique, s'enchante lorsque la relation purement linguistique, matériellement attestée par l'homophonie, se superpose à une relation de sens, joue avec des formes verbales qui sont inséparablement des formes classificatoires : ainsi dans *Vom Wesen der Wahrheit*, l'opposition entre l'« essence » (*Wesen*) et la « non-essence » ou la « désessence » (*Un-wesen*) se double de l'opposition souterraine, évoquée et récusée à la fois, entre l'ordre — sorte de terme fantôme — et le *désordre*, un des sens possibles de *Un-wesen*. Les oppositions parallèles, variantes inégalement euphémisées de quelques oppositions « cardinales », elles-mêmes grossièrement réductibles les unes aux autres, dont toute l'œuvre de Heidegger postérieure au « renversement » fournit des exemples innombrables, affirment, sous une forme sublimée, et d'autant plus universelle dans ses applications qu'elle est plus méconnaissable (comme dans l'opposition entre l'ontique et l'ontologique), l'opposition originaire, frappée de tabou, et la constituent en absolu en l'inscrivant

23. On pourra rétorquer à ces analyses qu'elles ne font, pour une part, que porter au jour des propriétés de l'usage heideggerien du langage que Heidegger lui-même revendique expressément — au moins dans ses écrits les plus récents — : en fait, ces faux aveux s'insèrent, comme on essaiera de le montrer par la suite, dans le travail de *Selbstinterpretation* et de *Selbstbehauptung* auquel se consacre entièrement le deuxième Heidegger.

CENSURE ET MISE EN FORME

dans l'être (effet d'ontologisation) en même temps qu'elles la nient symboliquement, soit en réduisant une opposition tranchée, absolue, totale, à l'une quelconque des oppositions secondaires, c'est-à-dire superficielles et partielles, qui peuvent en être dérivées, ou même à l'un des termes, le plus manipulable (dans l'exemple ci-dessus, *Un-wesen*) d'une opposition secondaire, soit, par une stratégie qui n'est pas exclusive de la précédente, en niant purement et simplement l'opposition originaire, par l'universalisation fictive d'un des termes de la relation — comme lorsqu'on inscrit dans l'universalité du *Dasein*, l'« infirmité » et l'« impuissance » (*Ohnmacht*), fondement d'une forme d'égalité et de solidarité dans la détresse. Les jeux de mots sur l'*Un-wesen* cumulent tous ces effets, réalisant une forme de conciliation des contraires qui n'a d'équivalent que dans la magie : l'absolutisation de l'*ordre établi* (évoqué seulement par son contraire, comme dans les rêves le vêtement peut signifier la nudité) coïncide avec la négation symbolique, par l'universalisation, du seul terme visible de la relation de domination qui fonde cet ordre[24].

Tout est ainsi fait pour interdire comme indécente toute tentative pour exercer sur le texte la *violence* dont Heidegger lui-même reconnaît la légitimité lorsqu'il l'applique à Kant, et qui seule permet de « saisir au-delà des mots ce que ces mots veulent dire ». Toute exposition de la pensée originaire qui refuse la paraphrase inspirée de l'idiolecte intraduisible est condamnée d'avance aux yeux des gardiens du dépôt[25]. La

24. C'est par des stratégies non moins paradoxales — bien qu'elles se donnent les airs de la science — que la « politologie » qui identifie l'objectivité scientifique à la « neutralité éthique », c'est-à-dire à la neutralité entre les classes sociales dont elle nie par ailleurs l'existence, contribue à la lutte des classes en apportant le renfort d'une fausse science à tous les mécanismes qui contribuent à produire la fausse conscience du monde social.

25. À la limite, il n'est pas de mot qui ne soit ainsi un hapax intraduisible : ainsi, par exemple, le mot « métaphysique » n'a pas chez Heidegger le sens qu'il a chez Kant, ni chez le deuxième Heidegger le sens qu'il a chez le premier. Sur ce point, Heidegger ne fait que pousser jusqu'à sa limite

seule manière de dire ce que *veulent dire* ces mots qui ne disent jamais naïvement ce qu'ils veulent dire ou, ce qui revient au même, qui le disent toujours mais seulement de manière non naïve, consiste à réduire l'irréductible, à traduire l'intraduisible, à dire ce qu'ils veulent dire dans la forme naïve qu'ils ont précisément pour fonction première de nier. L'« authenticité » ne désigne pas naïvement la propriété exclusive d'une « élite » socialement désignée, elle indique une possibilité universelle — comme l'« inauthenticité » — mais qui n'appartient réellement qu'à ceux qui parviennent à se l'approprier en l'appréhendant comme telle et en s'ouvrant du même coup la possibilité de « s'arracher » à l'« inauthenticité », sorte de péché originel, ainsi converti, par la conversion de quelques-uns, en faute responsable d'elle-même. C'est ce que dit en toute clarté Jünger : « Avoir son destin propre, ou se laisser traiter comme un numéro : tel est le dilemme que chacun, certes, doit résoudre de nos jours, mais est *seul* à pouvoir trancher (...). Nous voulons parler de l'homme libre, tel qu'il sort des mains de Dieu. Il n'est pas l'exception, ni ne représente une élite. Loin de là : car il se cache en tout homme et les différences n'existent que dans la mesure où chaque individu sait actualiser cette liberté qu'il a reçue en don[26]. » Égaux en liberté, les hommes sont inégaux dans la capacité d'user authentiquement de leur liberté et seule une « élite » peut s'approprier les possibilités universellement

une propriété essentielle de l'usage philosophique du langage : la langue philosophique comme somme d'idiolectes à intersections partielles qui ne peut être adéquatement utilisée que par des locuteurs capables de référer chaque mot au système dans lequel il prend le sens qu'ils entendent lui donner (« au sens de Kant »).

26. E. Jünger, *Essai sur l'homme et le temps*, t. I *Traité du Rebelle (Der Waldgang*, 1951), Monaco, Edition du Rocher, 1957, t. I, pp. 47-48) (On trouvera à la page 66 une référence tout à fait évidente, bien qu'implicite, à Heidegger).

offertes d'accéder à la liberté de l'« élite ». Ce volontarisme éthique — que Sartre poussera à sa limite — convertit la dualité objective des destins sociaux en une dualité des rapports à l'existence, faisant de l'existence authentique « une modification existentielle » de la manière ordinaire d'appréhender l'existence quotidienne, c'est-à-dire, en clair, une révolution en pensée[27] : faire commencer l'authenticité avec l'appréhension de l'inauthenticité, avec le moment de vérité où le *Dasein* se découvre dans l'angoisse comme projetant l'ordre dans le monde par sa décision, sorte de « bond » (kierkegaardien) dans l'inconnu[28], ou, à l'opposé, décrire la réduction de l'homme à l'état d'instrument comme une autre « manière d'appréhender l'existence quotidienne », celle du « on » qui, se considérant comme un instrument, « se souciant » d'instruments en tant qu'ils sont instrumentaux, devient instrument, s'adapte aux autres comme un instrument s'adapte à d'autres instruments, remplit une fonction que d'autres pourraient remplir aussi bien et, réduit à l'état d'élément interchangeable d'un groupe, s'oublie lui-même comme l'instrument s'abolit dans l'accomplissement de sa fonction, c'est réduire la dualité objective des conditions sociales à la dualité de modes d'existence qu'elles favorisent, à l'évidence, très inégalement ; c'est, du même coup, tenir ceux qui s'assurent l'accès à l'existence « authentique » comme ceux qui « s'abandonnent » à l'existence « inauthentique » pour responsables de ce qu'ils sont, les uns par leur « résolution »[29] qui les arrache à l'existence ordinaire pour leur ouvrir

27. « L'ipséité authentique ne repose sur aucune *situation d'exception* qui adviendrait à un sujet libéré de l'emprise du "on" ; elle ne peut être qu'une modification existentielle du "on", qui a été défini comme un existential essentiel » (M. Heidegger, *Sein und Zeit*) 130 (163), et aussi 179 (220).
28. M. Heidegger, *Sein und Zeit*, pp. 295-301 et 305-310.
29. M. Heidegger, *Sein und Zeit*, pp. 332-333, 387-388 et 412-413.

les possibles, les autres par leur « démission » qui les voue à la « déchéance » et à l'« assistance sociale ».

Cette philosophie sociale est en harmonie parfaite avec la forme dans laquelle elle s'exprime. Il suffit en effet de resituer le langage heideggerien dans l'espace des langages contemporains où se définissent objectivement sa distinction et sa *valeur sociale* pour voir que cette combinaison stylistique particulièrement improbable est rigoureusement homologue de la combinaison idéologique qu'il est chargé de véhiculer : soit, pour ne marquer que les points pertinents, la langue conventionnelle et hiératique de la poésie post-mallarméenne à la Stephan George, la langue académique du rationalisme néo-kantien à la Cassirer et enfin la langue des « théoriciens » de la « révolution conservatrice » tels que Möller van den Bruck[30] ou, plus près sans doute de Heidegger dans l'espace politique, Ernst Jünger[31]. Par opposition au langage strictement ritualisé et hautement épuré, surtout dans son vocabulaire, de la poésie post-symboliste, le langage heideggerien, qui en est la transposition dans l'ordre philosophique, accueille, à la faveur de la licence qu'implique la logique proprement conceptuelle de la *Begriffsdichtung*, des mots (par exemple *Fürsorge*) et des thèmes qui sont exclus du discours ésotérique des grands initiés[32] aussi bien que de la langue hautement neutralisée de la philosophie universitaire. S'autorisant de la tradition philosophique qui veut que l'on tire

30. F. Stern, *The Politics of Cultural Despair*, Berkeley, University of California Press, 1961.

31. W.-Z. Laqueur, *Young Germany, A History of the German Youth Movement*, London, Routledge, 1962, pp. 178-187.

32. Le style de George s'est imposé à l'imitation de toute une génération, en particulier par l'intermédiaire du « mouvement de jeunesse » (*Jugendbewegung*), séduit par son idéalisme aristocratique et son mépris pour le « rationalisme aride » : « His style was imitated and a few quotations were repeated often enough — phrases about he who once has circled the flame and who forever will follow the flame ; about the need for a

parti des potentialités infinies de pensée que recèlent le langage ordinaire[33] et les proverbes du sens commun, Heidegger introduit dans la philosophie universitaire (selon la parabole, qu'il commente avec complaisance, du four d'Héraclite), des mots et des choses qui en étaient jusque-là bannis mais en leur conférant une nouvelle noblesse, par l'imposition de tous les problèmes et de tous les emblèmes de la tradition philosophique, et en les insérant dans le tissu que trament les jeux verbaux de la poésie conceptuelle. La différence entre les porte-parole de la « révolution conservatrice » et Heidegger qui fait entrer dans la philosophie la quasi-totalité de leurs thèses et nombre de leurs mots, réside tout entière dans la forme qui les rend méconnaissables. Mais on laisserait sans doute échapper la spécificité du discours heideggerien si l'on réduisait à l'un ou à l'autre de ses profils antagonistes la combinaison tout à fait originale de distance et de proximité, de hauteur et de simplicité que réalise cette variante pastorale du discours professoral : ce langage bâtard épouse parfaitement l'intention de cet élitisme à la portée des masses qui offre la pro-

new mobility whose warrant no longer derives from crown and escutcheon ; about the Führer with his *völkisch* banner who will lead his followers to the future Reich through storm and grisly portents, and so forth » (W.Z. Laqueur, *op. cit.*, p. 135).

33. Heidegger évoque explicitement la tradition — et plus précisément le détournement que Platon fait subir au mot *eidos* — pour justifier son usage « technique » du mot *Gestell* : « Suivant sa signification habituelle, le mot *Gestell* désigne un objet d'utilité, par exemple une étagère pour livres. Un squelette s'appelle aussi un *Gestell*. Et l'utilisation du mot *Gestell* qu'on exige maintenant de nous paraît aussi affreuse que ce squelette, pour ne rien dire de l'arbitraire avec lequel les mots d'une langue faite sont ainsi maltraités. Peut-on pousser la bizarrerie encore plus loin ? Sûrement pas. Seulement cette bizarrerie est un vieil usage de la pensée » (M. Heidegger, « La question de la technique », in *Essais et conférences*, Paris, Gallimard, 1973, p. 27). Contre la même accusation d'« arbitraire désordonné », Heidegger répond, s'adressant à un étudiant, par une exhortation à « apprendre le métier de la pensée » (M. Heidegger, *op. cit.*, pp. 222-223).

messe du salut philosophique aux plus « simples », pourvu qu'ils soient capables d'entendre, par-delà les messages frelatés des mauvais pasteurs, la réflexion « authentique » d'un Führer philosophique qui n'est jamais qu'un *Fürsprecher*, humble desservant, par là sacralisé, du verbe sacré.

La lecture interne et le respect des formes

Fritz Ringer a sans doute raison de reconnaître la vérité de la réaction des « mandarins » allemands au national-socialisme dans le mot de Spranger qui, en 1932, jugeait « le mouvement national des étudiants encore authentique *en son fond*, mais indiscipliné dans *sa forme*[34] ».Pour le logocentrisme universitaire, dont le fétichisme verbal de la philosophie heideggerienne, la philosophie philo-logique par excellence, représente la limite, c'est la bonne forme qui fait le bon sens. La vérité de la relation entre l'aristocratisme philosophique, forme suprême de l'aristocratisme universitaire, et toute autre espèce d'aristocratisme — s'agirait-il de l'aristocratisme authentiquement aristocratique des Junker et de leurs porte-parole — s'exprime dans la mise en forme et dans les mises en garde contre toute espèce de « réductionnisme », c'est-à-dire contre toute destruction de la forme visant à *ramener le discours à sa plus simple expression* et, par là, aux déterminants sociaux de sa production. On n'en veut pour preuve que la forme que prend chez Habermas l'interrogation sur Heidegger : « Depuis 1945 et de divers côtés, il a été question du fascisme de Heidegger. C'est essentiellement le Discours de rec-

---

34. E. Spranger, « Mein Konflikt mit der nationalsozialistischen Regierung 1933 », *Universitas Zeitschrift für Wissenschaft, Kunst und Literatur*, 10, 1955, pp. 457-473, cité par F. Ringer, *The Decline of the German Mandarins*, The German Academic Community, 1890-1933, Cambridge, Harvard University Press, 1969, p. 439.

torat de 1933, où Heidegger a célébré le "bouleversement de l'existence de l'Allemagne", qui a été au centre de ce débat. Si la critique s'en tient là, elle reste schématique. Il est au contraire bien plus intéressant de savoir comment l'auteur de *L'Être et le Temps* (et ce livre est l'événement philosophique le plus important depuis la *Phénoménologie* de Hegel), *comment donc un penseur de ce rang a pu s'abaisser au mode de pensée si évidemment primaire* que se révèle être à un regard lucide le *pathos sans style* de cet appel à l'auto-affirmation de l'université allemande[35]. » On voit qu'il ne suffit pas d'être en garde contre ce que peut avoir de « hautain » « la posture langagière de Martin Heidegger écrivain[36] » pour rompre avec le souci de la « hauteur » du discours, ce sens de la dignité philosophique que le philosophe manifeste fondamentalement dans son rapport au langage.

La « hauteur » stylistique n'est pas une propriété accessoire du discours philosophique. Elle est ce par quoi s'annonce que ce discours est un discours *autorisé*, investi, en vertu même de sa conformité, de l'autorité d'un corps spécialement mandaté pour assurer une sorte de magistère théorique (à dominante logique ou morale selon les auteurs et selon les époques). Elle est aussi ce qui fait que certaines choses ne sont pas dites qui n'ont pas de place dans le discours en forme ou qui ne peuvent pas trouver les porte-parole capables de leur donner la forme conforme ; tandis que d'autres sont dites et entendues qui seraient autrement indicibles et irrecevables. Les styles sont hiérarchisés et hiérarchisants, dans le langage ordinaire comme dans le discours savant ; à un « penseur » et « de haut rang » convient un langage de « haute volée » : c'est ce qui

---

35. J. Habermas, « Penser avec Heidegger contre Heidegger », *Profils philosophiques et politiques*, Paris, Gallimard, 1974, p. 90 (souligné par moi).

36. J. Habermas, *op. cit.*, p. 100.

fait que le « pathos sans style » des discours de 1933 est si inconvenant aux yeux de tous ceux qui ont le sens de la dignité philosophique, c'est-à-dire le sens de leur dignité de philosophes ; les mêmes qui saluent comme un événement philosophique le pathos philosophiquement stylé de *Sein und Zeit*.

C'est par la « hauteur » stylistique que se rappellent et le rang du discours dans la hiérarchie des discours et le respect dû à son rang. On ne traite pas une phrase telle que « la vraie crise de l'habitation réside en ceci que les mortels en sont toujours à chercher l'être de l'habitation et qu'il leur faut d'abord apprendre à habiter [37] » comme on traiterait un propos du langage ordinaire tel que « la crise du logement s'aggrave » ou même une proposition du langage scientifique telle que « A Berlin, sur la Hausvogteiplatz, en quartier d'affaires, la valeur du mètre carré du sol, qui était de 115 marks en 1865, s'élevait à 344 marks en 1880 et à 990 marks en 1895 [38] ». En tant que discours *en forme*, le discours philosophique impose les normes de sa propre perception [39]. La mise en forme qui tient le profane à distance

---

37. M. Heidegger, *Essais et conférences*, p. 193.

38. M. Halbwachs, *Classes sociales et morphologie*, Paris, Éditions de Minuit, 1972, p. 178. Il va de soi qu'une telle phrase est d'avance exclue de *tout* discours philosophique qui *se respecte* : le sens de la distinction entre le « théorique » et l'« empirique » est en effet une dimension fondamentale du sens de la distinction philosophique.

39. Il faudrait — pour dégager cette philosophie implicite de la lecture philosophique et la philosophie de l'histoire de la philosophie qui en est solidaire — recenser systématiquement tous les textes (fréquents chez Heidegger et ses commentateurs) où s'affirment l'attente d'un traitement pur et purement formel, l'exigence d'une lecture interne, circonscrite à l'espace des mots, ou, ce qui revient au même, l'irréductibilité de l'œuvre « auto-engendrée » à toute détermination historique — mis à part, évidemment, les déterminations internes à l'histoire autonome de la philosophie ou, à la rigueur, à l'histoire des sciences mathématiques ou physiques.

respectueuse protège le texte contre la « trivialisation » (comme dit Heidegger) en le vouant à une *lecture interne*, au double sens de lecture cantonnée dans les limites du texte lui-même et, inséparablement, réservée au groupe fermé des professionnels de la lecture : il suffit d'interroger les usages sociaux pour voir que le texte philosophique se définit comme ce qui ne peut être lu (en fait) que par des « philosophes », c'est-à-dire par des lecteurs d'avance convertis, prêts à reconnaître — au double sens — le discours philosophique comme tel et à le dire comme il demande à être lu, c'est-à-dire « philosophiquement », selon une intention pure et purement philosophique, excluant toute référence à autre chose que le discours lui-même qui, étant à lui-même son fondement, n'a pas d'extérieur.

Le cercle institutionnalisé de la méconnaissance collective qui fonde la croyance dans la valeur d'un discours idéologique ne s'instaure que lorsque la structure du champ de production et de circulation de ce discours est telle que la *dénégation* qu'il opère en ne disant ce qu'il dit que sous une forme tendant à montrer qu'il ne le dit pas rencontre des interprètes capables de *re-méconnaître* le contenu qu'il dénie ; lorsque ce que la forme nie est re-méconnu, c'est-à-dire connu et reconnu dans la forme et dans la forme seulement où il s'accomplit en se niant. Bref, un discours de dénégation appelle une lecture formelle (ou formaliste) qui reconnaît et reproduit la dénégation initiale, au lieu de la nier pour découvrir ce qu'elle nie. La violence symbolique qu'enferme tout discours idéologique en tant que méconnaissance appelant la re-méconnaissance ne s'exerce que dans la mesure où il parvient à obtenir de ses destinataires qu'ils le traitent comme il demande à être traité, c'est-à-dire avec tout le respect qu'il mérite, dans les formes, en tant que forme. Une production idéologique est d'autant plus réussie qu'elle est plus capable de *mettre dans son tort* quiconque tente de la *réduire* à sa vérité objective : le propre de l'idéologie dominante est d'être en mesure de faire tomber la science de l'idéologie sous l'accusation d'idéologie ; l'énonciation de la vérité cachée du discours fait scandale parce qu'elle dit ce qui était « la dernière chose à dire ».

Les stratégies symboliques les plus raffinées ne peuvent jamais produire complètement les conditions de leur propre réussite et elles seraient vouées à l'échec si elles ne pouvaient compter sur la complicité agissante de tout un corps de défenseurs de l'orthodoxie qui orchestre, en l'amplifiant, la condamnation initiale des lectures réductrices[40].

Il suffit à Heidegger d'affirmer que « la philosophie est *essentiellement* inactuelle parce qu'elle appartient à ces rares choses dont le destin est de ne jamais pouvoir rencontrer une résonance immédiate dans leur propre aujourd'hui, et de ne jamais non plus avoir le droit d'en rencontrer une[41] », ou encore qu'« il appartient à l'essence des philosophes authentiques qu'ils soient nécessairement méconnus de leurs contemporains[42] », — variations sur le thème du « philosophe maudit » qui sont particulièrement pittoresques dans sa bouche —, pour que tous les commentateurs reprennent aussi-

---

40. Ce n'est pas le sociologue qui importe le langage de l'orthodoxie : « The addressee of the "Letter on Humanism" combines a profound insight into Heidegger with an extraordinary gift of language, both together making him beyond any question one of the *most authoritative interpreters* of Heidegger in France » (W.J. Richardson, S.J., *Heidegger, Through Phenomenology to Thought*, La Haye, M. Nijhoff, 1963, p. 684, à propos d'un article de J. Beaufret) ; ou encore : « This sympathetic study (de Albert Dondeyne) orchestrates the theme that the ontological difference is the single point of reference in Heidegger's entire effort. Not every *Heideggerean of strict observance* will be happy, perhaps, with the author's formulae concerning Heidegger's relation to "la grande tradition de la philosophia perennis" » (*ibid.*).

41. M. Heidegger, *Introduction à la métaphysique*, p. 15.

42. M. Heidegger, *Nietzsche*, I, p. 213. L'œuvre, dit quelque part Heidegger, « échappe à la biographie » qui ne peut que « donner un nom à quelque chose qui n'appartient à personne ».

tôt[43] : « Il est dans la destinée de toute pensée philosophique, quand elle dépasse un certain degré de fermeté et de rigueur, d'être mal comprise par les contemporains qu'elle met à l'épreuve. Classer comme apôtre du pathétique, promoteur du nihilisme, adversaire de la logique et de la science, un philosophe qui a eu pour préoccupation unique et constante le problème de la vérité, c'est bien un des plus étranges travestissements dont la légèreté d'une époque a pu se rendre coupable[44]. » « Sa pensée se présente comme quelque chose d'étranger à notre temps et à tout ce qui y est d'actualité[45]. »

C'est ainsi que *La lettre sur l'humanisme*, la plus marquante et la plus souvent citée de toutes les interventions directes destinées à manipuler stratégiquement la relation entre le système patent et le système latent et, par là, l'image publique de l'œuvre, a fonctionné comme une sorte de lettre pastorale, matrice infinie de commentaires permettant aux simples vicaires de l'Être de reproduire à leur propre compte la mise à distance inscrite dans chacune des mises en garde magistrales et de se placer ainsi du bon côté de la coupure entre le sacré et le profane, entre les initiés et les profanes. À mesure que l'onde se propage, par cercles de plus en plus larges, auto-interprétations, commentaires inspirés, thèses savantes, ouvrages d'initiation et enfin manuels, à mesure que l'on descend dans la hiérarchie des interprètes et que décline la hauteur des

43. Il est remarquable que Heidegger, dont on sait avec quel acharnement il récuse et réfute toutes les lectures externes ou réductrices de son œuvre (Lettres à Jean Wahl, à Jean Beaufret, à un étudiant, à Richardson, entretien avec un philosophe japonais, etc.), n'hésite pas à employer contre ses concurrents (Sartre dans le cas particulier) des arguments d'un sociologisme « grossier », restituant par exemple au thème de la « dictature de la publicité » (*Lettre sur l'humanisme*, pp. 35 et 39) le sens proprement *social* (sinon sociologique) qu'il avait indubitablement dans *Sein und Zeit*, cela dans un passage où il s'emploie précisément à établir que l'« analytique existentiale » du « on » « n'a nullement pour objet d'apporter *seulement* au passage une contribution à la sociologie » (p. 41). Cette réutilisation de Heidegger I par Heidegger II témoigne (avec aussi le « seulement » de la phrase citée) que, si tout est re-dénié, rien n'est renié.

44. J. Beaufret, *Introduction aux philosophies de l'existence. De Kierkegaard à Heidegger*, Paris, Denoël-Gonthier, 1971, pp. 111-112.

45. O. Pöggeler, *La pensée de M. Heidegger*, Paris, Aubier-Montaigne, 1963, p. 18.

phrases ou des paraphrases, le discours exotérique tend à retourner à sa vérité, mais, comme dans les philosophies émanatistes, la diffusion s'accompagne d'une perte de valeur, sinon de substance, et le discours « trivialisé » et « vulgarisé » porte la marque de sa dégradation, contribuant ainsi à rehausser encore la valeur du discours original ou originaire.

Les relations qui s'instaurent entre l'œuvre de grand interprète et les interprétations ou les sur-interprétations qu'elle *appelle*, ou entre les auto-interprétations destinées à corriger et à prévenir les interprétations malheureuses ou malveillantes et à légitimer les interprétations conformes, sont tout à fait semblables — à l'humour près, que chassent la pompe et la complaisance universitaire — à celles qui, depuis Duchamp, s'instaurent entre l'artiste et le corps des interprètes : la production, dans les deux cas, fait intervenir l'anticipation de l'interprétation, se jouant des interprètes, appelant l'interprétation et la sur-interprétation, soit pour les accueillir au nom de l'inexhaustibilité essentielle de l'œuvre, soit pour les rejeter, par une sorte de défi artistique à l'interprétation qui est encore une façon d'affirmer la transcendance de l'artiste et de son pouvoir créateur, voire de son pouvoir de critique et d'autocritique. La philosophie de Heidegger est sans doute le premier et le plus accompli des *ready made* philosophiques, œuvres *faites pour* être interprétées et *faites par* l'interprétation ou, plus exactement, par la dialectique vicieuse — antithèse absolue de la dialectique de la science — de l'interprète qui procède nécessairement *par excès* et du producteur qui, par ses démentis, ses retouches, ses corrections, instaure entre l'œuvre et toutes les interprétations une différence qui est celle de l'Être à la simple élucidation des étants[46].

46. On peut de ce point de vue rapprocher telle interview récente de Marcel Duchamp (paru dans *VH 101*, n° 3, automne 1970, pp. 55-61) et la *Lettre sur l'humanisme* avec ses innombrables démentis ou mises en garde, ses jeux rusés avec l'interprète, etc.

CENSURE ET MISE EN FORME

L'analogie est moins artificielle qu'il ne paraît à première vue : en établissant que le sens de la « différence ontologique » qui sépare sa pensée de toute la pensée antérieure[47] est aussi ce qui sépare les interprétations « vulgaires », infra-ontologiques et naïvement « anthropologiques » (comme celle de Sartre) des interprétations authentiques, Heidegger met son œuvre hors de prise et condamne à l'avance toute lecture qui, intentionnellement ou non, s'en tiendrait au sens vulgaire et qui réduirait par exemple l'analyse de l'existence « inauthentique » à une description « sociologique », comme l'ont fait certains interprètes bien intentionnés, mais mal inspirés, et comme le fait aussi le sociologue, mais avec une intention tout autre. Poser, dans l'œuvre même, la distinction entre deux lectures de l'œuvre, c'est se mettre en mesure d'obtenir du lecteur conforme que, devant les calembours les plus déconcertants ou les platitudes les plus criantes, il retourne contre lui-même les mises en garde magistrales, ne comprenant que trop, mais soupçonnant l'authenticité de sa compréhension et s'interdisant de juger un auteur qui s'est une fois pour toutes instauré lui-même en juge de toute compréhension. A la façon du prêtre qui, comme l'observe Weber, dispose des moyens de faire retomber sur les laïcs la responsabilité de l'échec de l'entreprise culturelle, la grande prophétie sacerdotale s'assure ainsi la complicité des interprètes qui n'ont d'autre choix que de rechercher et de reconnaître la nécessité de l'œuvre jusque dans les accidents, les glissements ou les lapsus ou de se voir rejeter dans les ténèbres de l'« erreur » ou, mieux, de l'« errance ».

Voici, en passant, un remarquable exemple de surenchère interprétative qui conduit à mobiliser toutes les ressources accumulées

47. On objectera que cette « prétention » est elle-même démentie dans la *Lettre* (p. 95), ce qui ne l'empêche pas de s'affirmer à nouveau un peu plus loin (p. 111).

par l'internationale des interprètes pour échapper au simplisme d'avance dénoncé par un jeu de mots magistral : « In English this term (errance) is an artefact with the following warrant : The primary sense of the Latin *errare* is "to wander", the secondary sense "to go astray" or "to err", in the sense of "to wander from the right path". This double sense is retained in the French *errer*. In English, the two senses are retained in the adjectival form, "errant" : the first sense ("to wander") being used to describe persons who wander about searching for adventure (vg. "knights errant") ; the second sense signifying "deviating from the true or correct", "erring". The noun form, "errance", is not justified by normal English usage, but we introduce it ourselves (following the example of the French translators, pp. 96 ff.), intendind to suggest both nuances of "wandering about" and of "going astray" ("erring"), the former the fundament of the latter. This seems to be faithful to the author's intentions and *to avoid as much as possible the simplest interpretations* that would spontaneously arise by translating as "error" » (W.J. Richardson, *op. cit.*, p. 224, n. 29, souligné par moi ; cf. aussi p. 410, sur la distinction entre *poesy* et *poetry*).

Cautions, autorités, garants, les textes sont naturellement l'enjeu de stratégies qui, en ces domaines, ne sont efficaces que si elles se dissimulent comme telles, et d'abord — c'est la fonction de la croyance — aux yeux de leurs propres auteurs ; la participation au capital symbolique qui leur est attaché a pour contrepartie le respect des convenances qui définissent en chaque cas, selon la distance objective entre l'œuvre et l'interprète, le style de la relation qui s'établit entre eux. Il faudrait analyser plus complètement, en chaque cas singulier, ce que sont les intérêts spécifiques de l'interprète, découvreur, porte-parole attitré, commentateur inspiré ou simple répétiteur, selon la position relative que l'œuvre interprétée et l'interprète occupent au moment considéré dans leurs hiérarchies respectives ; et déterminer en quoi et comment elle oriente l'interprétation. Ainsi, on aurait sans doute beaucoup de peine à comprendre une position en apparence aussi paradoxale que celle des heideggeriano-marxistes français — qui ont pour ancêtres Marcuse[48] et Hobert[49] — sans prendre en compte le fait que l'entreprise heideggerienne de dédouanement venait au-devant des atten-tes de ceux d'entre les marxistes qui étaient les plus soucieux aussi de se dédouaner en associant la plus prestigieuse des philosophies du moment à la *plebeia philosophia* par excel-lence, alors fort suspecte de « trivialité »[50]. De toutes les manœuvres qu'enferme la *Lettre sur l'humanisme*[51], aucune ne pouvait toucher les marxistes « distingués » aussi efficace-ment que la stratégie du second degré consistant à réinterpré-ter par référence à un contexte politique nouveau — qui imposait le langage du « dialogue fructueux avec le marxisme » —, la stratégie typiquement heideggerienne de (faux) *dépassement par la radicalisation* que le premier Hei-degger dirigeait contre le concept marxiste d'*aliénation* (*Ent-fremdung*) : « L'ontologie fondamentale » qui fonde l'« expé-rience de l'aliénation » telle que la décrit Marx (c'est-à-dire de manière encore trop « anthropologique ») dans l'aliéna-tion fondamentale de l'homme, la plus radicale qui soit, c'est-

48. H. Marcuse, « Beiträge zur Phänomenologie des historischen Materialismus », in *Philosophische Hefte*, I, 1928, pp. 45-68.

49. C. Hobert, *Das Dasein im Menschen*, Zeulenroda, Sporn, 1937.

50. C'est la même logique qui a conduit, plus récemment, à des « combinaisons », en apparence plus fondées, du marxisme et du structu-ralisme ou du freudisme, tandis que Freud (interprété par Lacan) fournis-sait une caution nouvelle aux jeux de mots conceptuels à la manière de Heidegger.

51. Cf. M. Heidegger, *Lettre sur l'humanisme*, pp. 61, 67, 73, le démenti de la lecture « existentialiste » de *Sein und Zeit* ; p. 81, le démenti de l'interprétation des concepts de *Sein und Zeit*, comme « sécu-larisation » de concepts religieux ; p. 83, le démenti de la lecture « anthro-pologique » ou « morale » de l'opposition entre l'authentique et l'inau-thentique ; pp. 97-98, le démenti, un peu appuyé, du « nationalisme » des analyses de la « patrie » (*Heimat*), etc.

à-dire l'oubli de la vérité de l'Être, ne représente-t-elle pas le *nec plus ultra* du radicalisme[52] ?

Il suffit de relire le compte rendu d'une discussion entre Jean Beaufret, Henri Lefebvre, François Châtelet et Kostas Axelos[53] pour se convaincre que cette combinaison philosophique inattendue doit peu aux raisons strictement « internes » : « J'ai été *enchanté* et pris par une vision — ce mot n'est pas très juste — d'autant plus saisissante qu'elle *contrastait avec la trivialité* de la plupart des textes philosophiques parus depuis des années » (H. Lefebvre) ; « Il n'y a *pas antagonisme* entre la vision cosmique-historique de Heidegger et la conception historique pratique de Marx » (H. Lefebvre) ; « Le fonds commun existant entre Marx et Heidegger, ce qui les lie pour moi, c'est notre époque même, celle de la civilisation industrielle hautement avancée et de la mondialisation de la technique (...) Les deux penseurs ont en somme en commun au moins le même objet (...) Cela les distingue des sociologues par exemple qui en analysent les manifestations particulières, ici ou là[54] » (F. Châtelet) ; « Marx et Heidegger *font tous deux* preuve d'une *radicalité* dans la mise en question du monde, d'une même *critique radicale* du passé et d'un commun souci d'une préparation de l'avenir planétaire » (K. Axelos) ; « Heidegger se propose essentiellement de nous aider à entendre ce que dit Marx » (J. Beaufret) ; « L'impossibilité d'être nazi ne fait qu'un avec le revirement de *Sein und Zeit* en *Zeit und Sein*. Si *Sein und Zeit* n'a pas préservé Heidegger du nazisme, c'est *Zeit und Sein* qui n'est pas un livre, mais la somme de ses méditations depuis 1930 et de ses

52. Cf. M. Heidegger, *Lettre sur l'humanisme*, pp. 101-103.
53. K. Axelos, *Arguments d'une recherche*, Paris, Éditions de Minuit, 1969, pp. 93 sq ; cf. aussi K. Axelos, *Einführung in ein künftiges Denken über Marx und Heidegger* (Introduction à une pensée future sur Marx et Heidegger), Tübingen, Max Niemeyer Verlag, 1966.
54. On voit ici à l'œuvre, c'est-à-dire dans sa vérité pratique, le schème de la « différence ontologique » entre l'Être et les étants : est-ce par hasard qu'il surgit naturellement lorsqu'il s'agit de marquer les distances et de rétablir les hiérarchies, entre la philosophie et les sciences sociales en particulier ?

publications depuis 1946, qui l'en a éloigné sans retour » (J. Beaufret) ; « Heidegger est *bel et bien matérialiste* » (H. Lefebvre) ; « Heidegger, avec un style très différent, continue l'œuvre de Maıx » (F. Châtelet).

Les intérêts spécifiques des interprètes et la logique même du champ qui porte vers les œuvres les plus prestigieuses les lecteurs les plus enclins et les plus aptes à l'oblation herméneutique ne suffisent pas à expliquer que la philosophie heideggerienne ait pu être reconnue un moment, dans les secteurs les plus différents du champ philosophique, comme l'accomplissement le plus *distingué* de l'intention philosophique. Ce destin social ne pouvait s'accomplir que sur la base d'une affinité préalable des dispositions renvoyant elle-même à la logique du recrutement et de la formation du corps des professeurs de philosophie, à la position du champ philosophique dans la structure du champ universitaire et du champ intellectuel, etc. L'aristocratisme petit-bourgeois de cette « élite » du corps professoral qu'étaient les professeurs de philosophie, souvent issus des couches inférieures de la petite-bourgeoisie et parvenus à force de prouesses scolaires au sommet de la hiérarchie des disciplines littéraires, au coin de folie du système scolaire, à l'écart du monde et de tout pouvoir sur le monde, ne pouvait qu'entrer en résonance avec ce produit exemplaire d'une disposition homologue.

Il n'est pas un des effets en apparence les plus spécifiques du langage heideggerien, l'effet de pensée radicale et l'effet de pensée planétaire, l'effet de débanalisation des sources et l'effet de « pensée fondative », et, plus généralement, tous les effets constitutifs de la *rhétorique molle de l'homélie*, variation sur les mots d'un texte sacré fonctionnant comme matrice d'un commentaire infini et insistant, orienté par la volonté d'épuiser un sujet par définition inépuisable, qui ne représente la limite exemplaire, donc la légitimation absolue des tours et des tics professionnels permettant aux « prophètes de la chaire » (*Kathederpropheten*), comme disait Weber, de re-produire quotidiennement l'illusion de l'extra-quotidienneté. Tous les effets du prophétisme sacerdotal ne réussissent donc pleinement que sur la base de la complicité profonde qui unit l'auteur et les interprètes dans l'acceptation des présupposés impliqués dans la définition sociologique de la fonction de « petit prophète appointé par l'État », comme dit encore Weber : parmi ces présupposés, il n'en est aucun qui serve mieux les intérêts de Heidegger que l'*absolutisation du texte* qu'opère toute lecture lettrée qui se respecte. Il a fallu une transgression de l'impératif académique de neutralité aussi extraordinaire que l'enrôlement du philosophe dans le parti nazi pour que soit posée la question, d'ailleurs immédiatement écartée comme indécente, de la « pensée politique » de Heidegger. Ce qui est encore une forme de neutralisation : les professeurs de philosophie ont si profondément intériorisé la définition qui exclut de la philosophie toute référence ouverte à la politique qu'ils en sont venus à oublier que la philosophie de Heidegger est de part en part politique.

La compréhension dans les formes resterait formelle et vide si elle n'était souvent le masque d'une compréhension plus profonde et plus obscure à la fois qui s'édifie sur l'homologie plus ou moins parfaite des positions et l'affinité des habitus. Comprendre, c'est aussi comprendre à demi-mots et lire entre les lignes, en opérant sur le mode pratique (c'est-à-dire, le plus souvent, de manière inconsciente) les associations et les substitutions linguistiques que le producteur a initialement opérées : ainsi se résout pratiquement la contradiction spécifique du discours idéologique qui, tirant son efficacité de sa duplicité, ne peut exprimer légitimement l'intérêt de classe ou de fraction de classe que sous une forme qui le dissimule ou le trahit. Impliquée dans l'homologie des positions et l'orchestration plus ou moins parfaite des habitus, la reconnaissance pratique des intérêts dont le locuteur est le porte-parole et de la forme particulière de la censure qui en interdit l'expression directe, donne directement accès, en dehors de toute opération consciente de décodage, à ce que le discours *veut dire*[55]. Cette compréhension en deçà des mots naît de la rencontre entre un intérêt expressif encore inexprimé, voire refoulé, et son expression dans les formes, c'est-à-dire déjà effectuée conformément aux normes d'un champ[56].

55. C'est cette compréhension aveugle que désigne cette déclaration apparemment contradictoire de Karl Friedrich von Weizäcker (cité par J. Habermas, *op. cit.*, p. 106) : « J'étais jeune étudiant quand j'ai commencé à lire *L'Être et le temps* qui était paru peu de temps auparavant. En toute conscience, je puis affirmer aujourd'hui qu'à l'époque je n'y avais, à strictement parler, rien compris. Mais je ne pouvais me soustraire à l'impression que c'était là et là seulement que la pensée appréhendait les problèmes que je pressentais être à l'arrière-plan de la physique théorique moderne, et je lui rendrais encore aujourd'hui cette justice. »

56. Le même Sartre que les professions de foi élitistes de Heidegger auraient fait sourire ou s'indigner si elles s'étaient présentées à lui avec tous les dehors de la « pensée de droite » selon Simone de Beauvoir (qui a curieusement oublié Heidegger), n'a pu comprendre comme il l'a comprise l'expression que l'œuvre de Heidegger donnait de sa propre expérience du monde social, celle qui s'exprimait à longueur de pages dans *La Nausée*, que parce qu'elle se présentait à lui sous une forme conforme aux convenances et aux conventions du champ philosophique.

Chapitre 2

Le discours d'importance
Quelques réflexions sociologiques
sur « Quelques remarques critiques
à propos de "Lire *Le Capital*" » *

* Étienne Balibar, « Sur la dialectique historique. Quelques remarques critiques à propos de "Lire *Le Capital*" », *La Pensée*, n° 170, août 1973, pp. 27-47.

** Ce texte de Marx, comme les suivants, est tiré de *L'idéologie allemande*. Les dessins et la mise en pages sont de Jean-Claude Mézières.

LE "COMMENTAIRE APOLOGÉTIQUE" TÉMOIGNE AUSSI DES DISPOSITIONS DE SANCHO POUR LES FONCTIONS DE PÈRE DE L'ÉGLISE PAR UN AUTRE TRAIT : IL COMMENCE PAR UNE TARTUFFERIE.

ON NE SAURAIT BIEN SUR FAIRE GRIEF À UN PETIT BOURGEOIS DE BERLIN QUI A FRÉQUENTÉ "LES ÉCOLES" DE TRANSFOR-MER LE SUJET INTÉRESSÉ EN OBJET INTÉRESSANT PAR UN TOUR DE PASSE-PASSE LITTÉRAIRE.

« Quand on a des tâches sacrées, dit Nietzsche, n'est-on pas soi-même déjà sacré par une tâche pareille ? » La dialectique sacerdotale du consacrant sacralisé par les actes de sacralisation se marque par la combinaison des professions d'humilité (cf. « pas inutile », « sans privilège aucun », « limités mais importants », etc.) et des marques d'emphase (cf. le redoublement pompeux — « aux thèses *et* aux formulations » ; « invoquées *et* utilisées » ; « en France *et* à l'étranger » ; « de poser *et* de résoudre » — ou la désignation ronflante de l'entreprise : « sur le terrain du matérialisme historique » ; « dans le travail collectif » ; « il faudra bien, un jour prochain, consacrer à cette utilisation une analyse historique spéciale, à la fois critique et complète » ; « comme nous commençons maintenant de le savoir » ; « un point lourd de conséquences qu'il faudra analyser » ; « ce déplacement est lourd de conséquences » ; « ce n'est nullement par hasard qu'Althusser avait pu s'avancer dans ce sens à partir d'une analyse de la pratique de Lénine et des textes qui la réfléchissent », etc.). Le discours enferme un discours sur le discours qui n'a pas d'autre fonction que de signifier l'importance intellectuelle et politique du discours et de celui qui le tient (cf. « important » ; « problème fondamental » ; « ce point décisif » ; « plus fondamental et plus grave » ; « beaucoup plus profond » ; « ce point est d'une importance politique fondamentale » ; « par là nous touchons à quelque chose de beaucoup plus profond », etc.).

DE nombreuses critiques ont été adressées aux thèses et aux formulations avancées dans *Lire le Capital*. Inversement, celles-ci ont été abondamment invoquées et utilisées parmi ceux qui, en France et à l'Étranger, tentent de poser et de résoudre les problèmes théoriques des sciences dites sociales sur le terrain du matérialisme historique. Il devient possible, dans ces conditions, de prendre un peu de recul par rapport à ce qui n'était explicitement qu'une première tentative d'élaboration, nécessairement destinée à une série de rectifications dans le travail collectif. Je crois de plus que ce n'est pas inutile.

Je voudrais ici, pour ma part, et sans privilège aucun, contribuer à cette rectification sur quelques points qui concernent mon propre essai « *Sur les concepts fondamentaux du matérialisme historique* » [1]. L'occasion m'en a été fournie notamment par les questions détaillées d'un groupe de jeunes philosophes anglais, que je veux remercier de leur lecture sans concession [2].

Je considérerai tour à tour :

— certaines formulations concernant le « fétichisme de la marchandise », dont j'avais alors pris argument pour tenter d'élaborer la catégorie matérialiste de « détermination en dernière instance » dans l'histoire des formations sociales.

la catégorie de détermination en dernière instance elle-même : elle peut

(p. 27)

Mais par là nous touchons à quelque chose de beaucoup plus profond, qui peut nous éclairer sur la racine, *dans l'histoire même du marxisme*, des difficultés précédentes, voire de certaines confusions.

(p. 38) *

SANCHO JOUE ICI LE DÉVOUEMENT ET PRÉTEND SACRIFIER SON TEMPS PRÉCIEUX AU "PROFIT" DU PUBLIC, EN QU'EN TOUTE OCCASION IL NOUS ASSURE N'AVOIR EN VUE SON PROPRE INTÉRÊT ET QU'IL NE CHERCHE ICI QU'À METTRE À L'ABRI DES COUPS SON AMI PATRIECCLÉSIASTIQUE.

FORT DE CETTE CROYANCE, SAINT BRUNO SE FAIT DÉLIVRER (CAHIER N DE LA REVUE TRIMESTRIELLE DE WIGAND, P. 327) PAR UN DE SES DISCIPLES UN CERTIFICAT ATTESTANT QUE SES PHRASES CREUSES SUR LA PERSONNALITÉ, PROCLAMÉES ANTÉRIEUREMENT DANS LE CAHIER III, SONT DES PENSÉES QUI RÉVOLUTIONNENT LE MONDE.

* Dans ce fac-similé du texte d'Étienne Balibar, comme dans les suivants, on trouvera, soulignés ou entourés d'un trait, quelques échantillons des procédés stylistiques que j'analyse et dont Marx fournit le commentaire, souvent un peu polémique.

En examinant ces points limités, mais importants, j'ai en vue un triple objectif : insister à nouveau sur la rigueur scientifique des concepts généraux qui sont investis dans les analyses concrètes de Marx ; parer à toute déviation formaliste dans la mise en œuvre de ces concepts ; et en particulier à toute tentation de substituer les concepts généraux à leur développement dans l'analyse concrète effective. Ces orientations sont plus que jamais importantes, à raison même du travail de ces dernières années.

(p. 28)

Cette « argumentation » ne peut manquer de créer des difficultés. Pour y voir clair, il faut distinguer soigneusement trois aspects du problème :

— ce que Marx a pensé à propos de ces deux thèmes du « fétichisme » et de la « détermination en dernière instance » ;

— ce que j'essayais de faire dans ce passage de LLC ;

— enfin ce que nous devons penser de ces thèmes, ou des questions qu'ils indiquent, dans l'état actuel de la problématique du matérialisme historique.

(p. 28)

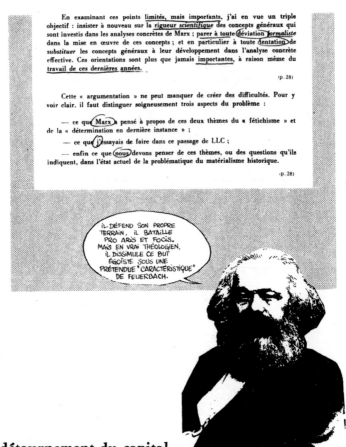

IL DÉFEND SON PROPRE TERRAIN, IL BATAILLE PRO ARIS ET FOCIS. MAIS EN VRAI THÉOLOGIEN, IL DISSIMULE CE BUT ÉGOÏSTE SOUS UNE PRÉTENDUE "CARACTÉRISTIQUE" DE FEUERBACH.

Le détournement du capital

Le *je* sacerdotal tient son autorité du prophète d'origine ; mais, si grande que puisse être la modestie (condition de la participation au capital d'autorité hérité) qui lui interdit de parler vraiment en première personne, il ne peut oublier qu'il a quelque mérite à restaurer le capital dans son intégrité par la débanalisation, révolution de la lecture qui définit la révolution lettrée (cf. « éclairer sur la racine »). Sous un autre rapport, il sait aussi qu'il est voué à la « tentation » de la « déviation », mais protégé par le respect même des textes qui lui inspire de déchirantes interrogations (« seulement, *en tant que théorie*, l'explication de Marx est-elle vraiment *matérialiste* ? Est-elle compatible, sans soulever de graves contradictions (...) avec la problématique du matérialisme historique ? »).

Le sacerdoce ordinaire cite et récite ; le grand sacerdoce suscite et ressuscite. Il arrive qu'il pousse l'audace jusqu'à exposer les discordances ou même les contradictions (on pense à Abélard) rencontrées dans les sources de la révélation (« Cette problématique n'est, en dernière analyse, qu'une variante déterminée d'une problématique philosophique pré-marxiste (...) instable et contradictoire » ; « cette forme a joué un rôle nécessaire dans le processus de constitution du matérialisme historique, mais elle reste idéologique, au sens précis de l'idéologie qu'elle critique : idéologique bourgeoise. Dans le principe, cette situation n'a rien d'étonnant ni de scandaleux »). Ce faisant, il s'instaure en gardien de l'authenticité du message, seul capable de protéger contre la « rechute » dans les erreurs « pré-marxistes » tous ceux qui, « même marxistes » (cf. : « Combien d'économistes, même marxistes, l'isolent ainsi ! »), croient ne pouvoir compter que sur leurs seules forces (cf. : « Il faut faire attention ici à ne pas revenir *en deçà* de ce qui était juste, en deçà de ce qui était bien chez Marx une révolution théorique »).

La stratégie de débanalisation, tout à fait banale en philosophie, prend ici une forme originale : il ne s'agit pas seulement de comprendre Marx mieux que Marx lui-même, de dépasser Marx (le jeune) au nom de Marx (le vieux), de corriger le Marx « prémarxiste » qui survit en Marx au nom du Marx réellement marxiste que produit une « lecture » plus marxiste que Marx (cf. : « Marx n'a pas encore totalement rompu avec l'idéologie » ; « il n'y a pas, même dans *Le Capital*, de rupture objective et définitive avec cette idéologie »), et de cumuler ainsi les profits de l'identification au prophète d'origine — c'est-à-dire l'autorité intellectuelle et politique associée à l'appartenance — et les profits de la distinction.

L'enjeu est autrement « important » : faire la science d'une œuvre qui est la science, c'est faire avancer par là même la science de l'objet dont cette œuvre est la science. La lecture théorique des textes théoriques étant constituée en pratique scientifique (cf. : « Je me servais, d'une façon en somme empirique, du fait que, précisément dans la section du *Capital* sur le "fétichisme de la marchandise" », etc.), la philosophie est débarrassée, par annexion ou annulation, de la concurrence des « sciences dites sociales » et les philosophes, gardiens et garants du dépôt, sont restaurés dans la fonction (qu'ils ont toujours revendiquée) de juges « en dernière instance » de la pratique scientifique (dont ils sont par là même dispensés).

MAIS, JE VOUS L'AI DIT EN VÉRITÉ ET JE VOUS LE REDIS ENCORE: CEUX QUI COMMETTENT CES PÉCHÉS N'ENTRERONT JAMAIS AU ROYAUME DE LA CRITIQUE.

Seulement, *en tant que théorie* [5], l'explication de Marx est-elle vraime matérialiste ? Est-elle compatible, sans soulever de graves contradictions et cre de véritables obstacles théoriques, avec la problématique du matérialisme histo que ? *Je ne le pense pas.* Non seulement à cause de l'expérience quotidienne c ⟨retours⟩ à la philosophie humaniste, à la psycho-sociologie et à l'anthropologie s'autorisent du texte de Marx sur le « fétichisme » soigneusement isolé et de c

p. :

Si cette affirmation est juste, cela signifie tout simplement que, sur ce po particulier, mais décisif, Marx n'a pas encore totalement rompu avec l'idéolo qu'il combat. Situation que nous ne devons pas penser de façon éclectique, com une juxtaposition de propositions « idéalistes » et d'autres « matérialistes ». M de façon rigoureuse, comme la contradiction, nécessairement instable et transito de positions matérialistes et idéalistes dans *une seule* problématique, dont la for théorique résulte de cette contradiction même, et de son « degré » de dévelo ment. Dans le travail de Marx sur ce point, il n'y a pas eu, même dans *le Capi* de rupture objective et définitive avec cette idéologie (et donc avec l'idéali qu'elle contient, et qui en commande en dernière analyse les effets), mais seulem un *changement de forme* de cette idéologie, la découverte d'une forme de « c que » interne de l'idéalisme. Cette forme a joué un rôle nécessaire dans processus de constitution du matérialisme historique, mais elle reste idéologi (au sens précis de l'idéologie qu'elle critique : idéologique bourgeoise). Dan principe, cette situation n'a rien en elle-même d'étonnant ni de scandaleux. même, si l'on veut bien y réfléchir, elle manifeste à nos yeux le caractère di tique, c'est-à-dire contradictoire, inégal et ininterrompu du processus de co

p

Pourquoi peut-on affirmer que la « théorie du fétichisme » est, en tant théorie, idéologique, et finit par produire un effet idéaliste ? Parce qu'elle

p

Le double jeu qui définit le prophétisme sacerdotal permet ainsi de réunir les profits, ordinairement exclusifs, que procurent les deux principes possibles de l'autorité intellectuelle : l'*auctoritas* personnelle de l'*auctor* qui est toujours à la merci de la mise en question prophétique ou de la condamnation sacerdotale, et l'autorité institutionnelle du mandataire, assuré de la solidarité de tout le groupe dont il est ou se fait le plénipotentiaire, c'est-à-dire, dans le cas particulier, de l'ensemble des marxistes patentés qui, constitués comme tels par leur adhésion à la lecture orthodoxe, confèrent à celle-ci son pouvoir social (cf. : Marx…, je…, nous…). La lutte pour le monopole du commentaire légitime du *Capital* (cf. : *Lire le Capital*) ne serait pas aussi acharnée si elle n'avait pas pour enjeu, en réalité, l'immense capital symbolique que représente le marxisme, seule théorie du monde social qui soit efficiente à la fois dans le champ politique et dans le champ intellectuel (de là ce que l'on pourrait appeler le syndrome de Lénine — cf. : *Lénine et la philosophie* —, une des formes que prend le rêve du philosophe-roi chez les intellectuels). Et ce détournement de capital est lui-même ce qui permet de transporter des stratégies proprement politiques sur le terrain des luttes intellectuelles, et de suspendre ainsi, au nom des exigences de la « lutte », toutes les règles écrites ou non écrites qui régissent un champ intellectuel relativement autonome.

Les péchés théoriques

Le sacerdoce théorique vit de la faute théorique, qu'il lui appartient de repérer, de dénoncer, d'exorciser : la « tentation », la « déviation », la « rechute » sont partout, et jusque dans son propre discours (cf. : « Cette généralisation est le lieu d'un grave malentendu » ; « il est vrai que des théoriciens marxistes, à commencer par Engels lui-même, ont eu parfois tendance à »). L'autorité sacerdotale implique le droit de correction : elle poursuit la faute jusque dans le discours du prophète d'origine (on pense aux « interpolations » haïes des philologues), qu'il faut sinon purger et expurger, du moins corriger et corriger sans cesse, « de rectification en rectification ».

Le texte d'Althusser sur « Contradiction et Surdétermination », quel que soit le caractère provisoire de certaines formulations, montre bien ceci : la « dialectique » de l'histoire n'est pas la pseudo-dialectique du *développement* (linéaire, malgré toutes les négations que l'on voudra, et téléologique, donc prédéterminé, malgré tous les « renversements matérialistes » que l'on voudra), c'est la dialectique réelle de la « lutte des classes », dont les structures matérielles sont irréductibles à la forme du développement linéaire, du progrès et de la téléologie. C'est donc la dialectique des différents aspects de la lutte des classes réellement

(p. 34)

De ce texte d'Althusser (et du suivant, « Sur la dialectique matérialiste », qui le complète), à le lire attentivement, on peut conclure une thèse tout à fait juste : il n'y a de dialectique historique réelle que le processus de transformation

(p. 34)

une histoire de luttes de classes. Ce point est décisif. J'ajoute que ce n'est nullement par hasard qu'Althusser avait pu s'avancer dans ce sens à partir d'une analyse de la pratique politique de *Lénine* et des textes qui la réfléchissent, car Lénine, non seulement est plus explicite que Marx sur ce point, mais opère même une véritable rectification de plus en plus consciente avec le temps, de certaines formulations du matérialisme historique, une rectification à partir de laquelle nous devons à notre tour, inlassablement, reprendre, développer, et éventuellement rectifier tout l'ensemble de la théorie du matérialisme historique. Je reprendrai ce point dans un instant.

Revenons alors à mes formulations de *Lire le Capital* citées plus haut : il est clair que, dans leur tentative pour « généraliser » l'idée d'Althusser, elles en

(p. 34)

qui risque de tomber, non sans contradictions, sous une inspiration typologiste ou structuraliste.

Non sans contradictions, car il faut bien entendu, et contrairement aux positions positivistes qu'implique le structuralisme, prendre cette idée (cette tentation) de « théorie générale » au sens fort : non pas comme un simple système de « modèles », mais comme une théorie fournissant de véritables *explications* de l'histoire réelle. Il faut donc entendre que, dans une telle perspective, la variation (la combinaison variée) du jeu des « éléments » puisse *par elle-même* expliquer des effets historiques.

Mais il y a plus fondamental, et plus grave : c'est que, dans une telle perspective, la dénomination même des « instances » dans la formation sociale ne

(p. 35)

Soit dit en passant, on peut se convaincre, en examinant les textes de près, que la tentation « économiste » de certaines formulations de Marx prises isolément, est directement liée à cette idée que Marx lui-même se faisait de *l'objet* du *Capital*, et qui, d'emblée, nous a posé tellement de problèmes, à cause de son caractère évidemment empiriste-formaliste : l'idée que le *Capital* étudie « le système capitaliste dans sa moyenne idéale ». Précisément l'idée que, de nos jours, tous les

(p. 41)

Ce rapprochement éclaire du même coup un fait épistémologique fondamental, qui est la solidarité et même l'interdépendance nécessaire des représentations *évolutionnistes* et des représentations *relativistes* (typologistes ou structuralistes) de l'histoire, apparemment opposées, mais symétriques, et les unes comme les autres *non dialectiques*. Il est clair que ces deux représentations surgissent l'une et l'autre du fait qu'on pose séparément deux problèmes qui, dans la théorie de Marx, n'en font qu'un :

(p. 44)

215

La prêtrise dresse des catalogues de péchés (les mots en
-isme). Selon une logique tout à fait analogue à celle qui
porte les desservants de Heidegger à établir une « différence »
essentielle entre l'interprétation orthodoxe et l'interprétation
anthropologico-existentialiste, elle réaffirme sans cesse son
monopole de la lecture légitime en instaurant une « coupure » absolue, marquée entre autres choses par le dédoublement de notions classiques (cf. : « Il y a donc deux notions de
périodisation »), entre la lecture légitime et les lectures profanes (cf. tous « les retours à la philosophie humaniste, à la
psychosociologie et à l'anthropologie »). Elle délimite ce qui
est « vraiment marxiste », c'est-à-dire ce qui est reconnu
comme « marxiste » par ceux qui sont seuls dignes d'être
reconnus comme marxistes parmi ceux qui se reconnaissent
« marxistes ». Elle opère cette délimitation par des stratégies
qui sont de règle sur le terrain de la religion, comme les ana-
thèmes tenant lieu d'analyses (cf. « historicisme », « formalisme », « empirisme », « pseudo-positiviste », « idéologique », « économiste », « éclectique », « empiriste-
linéaire », « empiriste-formaliste », « évolutionniste », « relativiste », « typologiste », « structuraliste »). Et aussi sur le terrain de la politique, comme l'amalgame, qui produit la
contamination et la souillure, et l'insinuation (cf. : « sciences
dites sociales », « pseudo- », ou « idéologie »), qui engendre le
soupçon, sans parler de la stigmatisation ouverte, par l'imposition d'étiquettes classificatoires, qui, sous apparence de sub-
sumer sous des concepts et des classes logiques, assignent à la
classe globalement condamnée des « ennemis » politiques ou
théoriques (« bourgeois », « idéaliste »).

rigoureusement impensable. Et chacun de ces problèmes, artificiellement isolé, donne lieu à des formulations idéologiques symétriques, soit relativistes, soit évolutionnistes. Par exemple, on dira que le mode de production capitaliste n'est pas un mode de production de la richesse matérielle « en soi » mais seulement « ni plus

(p. 44)

impétueux » des forces productives, « l'abondance ». On reconstituera ainsi une *téléologie*, d'apparence « matérialiste », mais d'apparence seulement (et de fait, l'évolutionnisme, c'est bien la téléologie sous une apparence matérialiste).

(p. 44)

le mode de production capitaliste, et en fait dans n'importe quel mode de production. Bref, c'est le risque d'un retour aux présupposés idéologiques de l'économie politique et de l'historiographie bourgeoises. Il ne fait pas de doute que cette tentation a été induite dans mon travail par le souci d'éviter toute interprétation « historiciste » de la critique de Marx, et par conséquent, selon la métaphore de Lénine, de « tordre le bâton dans l'autre sens ». Mais le bâton ne peut être tordu sans discernement, ou si l'on veut, l'espace de sa torsion n'est pas un simple plan. Bien entendu cette rechute n'est pas de hasard, et je crois pouvoir affirmer que, sous cette forme ou d'autres analogues, elle est l'indice d'une difficulté réelle. Je vais y revenir.

(p. 36)

Si l'on se demande ce qui est responsable d'un glissement théorique sur ce point, on peut dire que c'est notamment le double sens dans lequel peut être pris ici *le terme de « combinaison »* (Verbindung), selon deux points de vue tout à fait différents.

(p. 36)

Ici aussi, c'est la distinction rigoureuse de *l'objet réel* et du *concept*, ou *objet de connaissance*, qu'il faut observer, pour rester sur le droit fil de la lame, sans verser ni « à gauche », dans l'empirisme, ni « à droite », dans le formalisme.

(p. 37)

Mais il est clair aussi que, dans cette démonstration, mon texte de LLC comporte une erreur ou plutôt une déviation. Cette déviation ne concerne nullement le fait de considérer le concept de « mode de production » comme un « concept fondamental du matérialisme historique », car il faut faire attention ici à ne pas revenir *en deçà* de ce qui était juste, en deçà de ce qui est bien chez Marx une révolution théorique dont dépend toute la construction du matérialisme historique : la définition du concept de mode de production, à propos du capitalisme, (mode de production matérielle *dans la forme nécessaire* de l'exploitation) et de ses tendances historiques. Mais la déviation réside dans l'usage qui en est fait, et qui, par un autre tour des choses peut reconduire finalement à l'économisme.

(p. 38)

n'y a pas de *pas d'extérieur* du processus historique. Mao le rappelle, après Lénine, fixant ainsi une « loi » de la dialectique : « la cause fondamentale du développement des choses et des phénomènes n'est pas externe, mais interne » (*De la Contradiction*)

(p. 38)

217

Le ton de l'évidence

Le discours magistral se professe sur le ton de l'évidence (cf. : « Ce n'est nullement par hasard », « il est clair que », « bien entendu », « il ne fait pas de doute que », « n'est pas de hasard », etc.). Un discours qui cumule deux principes de légitimation, l'autorité universitaire et l'autorité politique, peut être doublement magistral. La rhétorique de l'apodictique doit sa coloration particulière et sans doute ses effets les plus insidieux à la combinaison des signes de la hauteur théorique (cf. : « La topique des instances du tout social complexe ») et des marques de la volonté délibérée de faire simple et direct. (Chez les disciples mineurs, cette rhétorique de la haute vulgarisation comme faire semblant de se mettre à la portée, tend vers l'effet d'École — normale-supérieure — de section qui permet de faire de simplisme vertu.) Ainsi le « disons que » plus professoral que magistral est là pour faire passer une série aussi étonnamment disparate que celle-ci : « Disons que c'est la philosophie persistante de la substance, de l'argument ontologique et du "principe d'inertie". » À côté de la phrase en coup de poing, de l'usage massif du point d'exclamation et du soulignement, la forme la plus typique de cette rhétorique du raccourci péremptoire et simplificateur est l'apposition fulgurante, repérée aussi par Marx : « Voltaire, Hegel, etc. » La double légitimité, de l'universitaire de haute volée et du marxiste autorisé, n'est pas de trop en ce cas pour faire accepter un rapprochement aussi arbitraire et les sous-entendus entendus qu'enferme le *etc.* Ce cumul des légitimités ouvre un champ à peu près indéfini aux stratégies de double jeu qui sont inscrites dans le prophétisme sacerdotal, permettant entre autres choses de cumuler les protections et les profits sans encourir les coûts et les risques normalement corrélatifs. Mais l'essentiel est que l'autorité s'affirme, si l'on peut dire, en s'affirmant : le fait de s'arroger les attributs ordinaires de l'autorité, à commencer par ceux qui concernent le style, comme les ellipses souveraines ou les impératifs tranchants, est une des stratégies possibles de l'usurpation du pouvoir symbolique.

Autrement dit, il faut rompre, dans la pratique, avec l'illusion idéologique dont je parlais ci-dessus, et qui fait que l'existence d'une « tendance » historique apparaît en même temps comme la tendance de cette « tendance » à persister, donc à se réaliser, etc. Et pour cela, il faut comprendre que ce n'est pas le mode de production (et son développement) qui « reproduit » la formation sociale et « engendre » en quelque sorte son histoire, mais bien au contraire l'histoire de la formation sociale qui reproduit (ou non) le mode de production sur lequel elle repose, et explique son développement et ses transformations. L'histoire de la formation sociale, c'est-à-dire l'histoire des différentes luttes de classes qui s'y composent, et de leur « résultante » dans des conjonctures historiques successives, pour employer une formule fréquente chez Lénine. En cela peut-être serons-nous en mesure de contribuer effectivement au marxisme-léninisme, selon les exigences de notre temps et de ses contradictions : non pas au marxisme *suivi* du léninisme, mais, si j'ose dire, au marxisme *dans* le léninisme.

(p. 47)

ET SURTOUT,
IL NE FAUT PAS MANQUER
D'ÉNONCER CES APHORISMES
UN TON SOLENNEL SACRÉ, SACER-
DTAL : ON FAIT UNE PROFONDE
INSPIRATION PUIS ON LÂCHE
BRUSQUEMENT :
"MAINTENANT ENFIN, MAINTENANT
ON PEUT LE DIRE"...

Le soupçon idéologique

L'apposition est aussi le support des stratégies de contamination qui visent à produire la souillure par contact (ex. : « Structuralisme = Hegel + Feuerbach »). Comme dans le discours mythique, on n'a pas besoin d'énoncer quoi que ce soit sur les deux termes mis en relation (ici, structuralisme et Hegel ou Feuerbach ; « typologistes ou (?) structuralistes ») ni sur le rapport sous lequel ils sont rapprochés. La contamination est l'arme par excellence, à la fois puissante et économique, du *soupçon* idéologique. Le langage d'autorité, qui doit imposer et en imposer, procède par équations : ceci est « équivalent de cela », « est tout simplement cela », « égale cela », « signifie bien ». Ces formules de la forme, « les Bororos sont des Araras », fonctionnent dans la logique de la participation et, disant à la fois ce qui est et ce qu'il faut en dire, en faire ou en penser, opèrent une véritable transmutation ontologique de la chose nommée.

C'est bien pourquoi, après avoir été énoncée par Marx dans une problémati-que hégélienne-feuerbachienne, cette théorie a pu être reprise et développée d'en-thousiasme dans une problématique structuraliste ou plus généralement formaliste (comme chez Godelier, les rédacteurs des « Cahiers pour l'Analyse », etc.), où, cette fois. la conjoncture théorique ayant profondément changé, elle ne produit plus que des effets idéalistes. Car le « structuralisme » est le strict *équivalent* théorique de cette combinaison Hegel-Feuerbach (très précisément, comme l'indique Althusser, « Hegel *dans* Feuerbach »), élaborée par Marx à l'époque de la constitu-tion du matérialisme historique (1844-1846). Dans cette combinaison philoso-phique. « hégélianisme » signifie bien *procès*, mais procès de manifestation d'un sujet, en l'occurrence un sujet aliéné — au sens de Feuerbach —, dans lequel le rapport « réel » de l'essence à l'attribut est « inversé ». C'est pourquoi finalement structuralisme *égale humanisme :* car la question de la *place* (structu-rale) équivaut à la question du *sujet* (humain), si le fait d'occuper une place dans le système des rapports sociaux institue par surcroît un point de vue, une repré-

(p. 32)

tion ou de transformation des rapports sociaux. Il y a donc *deux* notions de « pério-disation », ou plutôt *deux usages* de la notion de « périodisation », l'un relevant de l'idéologie bourgeoise de l'histoire (Voltaire, Hegel, etc...), et l'autre marxiste et scientifique.

(p. 38)

La théodicée du théologien

SES BOTTES
DE SEPT LIEUES
L'EMPORTENT AU GALOP
VERS LA PHILOSOPHIE ALLEMAN-
DE MODERNE (...) QUATRE MOTS
SUFFISENT À COMBLER L'ABÎME
QUI SÉPARE LUTHER DE HEGEL (...)
UNE PHRASE MAGISTRALE, QUI
COMPORTE DES LEVIERS COMME
"ENFIN" - "ET DEPUIS LORS" - "TANDIS
QU'ON" - "AUSSI" - "DE JOUR EN
JOUR" - "JUSQU'AU MOMENT OÙ
ENFIN" SUFFIT À EXPÉDIER
TOUTE CETTE ÉVOLUTION.

« Ces Évangiles, disait Nietzsche, on ne peut pas les lire trop prudemment : ils ont leurs difficultés derrière chaque mot. » C'est la nature-même du Livre avec ses mots (allemands) à « double sens », ses « difficultés réelles », ses « graves contradictions » et ses « obstacles théoriques », qui justifie le monopole sacerdotal de l'interprétation, voire de la surinterprétation (dont bénéficiaient plutôt, jusqu'ici, Heidegger ou Freud), seules capables de protéger les textes sacrés contre les lectures vulgaires des simples profanes. Le corps des interprètes est la seule protection réelle contre le risque permanent de la « déviation », de la « rechute » (cf. « risque », « tentation », « rester sur le droit fil », « difficile », « tellement de problèmes », etc.) : lui seul sait prendre dans le bon sens les mots à double sens ; lui seul sait discerner l'usage « bourgeois » de l'usage « marxiste et scientifique » des concepts marxistes ; lui seul peut décréter la ligne juste ; lui seul peut aller au « plus profond » (cf. : « Par là nous touchons à quelque chose de beaucoup plus profond ») et « poser des thèses générales » à propos de « questions de portée générale ». Bref, en produisant la difficulté du texte qui le produit comme seul capable de la surmonter (cf. : « ce problème d'autant plus difficile que Marx lui-même ne l'a que très partiellement abordé »), il s'institue en détenteur exclusif de la vérité du texte sacré, source inépuisable

de toutes les vérités, positives et normatives, sur le monde
social.

> Ce point est d'une <u>importance politique fondamentale</u>, s'il est vrai que des
> théoriciens marxistes, à commencer par Engels lui-même, ont eu parfois tendance
> à considérer comme des processus *analogues* le « passage » de la féodalité au capi-
>
> (p. 45)

Toujours très schématiquement, on voit donc que l'examen du problème de
la transition socialiste suppose entre autres une reprise critique d'ensemble du
problème de l'histoire du *capitalisme*, et une refonte de notre « lecture » du
Capital en fonction de ce problème, d'autant plus difficile que Marx lui-même ne
l'a que très partiellement abordé [16]. En particulier, cela suppose qu'on revienne,
même au niveau le plus abstrait, sur la question de la reproduction et des « tendances » du mode de production capitaliste. De ce point de vue, il faut sans doute
renverser la formulation habituelle : il ne faut pas dire qu'il y a dans le mode de
production une *tendance à la reproduction* des rapports de production, ou plutôt
une tendance (à l'accumulation, la concentration du capital, l'élévation de sa
composition organique, etc.) *qui réalise la reproduction* des rapports de production.
Il faut au contraire se demander *comment une « même » tendance peut se trouver*
reconduite, *reproduite comme tendance*, de façon répétée, en sorte que ses effets
d'accumulation, de concentration, etc. soient cumulatifs selon une apparente
continuité. C'est la lutte des classes, dans ses conjonctures successives, dans la
transformation de son rapport de forces, qui commande la reproduction des tendances du « mode de production », donc leur existence même. Il faut alors se demander
sous quelle forme une tendance peut se réaliser (produire des effets historiques),
compte tenu des conditions de sa propre reproduction *dans la lutte des classes*.
Il faut se demander comment cette reproduction est possible alors même que,
dans la formation sociale, seul « lieu » réel du processus de reproduction, ses
conditions matérielles (y compris ses conditions politiques et idéologiques) ont été
historiquement transformées.

LE CONTENU DE CETTE PHRASE,
LE VOICI : "DORÉNAVANT"— "NE ... PLUS"—
"PAR CONTRE"— "À PRÉSENT"— "COMME
AUPARAVANT"— "DÉSORMAIS"— "ON"—
"NON".

223

L'autocritique comme forme suprême de l'auto-célébration

La faute sacerdotale n'est pas une faute mais une preuve supplémentaire de la difficulté et de la nécessité de la fonction sacerdotale. L'autocritique n'efface pas seulement les fautes ; elle permet de cumuler les profits de la faute et les profits de la confession publique (cf. : « Je ne réussissais pas à sortir de », « je continuais de penser » ; « j'introduisais le germe d'un problème insoluble » ; « j'introduisais une aporie indéfiniment renouvelable », etc.). Les « lecteurs » peuvent ainsi rejeter une à une, comme autant de péchés, les innovations qui ont le plus contribué au succès de la « lecture » : au diable « le travail théorique », symptôme d'une « tendance théoréticiste » ; au diable la « combinaison », coquetterie « structuraliste » ; au diable la « causalité structurale », vestige de « spinozisme », etc. Quelle vertu et quelle vigueur intellectuelles ne faut-il pas en effet pour produire « le procès-verbal de l'auto-interrogatoire » où sont impitoyablement dénoncées les moindres traces d'hérésie que les ennemis les plus acharnés du marxisme, « antimarxistes » ou « soi-disant marxistes », n'ont même pas soupçonnées !

La discipline dominante est dominée par sa propre domination : la prétention à régir le savoir empirique et les sciences qui le produisent conduit, dans cette variante de l'ambition philosophique, à la prétention de déduire l'événement de l'essence, le donné historique du modèle théorique. Si l'autocritique était menée jusqu'au bout, elle découvrirait qu'il s'agirait de répudier non seulement l'ambition initiale de *déduire* les modes de production existants (cf. : « Nous ne pouvons en aucune façon *déduire* si le mode de cette constitution » ; « déductible du schéma de structure de la formation sociale en général ») d'une sorte de combinatoire scolastique des modes de production possibles et de leurs transformations, mais aussi la prétention « théorique » qui est au prin-

radicalement. En effet, elle revenait à identifier les notions d'histoire et de « tran
sition ». Simplement, au lieu de dire : tout est toujours transition ou en transition,
puisque tout est historique (ce qui est l'historicisme courant), je disais : il n'y a
d'histoire réelle que s'il y a transition (révolutionnaire), et toute période n'est pas
période de transition. Ce qui, soit dit en passant, est un bel exemple de mise en
œuvre de la représentation empiriste-linéaire du temps comme forme *a priori*
présupposée par la périodisation.

(p. 39)

Mais surtout cela veut dire que je ne réussissais pas à sortir de l'équivoque
courante sur la notion de « reproduction » des rapports sociaux. Je continuais de
penser sous ce concept *à la fois* la forme sociale de *la (re)production des conditions*
de la production modifiées et en partie détruites par la production elle-même, et
d'autre part *l'identité* à soi, la permanence des rapports de production donnés [9].

(p. 39)

Or, derrière ce raisonnement, il y a une vieille représentation *philosophique*.
Il y a l'idée que l'identité à soi, la permanence (y compris sous la forme de la

(p. 40)

Mais ce qui explique aussi cette « rechute », c'est la force d'une vieille idée
économique, une vieille idée des économistes, qui leur avait permis de définir
leur objet comme un ensemble de lois naturelles, contre les représentations étroi-

(p. 40)

vérifier avec des succès provisoires au niveau du marché, de l'équilibre des prix,
etc. Mais il faut bien le dire aussi, idée « économiste » à laquelle Marx peut
sembler, en certains de ses textes, pris *isolément*, n'avoir pas totalement échappé,
alors même qu'il déplaçait son objet de la sphère « superficielle » du marché à
la sphère *de la production et de la* « *reproduction* » d'ensemble des conditions de

(p. 40)

SUIT TOUTE
UNE "DISSERTATION"
POUR SAVOIR SI L'ON DOIT
S'ÔTER DE LA TÊTE CES "SCRUPULES"
EN "PENSANT" OU EN "N'Y PENSANT PAS "
ET UN ADAGIO CRITICO-MORAL DANS
LEQUEL IL GÉMIT SUR LE MODE MINEUR :
" LE TRAVAIL DE L'ESPRIT NE DOIT EN
AUCUN CAS ÊTRE GÊNÉ PAR UNE
ALLÉGRESSE BRUYANTE "

cipe de cette ambition et qui trouve sa justification « théorique » dans le refus du « relativisme » et de « l'historicisme »,
celle d'une « science » sans pratique scientifique, d'une
« épistémologie » réduite à un discours juridique sur la science
des autres.

Il est vraisemblable que la tendance relativiste indéniablement présente dans
certaines de mes formulations de *Lire le Capital* (le plus souvent sous une termino-
logie de type structuraliste), n'a été que le contrecoup, et l'effet indirect, de la
tendance évolutionniste dans laquelle avaient alors sombré un grand nombre de
marxistes.

(p. 45)

l'impérialisme, donc du problème des stades (ou périodes) déterminés de l'histoire
du capitalisme. Force est de constater, pour revenir à mon point de départ, que
l'une des orientations de mon texte de *Lire le Capital* aboutissait précisément à
rendre impensables rigoureusement ces stades, c'est-à-dire ces transformations
historiques qualitatives : sinon au sens économiste et évolutionniste courant de
« stades de développement », étapes linéaires dans la réalisation d'une tendance
en elle-même inchangée.

(p. 46)

Chapitre 3

La rhétorique de la scientificité : contribution à une analyse de l'effet Montesquieu

« Les Gascons ont l'imagination plus vive que les Normands. »
MALEBRANCHE, *La recherche de la vérité*.

Qui voudrait analyser le fonctionnement d'une tradition lettrée n'aurait pas d'exemple plus topique que l'ensemble des commentaires suscités par la théorie des climats de Montesquieu : un problème remontant à l'Antiquité classique qui est partout proposé au concours par les Académies (jusqu'à Pau, en 1743, quelques années avant la parution de *l'Esprit des lois* : « La différence des climats où les hommes naissent contribue-t-elle à celle de leurs esprits ? ») ; une foison de « sources », réelles ou présumées, qui sont bien faites pour allumer et alimenter les querelles érudites ; d'innombrables commentaires qui, selon la loi du genre, se recouvrent tous partiellement et prennent le texte canonique à la fois trop au sérieux et pas assez pour s'interroger non sur la vérité (ou l'originalité) des thèses qu'il professe mais sur la logique du mode d'argumentation qu'il emploie pour produire un *effet de vérité*.

Il ne vaudrait pas la peine d'interrompre la litanie des célébrants pour tenter de constituer l'objet de culte en objet de science et, plus précisément, en *document* pour la science de la science sociale, si ces sortes d'états crépusculaires où la science sociale à l'état naissant hésite entre le mythe et la science n'offraient une bonne occasion de saisir la logique des mythes savants qui hantent encore la science sociale. La théorie des climats est en effet un remarquable paradigme de la *mythologie « scientifique »*, discours fondé dans la croyance (ou le préjugé) qui louche vers la science et qui se caractérise donc par la coexistence de *deux principes entremêlés de cohérence* : une cohérence proclamée, d'allure scientifique, qui s'affirme par la multiplication des signes extérieurs de la scientificité, et une cohérence cachée, mythique dans son principe. Ce discours à double jeu et à double entente doit et son existence et son efficacité sociale au fait que, à l'âge de la science, la pulsion inconsciente qui porte à donner à un problème socialement important une réponse unitaire et totale, à la façon du mythe ou de la religion, ne peut se satisfaire qu'en empruntant les modes de pensée ou d'expression qui sont ceux de la science.

L'appareil scientifique

Lorsque, dans un souci de police épistémologique, on s'attache à montrer les inconséquences de la mythologie rationalisée[1], on s'interdit du même coup de saisir ce qui lui

1. Pierre Gourou, qui relève toutes les inconséquences des livres XIV à XVII de l'*Esprit de lois* sans apercevoir le principe, proprement mythique, qui donne sa véritable cohérence à ce discours apparemment incohérent, a raison d'observer : « Il était intéressant de relever ces vues de Montesquieu parce qu'elles dorment en nous — prêtes à se réveiller — comme elles vivaient en lui. Nous aussi, nous pensons, quelque démenti que puisse apporter une observation plus correcte qu'au temps de Montesquieu, que les gens du Nord sont plus grands, plus calmes, plus travailleurs, plus honnêtes, plus entreprenants, plus dignes de foi, plus désintéressés que les gens du Sud » (P. Gourou, « Le déterminisme physique dans l'*Esprit des lois* », *L'Homme*, septembre-décembre 1963, pp. 5-11). Mais s'

confère une consistance et une efficacité sociales suffisantes pour motiver pareille critique — et lui résister —, c'est-à-dire la conjonction de l'appareil « scientifique » (qui a une efficacité symbolique indépendante de sa valeur de vérité) et du réseau de significations mythiques qui lui assurent une cohérence d'un autre ordre. Autrement dit, la rupture la plus radicale avec la disposition hagiographique qui porte naturellement les célébrants à tout justifier[2] n'implique pas que l'on renonce à prendre en compte tous les éléments de la *rhétorique de la scientificité* qui, outre qu'ils attestent une scientificité d'intention, contribuent à l'efficacité spécifique de la mythologie « scientifique ». Ce sont d'abord tous les emprunts à la science médicale du XVIIIe siècle, théorie des humeurs et surtout théorie des fibres, élaborée par John Arburthnot[3]. « L'air froid resserre les extrémités des fibres

l'opposition entre le Nord et le Midi continue bien à fonctionner dans les cerveaux, qu'il s'agisse de penser l'opposition entre les « pays développés » et les « pays en voie de développement » (« l'axe Nord-Sud ») ou, à l'intérieur d'un même pays, l'opposition entre les régions (« le Nord et le Midi »), ce serait un anachronisme de penser que Montesquieu (qui, selon ce principe de classement, serait un « homme du midi ») songe en quelque façon à l'opposition entre le nord et le midi de la France, dont Roger Chartier a montré qu'elle n'apparaîtra que plus tard.

2. Dont voici une manifestation exemplaire : « Encore une fois, ne rions pas de cette expérience rudimentaire [il s'agit de l'expérience sur une langue de mouton que Montesquieu rapporte au début du livre XIV sur le climat] ; au contraire de Brèthe de la Gressaye, nous y voyons un pressentiment du système vaso-moteur de circulation sanguine et une forme de l'adaptation de l'organisme au climat. Mais l'important est que Montesquieu, au moment où on pourrait le croire entiché de constructions intellectuelles, monte une expérience » (P. Vernière, *Montesquieu et l'Esprit des lois ou la raison impure*, Paris, SEDES, 1977, p.79).

3. Notation pour une sociologie de la tradition lettrée : « One of the greatest achievements of the Abbé Dedieu, in the course of a long career devoted largely to the study of Montesquieu, was the discovery, as a source of the theory of climatic influence, of John Arburthnot's *Essay concerning the Effects of Air on Human Bodies* » (R. Shackleton, The Evolution of Montesquieu's Theory of Climate, *Revue internationale de philosophie*, IX, 1955, Fasc. 3-4, pp. 317-329).

extérieures du corps ; cela augmente leur ressort, et favorise le retour du sang des extrémités vers le cœur. Il diminue la longueur de ces mêmes fibres ; il augmente donc encore par là leur force. L'air chaud, au contraire, relâche les extrémités des fibres, et les allonge ; il diminue encore leur force et leur ressort » (XIV, 2)[4]. Une psychanalyse de l'esprit scientifique ne manquerait pas de relever les images primitives et les oppositions proprement mythiques qui se glissent, à la faveur de la polysémie des mots (équilibre, puissance, ressort, etc.), dans la description anatomique et physiologique : la métaphore de la dilatation se combine avec le schème du tendu (ou serré) et du relâché pour établir, sous les apparences de la description scientifique, l'équivalence du froid et de la force (ou du chaud et de la faiblesse) qui est au principe, on le verra, de la cohérence mythique[5]. Et on pourrait montrer de même comment la théorie des humeurs se combine avec les représentations les plus profondes des nourritures (le cochon par exemple, XXIV, 25) pour rendre raison du régime alimentaire, autre médiation supposée entre le climat et les dispositions corporelles et mentales. Mais l'appareil et l'apparat « scientifiques » ne se limitent pas à l'usage des mots et de modèles savants ni même au recours à l'expérimentation (l'observation au microscope d'une langue de mouton). Tout indique que Montesquieu, prenant modèle sur le système de Descartes, entend fonder une science des faits historiques capable de saisir, comme la physique, « les rapports nécessai-

4. Montesquieu, *De l'Esprit des lois*, Genève, 1748 ; et Paris, Classiques Garnier, 2 vol., 1973. Les références renvoient aux livres, en chiffres romains, et aux chapitres, en chiffres arabes.

5. Preuve que ce sens *sous-entendu* est bien entendu, un commentateur traduit : « L'air chaud au contraire allonge et affaiblit ces fibres, le sang circule moins vite. Le climat froid rend donc le corps plus vigoureux le sang plus agile tandis que la chaleur *amollit*, *détend*, *paralyse* (A. Merquiol, Montesquieu et la géographie politique, *Revue internatio nale d'histoire politique et constitutionnelle*, VII, 1957, pp. 127-146).

res qui dérivent de la nature des choses » (I, 1). C'est au nom de la science, de la foi dans le progrès de la science et dans le progrès par la science (énoncée en des termes très cartésiens dans le *Discours sur les motifs qui doivent nous encourager aux sciences* de 1725), qu'il transgresse les limites de la connaissance scientifique, succombant à ce qui apparaîtra, aux yeux d'une science plus avancée, comme une forme de présomption, voire d'usurpation.

La cohérence mythique

Mais partout, sous l'appareil scientifique, le socle mythique affleure. Et sans entrer dans une longue analyse, on peut restituer, sous la forme d'un schéma simple, le réseau d'oppositions et d'équivalences mythiques, véritable structure fantasmatique qui soutient toute la « théorie ».

Ce réseau de relations s'engendre, comme c'est toujours le cas, à partir d'un petit nombre d'oppositions qui ne sont évoquées, la plupart du temps, que par un de leurs termes, seul marqué[6], et qui se ramènent à une opposition génératrice, celle du *maître* (de soi, donc des autres) et de *l'esclave* (des sens, et des maîtres). Les hommes du Nord, hommes vraiment hommes, « actifs », virils, tendus, bandés comme des ressorts (« L'homme, dit quelque part Montesquieu, est comme un ressort qui va mieux, plus il est bandé »), et jusque dans leurs passions, chasse, guerre ou boisson. A l'opposé, les

6. Ainsi nombre des propriétés des peuples du Midi, négatives, ne sont évoquées que pour les besoins de la description des vertus des peuples du Nord : « Plus de confiance en soi-même, c'est-à-dire plus de courage ; plus de connaissance de sa supériorité, c'est-à-dire *moins de* désir de la vengeance ; plus d'opinion de sa sûreté, c'est-à-dire plus de franchise, *moins de* soupçons, de politique et de ruses » (XIV, 2) (Dans le schéma, on a noté entre parenthèses les thèmes non marqués, qui n'apparaissent que par un effet de symétrie, et seulement au second plan.)

NORD = FROID	MIDI = CHAUD
maladies froides, suicide (XIV, 12)	maladies chaudes, lèpre, syphillis, peste (XIV, 11)
SERRÉ (tendu) = FORT	RELACHÉ (LÂCHE) = FAIBLE
force de corps et d'esprit	faiblesse = découragement = (désir de vengeance =
confiance en soi-même = COURAGE = FRANCHISE	soupçons, ruses, crimes) = lâcheté (XVII, 2)
insensibilité (a) à la douleur (b) et aux plaisirs (c)	SENSIBILITÉ extrême aux plaisirs (des sens) (d) = amour = SÉRAIL (XIV, 2)
musique calme (opéras d'Angleterre)	musique emportée (opéras d'Italie)
(imagination réduite) (XIV, 15)	IMAGINATION vive = soupçon (e) = JALOUSIE (XVI, 13)
(activité) = VIRILITÉ (f)	PASSIVITÉ physique, PARESSE intellectuelle
(noble) entreprise = sentiment généreux = curiosité	immutabilité des lois et des mœurs (g)
chasse, voyages, guerre, vin (XIV, 2)	monachisme (XIV, 7)
(monogamie-égalité des sexes)	POLYGAMIE (« servitude domestique ») (XVI, 2, 9)
LIBERTÉ (XIV, 13) = monarchie et république	SERVITUDE DESPOTISME (h)
Christianisme	Mahométisme

a — « Les sensations sont donc moins vives » (XIV, 2).

b — « Il faut écorcher un Moscovite pour lui donner du sentiments » (XIV, 2).

c — « A peine le physique de l'amour a-t-il la force de se rendre sensible » (XIV, 2).

d — « On aime l'amour pour lui-même ; il est la cause unique du bonheur ; il est la vie » (XIV, 2). « Nations voluptueuses » (XVI, 8).

e — « La nature qui a donné à ces peuples une faiblesse qui les rend timides, leur a donné aussi une imagination si vive que tout les frappe à l'excès » (XIV, 3). « La loi des Allemands (...) ne punissait pas le crime de l'imagination, elle punissait celui des yeux. Mais lorsqu'une nation germanique se fut transportée en Espagne (...), l'imagination des peuples s'alluma, celle des législateurs s'échauffa de même ; la loi soupçonna tout pour un peuple qui pouvait tout soupçonner » (XIV, 14).

f — « Les peuples *guerriers*, braves et actifs, touchent immédiatement des peuples *efféminés*, paresseux, timides » (XVII, 3). « Suivant certains calculs que l'on fait en divers endroits de l'Europe, il y naît plus de garçons que de filles : au contraire, les relations de l'Asie et de l'Afrique nous disent qu'il y naît beaucoup plus de filles que de garçons » (XVI, 3).

g — « Si avec cette faiblesse d'organes qui fait recevoir aux peuples d'Orient les impressions du monde les plus fortes, vous joignez une certaine paresse dans l'esprit, naturellement liée avec celle du corps, qui fasse que cet esprit ne soit capable d'aucune action, d'aucun effort, d'aucune contention, vous comprendrez que l'âme qui a une fois reçu des impressions ne peut plus en changer. C'est ce qui fait que les lois, les mœurs et les manières (...) sont aujourd'hui en Orient comme elles étaient il y a mille ans » (XIV, 4).

h — « Dans les climats chauds, où règne ordinairement le despotisme, les passions se font plus tôt sentir, et elles sont aussi plus tôt amorties » (V, 15). « Les femmes sont nubiles, dans les climats chauds, à huit, neuf et dix ans ; ainsi l'enfance et le mariage y vont presque toujours ensemble. Elles sont vieilles à vingt : la raison ne se trouve donc jamais chez elles avec la beauté. Quand la beauté demande l'empire, la raison le fait refuser ; quand la raison pourrait l'obtenir, la beauté n'est plus. Les femmes doivent être dans la dépendance car la raison ne peut leur procurer dans leur vieillesse un empire que la beauté ne leur avait point donné dans leur jeunesse même. » (XVI, 2). « Il y a de tels climats où le physique a une telle force que la morale n'y peut presque rien. Laissez un homme avec une femme : les tentations seront des chutes, l'attaque sûre, la résistance nulle. Dans ces pays, au lieu de préceptes, il faut des verrous » (XVI, 8). « Nous avons déjà dit que la grande chaleur énervait la force et le courage des hommes ; et qu'il y avait dans les climats froids une certaine force de corps et d'esprit qui rendait les hommes capables des actions longues, pénibles, grandes et hardies (...). Il ne faut donc pas être étonné que la *lâcheté* des peuples des climats chauds les ait presque toujours rendu *esclaves* et que le courage des peuples des climats froids les ait maintenus *libres* » (XVII, 2).

hommes du Midi sont voués à la servitude, à l'empire des sens, de la sensation mais aussi de l'imagination, principe de la *pleonexia* érotique et aussi des tourments du soupçon et de la jalousie ; ils sont condamnés à la passivité (féminine) devant la passion passive par excellence, l'amour physique, insatiable et impérieux, passion de la femme, entendue comme passion pour la femme et comme passion féminine et féminisante, passion qui *énerve*, affaiblit, *amollit*, prive de *ressort*, d'énergie[7]. Ces dispositions relâchées et lâches, en un mot *efféminées*[8], font une humanité doublement serve, et vouée à subir la domination faute de savoir se dominer. Tout ce côté de l'opposition fondamentale se réalise dans le fantasme du *sérail*[9], lieu de l'amour qui « naît et se calme sans cesse », et de la polygamie, apparente servitude des femmes qui trouve son principe dans la servitude de l'homme à l'égard des sens, donc des femmes. On voit que, à travers l'opposition principielle du masculin et du féminin, le rap-

---

7. On voit la complicité profonde entre le jeu des mots et le jeu des fantasmes scientifiquement garantis. Que l'on pense par exemple aux condamnations médicales de l'onanisme et de toutes les formes d'intempérance propres à ruiner l'« économie animale » en gaspillant la « force vitale » qui ont fleuri au XVIIIe siècle : « La lutte contre la masturbation occupe une place de choix au XVIIIe siècle dans le discours répressif sur la sexualité. Depuis 1710, avec la parution à Londres de l'ouvrage du Dr Bekker, *Onan ou le péché affreux d'onanisme*, jusqu'à la fin du siècle, soixante-seize ouvrages (livres, brochures, articles) sont consacrés à cette "funeste habitude" » (T. Tarczylo, *L'Onanisme* de Tissot, *Dix-huitième siècle, Représentations de la vie sexuelle*, n° 12, 1980, pp. 79-96).

8. On trouve un emploi très semblable du mot efféminé chez Diderot : « Si on lui pardonnait son goût efféminé pour la galanterie, c'était ce qu'on appelle un homme d'honneur » (Diderot, *Jacques le fataliste et son maître*, Paris, Gallimard, 1973, p. 145).

9. Jean Starobinski a bien vu l'ambivalence de l'image du sérail d'Ispahan, réalisation accomplie de la servitude, et du despotisme de l'Orient : « Les images "voluptueuses" sont décrites avec trop de complaisance pour ne pas correspondre aux convoitises imaginaires de Montesquieu » (J. Starobinski, *Montesquieu par lui-même*, Paris, Le Seuil, 1953, pp. 67-68).

port à la femme, et à la sexualité, gouverne cette mythologie qui, comme c'est souvent le cas, est le produit de la combinaison de fantasmes sociaux et de fantasmes sexuels socialement instruits. Et ce n'est sans doute pas par hasard que Montesquieu est amené à poser explicitement la question de la « liaison du gouvernement domestique avec le politique » (XVI, 9) : c'est là en effet que se nouent, outre la sexualité et la politique, la trame des raisons conscientes, où il est question de « servitude domestique » au sens d'« empire sur les femmes », et la chaîne cachée des fantasmes inconscients socialement montés, où il s'agit plutôt de l'empire *exercé par* les femmes (avec le thème de la *ruse*, force des faibles) et du despotisme comme seul moyen d'échapper à l'empire des femmes qui soit laissé à des hommes spécialement soumis à ce pouvoir *universellement maléfique*[10]. Il ne faut pas, on le voit, demander au mythe, même « rationalisé », plus de logique qu'il n'en peut offrir.

Bien qu'il soit toujours présent en totalité dans la tête de l'auteur et de ses lecteurs (qui, par exemple, sous passivité entendent féminité), le système des relations mythiques ne se manifeste jamais comme tel et la logique linéaire du discours permet de n'effectuer qu'une à une, donc successivement, les relations qui le constituent. Et rien n'interdit alors à l'intention rationalisatrice qui définit la mythologie « scientifique » de recouvrir la relation mythique par une relation « rationnelle » qui la *redouble* et la *refoule* à la fois. Par exemple, la relation mythique entre la passivité et la féminité ou l'activité

---

10. « Supposons un moment que la légèreté d'esprit et les indiscrétions, les goûts et les dégoûts de nos femmes, leurs passions, grandes et petites, se trouvassent transportés dans un gouvernement d'Orient, dans l'activité et dans cette liberté où elles sont parmi nous ; quel est le père de famille qui pourrait être un moment tranquille ? Partout des gens suspects, partout des ennemis ; l'État serait ébranlé, on verrait couler des flots de sang » (XVI, 9).

et la virilité qui ne s'exprime jamais comme telle s'établit sous le masque d'une « loi » démographique attribuant un excédent de garçons aux peuples « guerriers » du Nord et un excédent de filles aux peuples « efféminés » du Midi (XVI, 4) ; de même, la relation entre les « liqueurs spiritueuses », boissons (et passions) fortes des forts, et les peuples « guerriers », qu'elle rend « furieux » et non, comme ailleurs, « stupides », ne s'institue que par l'intermédiaire d'une théorie « savante » de la transpiration (XVI, 10), qui sert aussi à justifier le refus opposé par certaines civilisations du Midi à la consommation du porc (XXIV, 26) ; de même encore, le lien qui unit très directement la passivité ou la sensualité à la polygamie peut s'instaurer au niveau de la logique patente sous le couvert soit de la biologie, avec le thème de la nubilité précoce des femmes du Midi (XVI, 2), soit de la démographie, avec le thème déjà rencontré de l'excédent de femmes (XVI, 4). Le discours savant fonctionne comme un réseau d'euphémismes qui permettent à la pulsion sociale de s'exprimer sous une forme socialement acceptable ou même approuvée et prestigieuse. C'est ainsi que la vérité mythique, d'emblée énoncée, mais sous la forme scientifiquement euphémisée, donc dissimulée, de l'opposition entre l'air froid qui *resserre* les fibres et l'air chaud qui les *relâche*, se livre en clair, cinquante pages plus loin, à la faveur du « relâchement » des censures qu'autorise et impose la logique du résumé : « Il ne faut pas être étonné que la *lâcheté* des peuples des climats chauds les ait presque toujours rendus esclaves et que le courage des peuples des climats froids les ait maintenus libres » (XVII, 2). Relâchement des fibres, relâchement des mœurs, relâchement du ressort vital et de l'énergie virile, lâcheté : pour engendrer des mythes socialement acceptables, il suffit, on le voit, de laisser jouer les mots, de laisser faire le jeu des mots, le jeu de mots. Comme *lâche* qui signifie à la fois *détendu*, *débandé*, *mou*, *faible*, *peureux*, la plupart des mots ont plusieurs sens qui sont assez distincts et indépendants pour que leur rapprochement, dans le mot d'esprit par exemple, produise un effet de surprise, et assez apparentés cependant pour que ce rappel de l'unité paraisse fondé en raison. Les fantasmes sociaux qu'engendre l'inconscient cultivé de l'écrivain sont assurés de la complicité et de la docilité d'une langue et d'une culture qui sont le produit accumulé au cours du temps du même inconscient social. Montesquieu n'a pas eu besoin d'Aristote, ni de Bodin, ni de Chardin, ni de l'abbé Du Bos, ni de Arburthnot, ni d'Espiard de la Borde, ni de toutes les « sources méconnues » que les érudits n'en finissent pas de découvrir, pour produire les principes fondamentaux de sa « théorie » des climats[11] : il lui a suffi de puiser en lui-même, c'est-à-dire dans un inconscient social qu'il avait en commun avec tous les hommes cultivés de son temps[12] et qui est encore au principe des « influences » que ceux-ci ont pu exercer sur lui. Il reste que par la licence ou le *renforcement* qu'elle confère au fantasme social et par l'autorité et la légitimité qu'elle apporte à son expression, la tradition lettrée fait partie des conditions sociales de possibilité du mythe savant, de sa forme, c'est-à-dire du langage d'allure scientifique dont il se

11. Pour un recensement des « sources », voir en particulier R. Mercier, La théorie des climats des "Réflexions critiques" à "l'Esprit des lois", *Revue d'histoire littéraire de la France*, 53ᵉ année, janv.-mars 1953, pp. 17-37 et 159-174.

12. « S'il y eut une théorie populaire, une vérité admise par presque tous en ce temps, ce fut bien celle des influences du climat et du sol sur la santé, le bonheur individuel et collectif, sur la forme des régimes politiques, la législation privée et publique » (A. Merquiol, *loc. cit.*). La logique même de la surenchère érudite qui porte à étendre sans cesse l'univers des « sources » (ou des « influences ») suscite la question tout aussi peu pertinente sociologiquement de l'« originalité » (cf. par exemple P. Vernière, *loc. cit.*, p. 82). (Les mêmes qui observent que Montesquieu peut donner pour personnelles des idées déjà formulées avant lui, admettent implicitement au statut de « source », donc de principe d'« influence », tout ouvrage enfermant une idée proche de celles de Montesquieu qui a été recensé dans la bibliothèque du philosophe.)

pare, et sans doute de son existence même. Mais aussi de sa réception : on aurait peine à comprendre autrement que, entre tant de commentateurs, aucun n'ait songé à analyser la logique spécifique de la mythologie « scientifique » qui, particulièrement visible dans la théorie des climats, est sans doute à l'œuvre dans l'ensemble de l'*Esprit des lois*[13] : la soumission et la complaisance qu'appellent les œuvres légitimes et l'abaissement de la vigilance logique qui s'observe toutes les fois que l'inconscient social trouve son compte[14] se conjuguent pour exclure que l'on puisse traiter comme objet de science ce qui se donne comme objet de culte et sujet de science.

Ce serait donc rendre justice à l'auteur de l'*Esprit des lois* que d'attribuer son nom à l'effet d'imposition symbolique tout à fait spécial que l'on produit en surimposant aux projections

13. On peut se demander si le principe de l'*unité organique* que l'on se plaît à reconnaître à l'*Esprit des lois* et qu'attestent les liens visibles entre la théorie des régimes (et en particulier du despotisme) et la théorie des climats (et tant d'autres correspondances à propos de la condition des femmes, du droit de conquête, etc.) n'est pas du même type et si la « théorie » du climat ne fonde pas en raison   mythique — l'ensemble de la « théorie » (cf. « l'empire du climat est le premier de tous les empires », XIX, 14).

14. Il suffit de suivre la postérité de la théorie des climats, de l'École de la science sociale des Le Play, A. de Préville, H. de Tourville, P. Bureau, P. Deschamps, et E. Demolins, à l'École des sciences politiques et à ses exercices de géographie politique, de l'*Anthropo-géographie* de Ratzel à la *Geopolitik*, pour pressentir les fondements (politiques) de l'adhésion à une « théorie » qui a pour effet, entre autres choses, de faire disparaître l'histoire en réduisant le déterminisme historique, qui laisse place à l'action historique, au déterminisme physique, qui conduit à accepter ou à justifier l'ordre établi (c'est d'ailleurs la fonction que Montesquieu fait jouer au principe du déterminisme physique : « Une loi qui paraît injuste à la raison théorique, et qu'on pourrait être tenté de corriger au nom du Droit naturel, est en réalité le produit d'une longue série de causes et d'effets ; elle est en rapport avec beaucoup d'autres lois ; on ne saurait la changer sans contrecarrer du même coup l'esprit général de la nation ; et c'est pourquoi le mieux théorique serait en réalité une erreur politique. Il est préférable alors de renoncer à l'absolu de la justice, pour sauvegarder l'ordre traditionnel, fût-il imparfait » — J. Starobinski, *op. cit.*, pp. 86-87)

du fantasme social ou aux préconstructions du préjugé l'apparence de science qui s'obtient par le transfert des méthodes ou des opérations d'une science plus accomplie ou simplement plus prestigieuse. Effet qui, sans être inconnu de la physique ou de la biologie[15], a trouvé son terrain d'élection dans les sciences sociales où l'on ne compte plus les « théories » obtenues par l'imitation mécanique de la biologie et surtout de la physique[16].

15. G. Canguilhem, *Idéologie et rationalité dans l'histoire des sciences de la vie*, Paris, Vrin, 1977, pp. 39-43.

16. On peut lire comme une contribution à une pathologie de l'esprit scientifique l'ouvrage de Werner Stark, *The Fundamental Forms of Social Thought* (London, Routledge and Kegan, 1962), qui évoque certaines formes tératologiques de l'organicisme (Bluntschli, Schäffle, Lilienfeld) ou du mécanisme (Pareto bien sûr, mais aussi Carey, Lundberg, Dodd, etc.). Et aussi, dans la même logique, l'étude de Cynthia Eagle Russett, *The Concept of Equilibrium in American Social Throught*, New Haven, Yale University Press, 1966.

INDEX

TABLE

Achevé d'imprimer en avril 2004
par la Sté TIRAGE sur presse numérique
www.cogetefi.com

35-10-6993-16/6
N° d'édition : 46751 - N° d'impression : 040004
Dépôt légal : avril 2004
ISBN : 2-213-01216-4
Imprimé en France